木心

你煽情 我煽智

品讀木心

瀧菲 著

丹青 題

讀隴菲先生《品讀木心》

陳丹青

木心的文學，無論如何歸於小眾——「小眾」一詞，恐怕也大到令他茫然的範圍——近年，他的讀者增多了，賞析探究的文章也竟時或問世，說實話，我雖持續推介木心，卻未奢望這等景況。十一年前，他的文集甫告問世，為文呼應的京滬學者與寫手，就我所知，不出十人，隴菲先生，即為其一。

這是大陸頭一批評述木心的人。二〇一一年底，他們分別趕來參加木心的葬禮，並出席了烏鎮昭明書院的追思會。我記得隴菲才發言，便即哽咽。會後，眾人散了，隴菲走到晚晴小築與我們幾個一起守靈，留到深宵，離去時，他起身拈一炷香，點燃了，朝木心靈位拜了三拜。

隴菲是中原人，二〇〇五年我有蘭州行，有幸與之結識。他於六十年代就讀蘭州藝術學院音樂系，藝術學院「下馬」後轉甘肅師範大學音樂系，此後研究音樂學，八十年代始有著述刊行，書寫範圍擴及被籠統稱之為「國學」的領域，九十年代一度編撰雜誌與文稿，闡釋的題目，愈趨深廣，曾為史學前輩趙儷生先生所矚目。二〇一二年頃移居北京，閉門著述，其間出版了耗時十餘載而應者寥寥的力作《文經》《樂道》。帶著溫和的耿介，同時，如所有懷抱深沉自信的著作者那樣，隨時對世界說話。我的意思是說：隴菲的文章與識見眼下尚未得到相應的焦距——他是個局外人，其局外的程度，近乎他十餘年來持續研究的胡蘭成，以及木心。

但在音樂學領域，隴菲擁有被晚輩傾聽與徵引的權威性，他在該學科中青年學者（那是過於專門的領域，譬如他長期從事的敦煌研究）所能顯示的非官方位置，恰如他與該專業坦然自設的遠距離。而當木心著作才剛進入大陸的書肆，隴菲，以他學問的敏感，立即到位了。

論說木心是一件犯難之事，眼下他多少在被關注著，議論著，然而總嫌不合時宜，亦且不易被觸及他的痛癢。在高的意義上，他鄭重自詡為「藝術家」，但研究他遺下的這許多難以歸類、不易解讀的詩文，既需要所謂「藝術家」，更需要學問家。目前，評述木心的寫手仍以讀者、記者、撰稿人、評論家居多，間有可數的學院教授。然而木心文學中深藏而遍在的「國學」（隴菲不用、並鄙夷這個詞）資源，他矚目於「世界性」的表述中隨處蘊涵的「中國性」，他的語言和修辭的真資源，他所創作的古體詩（以《詩經演》的野心為最可驚），是我們幾代人難以進入的部分。換言之，自先秦以降的漫長文脈（一個被中斷被隔離的文化大統，而始終為木心所摯愛的大美學）之於木心的影響（語言的、思想的、品味的，乃至人格的養成），期待窮究義理的學問家，如隴菲先生。

我無能窺望，也不懂得隴菲浸淫數十載的研究領域。我與木心雖則熟稔，同樣不能窺望而懂得木心的世界。原因很簡單：我是個無學的人。木心過世後，每年我會寫一篇懷想他的文字，但從不言及木心的哪怕半篇文章，更未試圖詮釋木心的思想。我感激所有評議木心的作者，隴菲，非僅最為年長，也是，到目前為止，一個木心研究不應缺失的人：木心著作中（包括文學講席）乏人解讀而亟待開掘的某一極，尤其是他上溯先秦資源的部分，目前，就我所見，是隴菲在以他的「義理」之學而予把握，並為他自己的研究領域造就一項持久的工作。

此所以隴菲也正需要木心——這是有意思的事。我不以為研究某位值得研究的「藝術家」，僅僅是環繞這個人、為了這個人，而是，這一人物及其作品的複雜感，能夠移入並誘發其他研究者的學案，衍生更豐富、更有趣的學問。

自木心回國到逝世後，十餘年來，著文評述而持續不輟者，可能是隴菲，他果真將之作為自己的一份志業。在先秦學問（自亦包括《易經》）之外，當然，他的眼光涵括並參酌廣義的「西學」——甚至時下的種種流行文化、流行語——是故他的下筆，並非就木心或一篇目、觀點做文章，而是以其詩、文、繪畫、音樂視為整體，設置為他的研究。這研究，也並非將木心深在的「中國性」納入所謂「國學」——大陸流行「國學熱」階段，曾出版《魯迅與國學》，收集了所有魯迅與國學相涉的文本，此舉雖未不妥，倒是屬於這種做法——隴菲的路數不是這層意思。他試以現代所呈示的不同文本和思想，映照先秦的資源，又據以切入諸般現代性議題，求證古典智慧之在今日的種種可能。木心，為他提供了殊難尋覓的個案，與這個案的反復周旋，隴菲始得作學問的旁白，發自己的感觸，兼有喝彩與異議，其間，時有胡蘭成、王鼎鈞的聲音。

譬如，在可見的本土文學家與文學批評中，「文學」（這一外來語）始終是理所當然的「關鍵字」，但在昭明書院追思會上，隴菲即提出，他視木心的文學為「文章」。這在當時評述木心的寫手中，唯隴菲抱持這等見解與說法，一字之別，已是立論的大異。近有九〇後晚生青原君亦取「文章學」評析木心，被隴菲引為知音。

再譬如，木心相對通俗的《上海賦》，讀者讚譽的理由莫不落在「故實」層面的精彩筆法（木心私下說，這是他演練巴爾札克式都市圖景的遊戲之作），但隴菲九年前即著文〈這賦不是那賦〉，看標題，即知這一解讀是遠自先秦的文章觀。

本書篇幅最長，稱引最繁的篇幅，是隴菲對《文學回憶錄》意興勃然的全方位解讀（見〈木心讀記〉）。所謂文學史、文學觀，本來仁智互見，人言殊別，允為文學世界的美談。旅美學者李劼先生以他自己的經緯而讀解《文學回憶錄》的專書之外，便是隴菲這篇用力之作，一路寫來，正可見他以先秦學問借鼓而鳴的痛感與快意——篇首引木心的「你煽情、我煽智」，即隴菲身為學者的會心語，再引陸游為杜甫慨歎的詩句：「後世但作詩人看，使我撫几空嗟沓」，則分明是在替「藝術家」木心發聲浩歎了。

這浩歎背後的消息，則是隴菲自己的文化立場。假木心而挾先秦（包括《易經》），〈木心讀記〉是他針對今世的一場論辯式發作——絕不是「國學」文章——在洋洋十幾萬言的智性發作中，隴菲擇取而擴及的公案、詞語、人事、國事，在在落實地面而無分中西，儼然是以古典學問為主幹而夫子自道的文案兼時評，其中被稱引者，除了他在茲念茲的古人，還有西洋的哲人、政治家、科學家、文學家、詩人，更有佛家語、道家語、禪宗公案，加上當世的王朔……

而隴菲的觸角與機心，遠不止此。二〇一三年初《文學回憶錄》問世，他竟去半年光陰，追蹤收錄了逾百萬字的網絡讀者反饋（無分讚譽、感觸、質疑、謾罵），題為《反響拾零》。有必要嗎？沒人做這件事。我以為，這是隴菲刻意為之的一份現代性調查，是他在網絡曠野間的先秦式漫步：在這份超級規模的「眾聲喧嘩」中，他不單是為《文學回憶錄》聽取回聲，更在度測他眼前的閱讀生態與先秦思想的斷與不斷，他所矚目者，始終是文化存續的活資訊與真消息。

本書〈木心與他的朋友李夢熊〉〈木心自度曲〉兩篇，則是隴菲身為音樂學者的得意之作。前者為木心找回遺散數十年的老友，也為讀者描述了一位自棄於時代的狂士，是隴菲追念前輩的義舉，因李夢熊曾執教於隴菲就學的蘭州藝術學院，故而也是他對老師的致敬之作。後者適時寫於去年底「木心音樂首演」之際，以懇切的專業性，逐句分析了編創木心音樂遺稿的高平演奏版本，也為木心生前從未被演奏的音樂遺事，做出了首次的、高調的評議。說來感慨，在木心身後收穫的來自音樂家的敬意中，隴菲到得最早。

木心的繪畫觀，隴菲也能證之以作為全息智慧的先秦資源。去歲當我寫成評議木心美學觀的〈繪畫的異端〉，隴菲即為文應和，將我結結巴巴試圖抽取的畫理，以道家的自然觀與方法論歸納之，當然，語意高度簡賅。

「究天人之際，通古今之變，成一家之言」，是於我輩，甚至隴菲一輩久已失傳、失憶亦且失效的古語，遑論更年輕的代際。隴菲的全部工作，即是不肯忘卻也不肯相信其失效，並以這三句話的所指與能指，高懸於他所展顧的西學。十年來，乃至今後，木心，遞給他這樣一種快樂——在我們時代的文章與識見中，並非遍佈這種快樂——亦即：古典學問遠未窮盡其在今日的可能性與生命感，當隴菲源源不斷稱引而行使這遙遠的智慧，這份快樂，同時便是他的學問的自信。

二〇一七年四月十二日寫在北京

目次

木心讀記

你煽情，我煽智。

——木心《素履之往・一飲一啄》

後世但作詩人看，使我撫几空嗟咨。

——陸游《劍南詩稿・讀杜詩》

木心說：

易易為恆。（《詩經演・蹋景》）

西方有《聖經》，印度有《佛經》，伊斯蘭有《古蘭經》，都是神道立教之宗教經典。中國《易經》，與它們不同。《易經》不立宗教，不言怪力亂神，不說荒誕不經之事，只講大道運行之天理，只講永恆不易之變易。《易經》，是華夏智慧最高成就，是華夏文明對人類最大貢獻。

有人說：「《易經》，是中國人的《聖經》。」這話，聽起來是尊崇，其實是辱沒了大道之原、群經之首的《易經》，還是膜拜西洋文明而自輕自賤。要說，還是胡蘭成：

倘若《聖經》是這幾千年西洋的歷史精神所依據的，則今後數千年內的世界必然離開宗教期，《易經》成為治世的經典。（〈《易經》探勝〉）

易者，道也。道者，易也。

《易經》之易，古文從日從月，是日月交替，陽陰反動，太極循環，周轉無極之象。此正所謂「夜月晝日之謂易」。

《周易・繫辭》說：

一陰一陽之謂道。

老子說：

反者道之動。

道，是大化流行根本，《易經》把這個根本，歸結為陽陰反動之無極太極。

《周易》之周，圓也。易道周而復始，周而迴環，周而無極，周而圓滿。

易有三義，曰變易、不易、簡易。

天不變，道亦不變。

只要天不變，永恆變易的天道之理就不會變。變易不易，恆動不息。不易之變易，是長宙廣宇之明德，《易經》明其明德，是所謂明明德。此所謂變易不易，是至簡至明的《易經》之理。

《易經》所謂不易，是變易本身的不易。除此變易本身不易之外，一切皆易。此《易經》所謂易者，才是萬事萬物之本，才是宇宙永恆律動。易不易，易不息，變易不易，易易為恆。中國人以此永恆不易之變易天理，應對變易不息之天地世事。這，才是「以不變應萬變」本意。然此不易之變易，原是天道自然，而不是戲劇化的「不斷革命」，不是浪漫主義的「一萬年太久，只爭朝夕」。

能究天人之際者，才能通古今之變。古今之變，不是天道之變，不是人道之變，而是天象之變，人象之變。以道之不變，通象之變易。此所謂通變古今。

> 事雖無窮，理終一道。（僧肇《寶藏論・廣照空有品第一》）

蘇軾〈前赤壁賦〉說：

> 蓋將自其變者而觀之，則天地曾不能以一瞬；自其不變者而觀之，則物與我皆無盡也。

蘇軾所說的變，是天象、人象之變，是《易經》所謂的變易；蘇軾所說的不變，是天道、人道的永恆，是《易經》所謂的不易。通古今之變，是以《易經》所說天道、人道的不易，通貫天象、人象的變易；是以日新月異的事象變易，證悟永恆變易的天道不易。

有此不易天理，有此一貫之道，則可成一家之言，則可誠意正心，則可修身齊家，則可禮樂政祭，則可治國平天下，則可一王天下。

木心說：

> 研究宇宙、世界，必然要涉及毀滅，必然導致悲觀主義。（《文學回憶錄》，以下不具出處者皆同此。）

「涉及毀滅」，是受西方世界末日思想影響。華學與此不同。《易經》《老子》歷來是說陽陰反動，生死無住，往復循環，太極無極。

「導致悲觀主義」，西方人的確如此。中國華學歷來是說天地自然，「顯諸仁，藏諸用，鼓萬物而不與聖人同憂」（《易・繫辭上》）。

懂得變易不易，懂得易易為恆，懂得天地不仁，懂得聖人無親，懂得相生相剋，懂得因緣際會，懂得機裡藏機，懂得變外生變，懂得福兮禍所伏，懂得禍兮福所倚，懂得爻位錯綜，懂得卦象複雜，懂得循環往復，懂得太極無極，懂得物極則反，懂得命曰環流，不會有原罪之苦，不會有悲觀之執。

中國人不是沒有信仰。中國人自有信仰，無需引入外來宗教信仰。中國人的信仰，是天道易理。中國人有此天道易理，無論看天命、看歷史、看人事，都隨機、隨遇、隨緣、隨喜。

有此天道易理，中國人不廢鬼神，卻又不惑於鬼神。

老子說：

> 以道蒞天下，其鬼不神。非其鬼不神，其神不傷人。

中國人信鬼敬神，如同信人敬祖，沒有地獄的怖畏，沒有原罪的自卑。

當今世界，之所以文明衝突不斷，除了利益之爭，也是因為不同宗教各立其宗，沒有理論化、學問化的統一之學。

不能設想，各民族有各民族的上帝，各民族有各民族的宗教，而沒有究天人之際的統一之學。這究天人之際的統一之學，非變易不易、易易為恆之天理莫屬。

中國人究天之理，以易道為經，是天人，不是族人。以易道為經的中國人，是華人，不是華族。華夏文明共同體中的華人，沒有西方所謂的民族主義。以易道為經的華人，只信仰天理，只信仰文化，只信仰文而化之，化而文之。

如果以易道為經，所有民族，都將文而化之，化而文之，同化於天之易理。

＊　＊　＊

木心對薩特多有不屑，說他的臉難看，批評他崇拜「文革」，但讚揚薩特的《存在與虛無》。

木心說：

我認為只有《存在與虛無》是好的。到了《存在主義是一種人道主義》，就畫蛇添足。後來不斷添足，添得更大。一九五七年，他出《馬克思主義和存在主義》，這時，足大於蛇。

木心之說，知薩特甚深。

薩特《存在與虛無》有言：

不是其所是。是其所不是。

萬事萬物，於易易為恆的運演變易之中，總歸要不是其曾經所是，總歸要是其過去所不是，如此循環往復。

李白〈春夜宴桃李園序〉說：

天地者，萬物之逆旅；光陰者，百代之過客。

此中運演變易，真如莊子所說：

和之以天倪，因之以曼衍。其行盡如馳而莫之能至。（〈齊物論〉）

＊　＊　＊

木心說：

最後是要看看中國黑暗之後，會不會有東西出來。

中國人是好戲在後頭。姜太公到八十歲才走上政治舞臺，西方哪有這事。中國向來是玩壓軸戲，這些，可以補美國的不足。

以後申請美國公民，思想、藝術、品性，還是保持中國智慧。

中國智慧是什麼？中國智慧是以《易經》為經典的華學。世界史上壓軸的大戲，是要唱中國的華學，讀中國的《易經》。

時人好說「國學」，其實國中之學雜蕪繁多。《易經》道理，有別於其他國中之學，而與西學佛學鼎立。

王圭有言：

積亂之後，當生大賢。（文中子《中說》）

大賢大德，必尊《易經》。

＊　＊　＊

木心說：

中國真是終生制的鄉巴佬。世界文化的文盲。後來出來了，提個竹籃亂打水，把籃子弄壞，還怪人家水不好。中國好像不在這個世界上，自外於世界。

不學歐洲，等於在蠟燭光下研究發明電燈。你去研發吧。可是不要中國傳統，你忘本。你失去資本。

垮掉一代，只有斯奈德沒有垮掉，是東方神秘主義救了他。這很重要：東方人真該有點西方的東西，西方人真該有點東方的東西。可以救人的。

西方、東方，應該結婚，看看能不能生出超人。西方人凡通一通東方的，好得多，好像吃了中藥一樣。現在中國人不太吃中藥了，傻了。

我是東方人。行有餘力則借西方人的眼光來反觀東方。每每頗饒興味；於是為西方人不知借東方人的眼光來反觀西方而深表遺憾了。（《愛默生家的惡客》）

木心心懷用世大志，有打通東西之洞見。

禪宗有言：

至道無難，惟嫌揀擇，但莫憎愛，洞然明白。

所謂至道，乃長宙廣宇大化流行之道。大化流行，自在自為自然，自運自演自化，自生自滅自新，自戲自娛自喜，無王霸，無是非，無善惡，無憎愛，故無可揀擇。

時至今日，面對當下中西交融新舊衝突，有無揀擇，似乎是大是大非為善為惡之則。其實，因而緣之，機而會之，陽陰反動，行健厚載，太極無極，終始循環，機裡藏機，變外生變，差之毫釐，謬以千里，是非善惡一時難能定奪。

以今日之眼光，看春秋戰國紛紜戰亂，誰能料到後來竟有秦漢之一統氣象？以今日之眼光，看魏晉南北朝逐鹿往復，誰能料到後來竟有隋唐之雄強壯闊？以今日之眼光，看明末清初江山易主，誰能料到後來竟有康乾雍之空前盛世？以今日之眼光，看中華民國中華人民共和國政權遭遞，還真不知此中華之國，會有如何的鼎盛或不測？

以禪宗「至道無難，惟嫌揀擇，但莫憎愛，洞然明白」語，面對今日之世界，是要有別樣的胸廓視野。

中國人日常生病，中藥西藥都吃。思想、文藝、政治、經濟、科學、技術，也不妨如此。不吃西藥，只吃中藥，不吃中藥，只吃西藥，只用東方人的眼光看西方，只用西方人的眼光看東方，都是傻子。

阿城曾說：

> 《百年孤獨》可不可以是資源？可以是資源，莫言做得好的地方是兩頭取資源，一頭是馬爾克斯魔幻現實主義，一頭是家鄉資源，把這兩個用起來，就比不會用本土資源的人要好得多。
>
> （〈中國世俗與中國文學〉）

銅山靈鐘，東西相應。當今世界，以往那種帝國主義或優勢文明主導潮流或一統天下的時代，已經一去不再複返。今後的時代，任何一種文明也不可能成為主導潮流或一統天下之體，並簡單地為其他民族所用。今後的時代，文明將無論古今中西，文明之族類層面通功易事傳播交流的機制將充分得到發揮。有關體用的爭論，答案必然而且只能是新體新用（New Form New Use）。（隴菲《新體新用論》）

鼓吹中體西用，鼓吹西體中用，那毛病，還是心有掛礙，還是惟嫌揀擇。

所謂中體西用、西體中用，不過是中西文明碰撞交融時的本能反映，並無學理價值。

嚴復當年批評張之洞提出之「中體西用」而言：

> 有牛之體，則有負重之用；有馬之體，則有致遠之用。未聞以牛為體，以馬為用者也。

嚴復此說，雖明體用不二之理，但仍不能應對歷史變革潮流。李澤厚後來之所以罔顧體用不二之理，又提出「西體中用」，還是對西方強勢文明的應激反應。

事實是，凡能今用之古體，已非純然之古體；凡能中用之西體，已非純然之西體；凡能西用之中體，已非純然之中體。所謂今用之古體，已然是與原先古體有所不同的新的古體；所謂中用之西體，已然是與原先西體有所不同之新的西體；所謂西用之中體，已然是與原先中體有所不同之新的中體。因之，今用之古體，已然演變為新體；中用之西體，已然演變為新體；西用之中體，已然演變為新體。此新體制約之下的所謂中用、西用，已然是與原先中用、西用有所不同之具有今用特色之新用。

體用不二。有什麼樣的體，就會有什麼樣的用。文脈是體，文像是用。有什麼樣的文脈，就會有什麼樣的文象；有什麼樣的文脈內化，就有什麼樣的文象外化。

體用不二，古體有古用，今體有今用，中體有中用，西體有西用。想讓古體具有今用，想讓西體具有中用，想讓中體具有西用，無異「采薜荔兮水中，搴芙蓉兮木末」（屈原《九歌・湘君》）。

新體新用，是五四以來中華民國、中華人民共和國人心無掛礙，不事揀擇，為我所用，拿來主義的自然天性。新體新用之論，是針對體用二分之「中體西用」、「西體中用」的種種謬說。

新體新用，不是中國化西洋，也不是西洋化中國，而是彼此相忘，與之俱化，不事揀擇，不生憎愛，隨緣隨機，隨遇隨喜，新新不已，生生不已。

正因中國文明與歷史上所有的外來文明都能彼此相忘而與之俱化，如胡蘭成所說「皆受西洋化而受得自然，並不就此忘失祖宗本來的」，才能五千年有古有今不絕如縷。

不像埃及、希臘、印度文明之有古無今，中國文明五千年有古有今文脈不絕。中國文明因此而有特別的自信，而有特別的謙虛。中國文明，因之沒有「中體西用」或者「西體中用」的執著，而有「新體新用」的豁達。或者反過來說：中國文明因有「新體新用」的豁達，而沒有「中體西用」或者「西體中用」的執著。

胡適與全盤西化論者不同，他「對中國講西方文化，對西方講中國文化。面向中國，他積極引進民主、法治等西方自由主義的基本價值，畢生一以貫之；面對西方，他不斷地提出中國文化與現代民主自由科學理性精神相協調部分，作為中國不輸其它精神文明的論據。也就是羅素所說，胡適『願意吸收西方文化中的一切優點，但是他不是西方文化之盲目的崇拜者』。」（《移居臺灣的九大師》）

不過，胡適還是不及中國民間人。中國民間人，無論東洋、西洋，只要方便，都是拿來就用，向來有不事揀擇的拿來主義，向來都彼此相忘而與之俱化。當下街頭賣零食、水果之類的小販，甚至乞丐，也會用手機微信支付或支付寶支付，至於所用手機是什麼品牌，則毫無芥蒂。

方者，法也，模也，範也。便者，更也，變也，易也。方便者，更而有方，更而有法，變而有模，變而有範。

有方可學，有法可習，有模可依，有範可據，更新變易，簡明易行，是謂「方便」、「便易」（bian yi）。「便宜」（pian yi）。

《聖經》有言：

基督耶穌降世，為要拯救罪人。

基督教以為：

聖子基督道成肉身，是上帝賜給人類最高的啟示。

人類文明，道成肉身，道成器物，道成方法，道成模範，則人人可更而變之，變而更之，此之謂「方便」。

為何宗教有了道德律令還要經典文獻、寺院道觀、壁畫塑像、奇跡傳說？因為要給信徒開方便法門。為何器物文明比制度文明容易普泛？為何法制比德治管用？為何紅燈綠燈比交通條例有效？都是因為開了方便法門。

道成肉身，道成器物，道成方法，道成模範，乃是文明的方便法門。

＊＊＊

木心說：

宇宙是無目的的。

宇宙沒有Yes或者No。

木心還引帕斯卡之言：

「那無限空間的永久沉默，使我恐懼。」

羅素說：

恐懼是宗教教條的基礎，也是人類生活中其它許多事情的基礎。（〈我的信仰〉）

放在宇宙這個尺度，人類的存在及其活動或許只是宇宙中一個微小的漲落，更可怕的是不僅人類的存在對於宇宙微不足道，而且宇宙本身也沒有明確的目的，康德就對宇宙沒有目的而感到了恐怖。（〈論價值〉）

這在有基督教傳統的西方，並不奇怪。

不僅是西方學者不能理解宇宙沒有目的，不能理解宇宙沒有意志。就連成天說「無望之往」的胡蘭成也不能理解宇宙沒有目的，不能理解宇宙沒有意志，而說「大自然的意志是必然的」。木心於此，高人一籌，但還不及老子通透，因而不免「恐懼」。

其實，所謂「宇宙沒有目的」，所謂「宇宙沒有意志」，就是「無望之往」（《易經》），就是

「無為而為」。

老子說：

無為而無不為。聖人處無為之事。

木心說：

無為不是無，而是為。

無望之往，無為而為，人才能師造化、法自然而自在自為自然而然。

宇宙之道，是變易反動。宇宙演化，是機緣自然。變易反動，機緣自然，是造物主，是萬物宰。宇宙之道，天演造化，不需要目的和意志，不需要人格化的有意志的上帝。對此，根本無須怖畏。老子於此，高人不止一籌。老子已達自在天。老子之道，是最高智慧，是真諦，聖諦，妙諦，勝諦，第一了諦。

木心說：

宗教就是想在無目的的宇宙中，虛構一目的。

有基督教傳統，西人凱文・凱利《失控》也把「自由意識和創造性」歸之為「耶和華」。不過，凱文・凱利有時也會稍微離開一點「耶和華」，離開「造物主」。

《失控》因之而言：

我對控制的未來的探索是從造物而不是造物主的角度出發的。

讓它們的目的從行為中自然地湧現出來。

凱文・凱利「從造物的角度」出發，「而不是從造物主的角度出發」，符合老子「法自然」的道理。以此老子「法自然」的道理，看所謂應然、當然、偶然、必然，中國人有自己的定見。

中國人懂得天然（宇宙天地運演之然）、史然（人類歷史實踐之然）、已然（此時此地已成現實之然）、實然（實際存在不容懷疑之然），而不能理解什麼是應然、當然、偶然、必然。

應然、當然，是價值判斷。

荀子說：

天行有常，不為堯存，不為桀亡。（《荀子・天論》）

宇宙間沒有什麼應該、應當的事情。

所謂偶然，不過是某種已然之然。天然、史然、已然、實然之宇宙萬物人間萬象，可能無窮。某種可能已然實現之然，往往出人意料，因此被稱之為「偶然」。然而所謂「偶然」，仍是因而緣之，機而會之之然，並非沒有由來。

所謂必然，則有時空鎖定之後的因果關係。一旦空間展擴、時間延綿，毫釐之差，會謬失千里，前因未必成就後果。看起來必然之事，轉眼之間如夢幻泡影，如露亦如電，哪裡有什麼必然？實在不解，寫了《失控》的凱文・凱利，為什麼又寫《必然》（*THE INEVITABLE*）？

應然、當然、必然，是人類妄念的彌賽亞，淨土宗，烏托邦，理想國。

天然、史然、已然，則不辨是非，無分善惡。

「法自然」的老子真如木心所說，是古今中外「唯一的智者」。

捷克博胡米爾・赫拉巴爾因之而言：

我看見耶穌在不停地登山，而老子卻早已高高站在山頂，我看見那位年輕人神情激動，一心想改變世界，而老先生卻與世無爭地環顧四境，以歸真反璞勾勒他的永恆之道。我看見耶穌如何

通過祈禱使現實出現奇跡，而老子則循著大道摸索自然法則，以達到博學的不知。（《過於喧囂的孤獨》）

＊＊＊

木心說：

規律和命運，是什麼關係？是規律高於命運，還是命運高於規律？既然事物受命運支配，怎麼事物又有自己嚴密的規律？而命運又怎能支配事物這些嚴密的規律？

老子的《道德經》偏重講規律，他的辦法，是以規律控規律，是陰謀家必讀的書。但老子是上智，他始終知道，規律背後，有命運在冷笑。

中國的《周易》《易經》，也很可悲。它索性去研究命運。它認為命運是有規律的。

規律，是西學範疇，囿於此西學範疇，不能參透《易經》，不能徹識《老子》，不能曉悟命運，不能明天地之明德。

時空鎖定，前因必結後果，此所謂規律。

拉普拉斯在其《概率哲學隨筆》之〈導論〉中曾經如此假設：

我們可以把宇宙現在的狀態視為其過去的果以及未來的因。如果一個智者能知道某一刻所有自然運動的力和所有自然構成的物件的位置，假如他也能夠對這些資料進行分析，那宇宙裡最大的物體到最小的粒子的運動都會包含在一條簡單公式中。對於這智者來說沒有事物會是含糊的，而未來只會像過去般出現在他面前。

他說的這個「智者」，被稱之為「拉普拉斯妖」（Démon de Laplace）。

世上並無拉普拉斯妖。

所謂「規律」，不過是「條件式陳述句，容許我們根據現在的知識，預測某些未來的事件」（尤金・維格納《數學在自然科學中不合理的有效性》）。

凡草木花多五出，雪花獨六出。（《韓詩外傳》）

為什麼？因為世界上的晶體只有七種基本類型：三斜晶系、單斜晶系、正交晶系、四方晶系、三方晶系、六方晶系、立方晶系。水在常態中緩慢結晶，只能形成六方晶系。

加州理工學院物理學博士肯尼斯・利伯布萊切特（Kenneth Libbrecht）在實驗室中製造雪花。他發現，只要溫度和濕度相同，所有的雪花都一個模樣。

俗話說：「世界上沒有兩片一樣的雪花。」之所以人類在自然界裡從未觀察到兩片一樣的雪花，是因為「道同，勢不同」（金岳霖〈論道〉）。雲層中的結晶環境「機裡藏機，變外生變」（《菜根譚》），每一朵雪花都處於截然不同的時空，而有不同的命運。（參「混亂博物館」《我們找到了兩片一樣的雪花》）

彭加勒反拉普拉斯其道而言：

並不總有可預測性現象。初始條件的小變化也許會導致最終現象的大變化。前者的小誤差將產生後者的大誤差。預測將變得不可能，偶然現象飄然而至。（《科學與方法》）

彭加勒對所謂「系統對初始條件的敏感依賴性」作了必要的限定。系統的「擾動」，不一定能夠導致「最終現象的大變化」。一般進化過程中，微觀層次的擾動，必須經過宏觀網絡放大，才能導致系統狀態突變。微漲落放大為巨漲落，必須要有時間的延綿和空間的展闊，運動起始的差之毫釐之所以會逐漸增大誤差而失之千里，是在長久運行之後的遙遠地方。

第一代控制論說明，一個有一定邊界的開放系統，必須在邊界之內形成一個圓形的負反饋（negative feedback）循環迴路，才能維持其系統的穩態。這種機制，可以如下二圖示之：

但是，這種穩態不可能永遠維持下去。由於隨時隨地產生的隨機擾動，原先的負反饋穩態循環迴路，可能會被一種處於臨界點的臨界循環迴路所取代；一旦超過這個臨界點，此臨界循環迴路，可能會被新的負反饋穩態循環迴路取代，系統進入新的狀態；也可能回到舊的負反饋穩態循環迴路，系統恢復舊的狀態。這裡，使系統超過臨界點的，恰正是被第一代控制論所忽視，而為第二代控制論所看重的「正反饋」（positive feedback）。（參

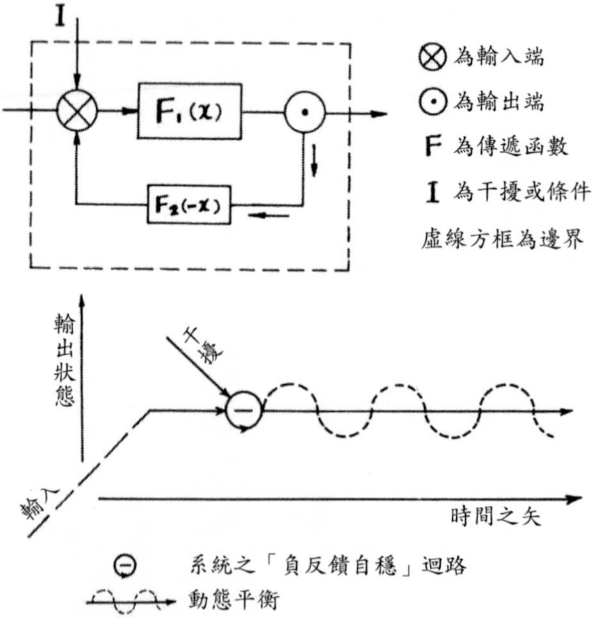

簡化的負反饋—自穩控制論模型

隴菲《人文進化學——一個元文化學的研究箚記》，Human-Culture-Civilization Evolutionology and General Evolution Theory）

第二代控制論說明，正反饋對於系統而言，有以下三種意義：

第一，將輸入不失真放大後輸出（必要條件是：放大後的輸出，內含負反饋穩態循環迴路，處於穩定狀態）；

第二，將擾動放大，導致輸出超過動態平衡臨界閾值而失去穩定狀態；

第三，將擾動放大到某一極限之後，使系統具有多種突變的可能而發生分叉（bifurcation）。

此，正如下圖所示：

正反饋之所以發生作用，和負反饋過度衰減直接相關。正是負反饋過度衰減，才使正反饋得以放大。

微觀層次的擾動經過宏觀網絡放大之

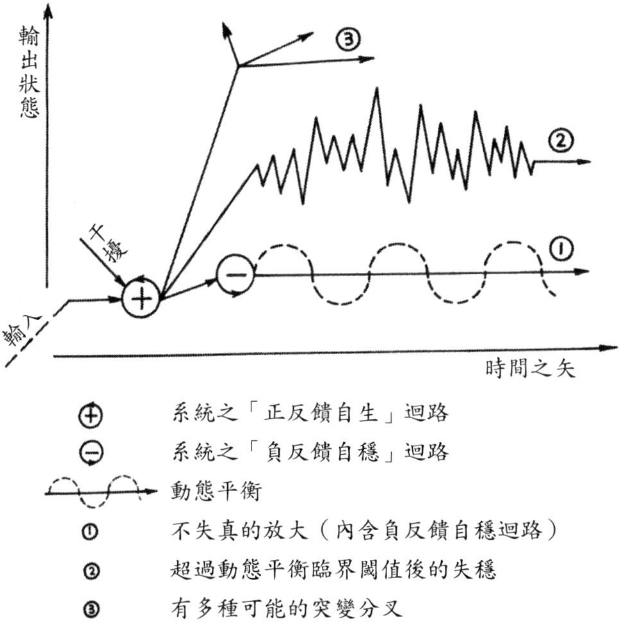

簡化的正反饋—自生控制論模型

後，又必須如第一代控制論所說，在開放系統邊界之內形成一個圓形的負反饋循環迴路，才能維持其系統的穩態。前者是陽，後者是陰；前者是變易，後者是不易；前者是信息量的增殖，後者是信息量的保持；前者是正反饋自生，後者是負反饋自穩；如此等等。（在生物進化中，前者是變異，後者是遺傳。）

純陽不生，孤陰不長。單是正反饋自生，或者單是負反饋自穩，都不是演化的充足條件。二者的往復循環，才能保證異質性新事物的發生和存在。

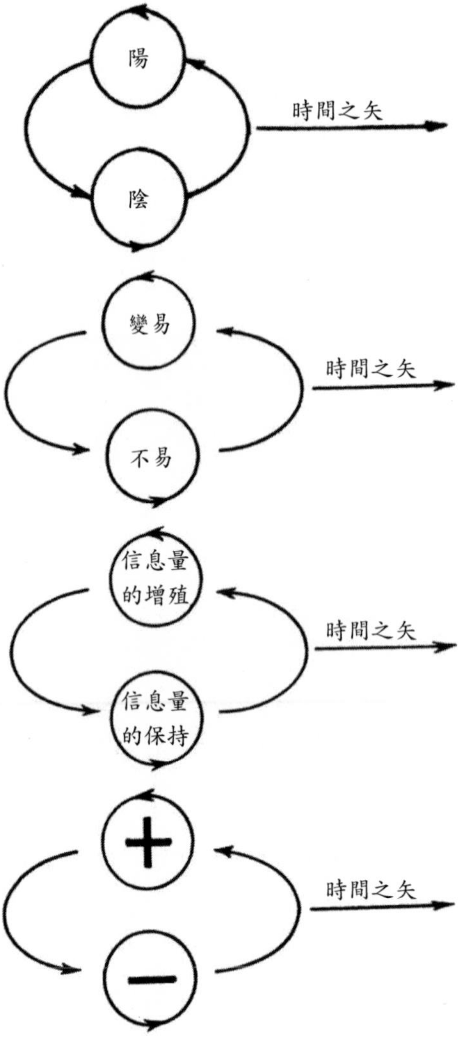

分叉之後，能否進入新層次的負反饋自穩，是關鍵的關鍵。此，正是華學之「幾」之「機」的「遇會」。所謂「機會」，不僅是現代漢語語境中單純的「時機」，而是「機而會之」，「因而緣之」。

幾者，機也。機者，幾也。

　　問誰知？幾者動之微。（辛棄疾〈哨遍〉）

《易・繫辭上》曰：

　　易，聖人之所以極深而言幾也。

《注》曰：

　　極未形之理則曰深，適動微之會則曰幾。

《正義》曰：

　　幾者，離無入有，是最初之微。

《易・繫辭下》曰：

　　知幾其神乎！幾者，動之微，吉之先見者也。

《正義》曰：

　　幾，微也。

　　事物初動之時，其理未著，唯纖維而已。若其已著之後，則心事顯露，不得為幾；若未動之前，

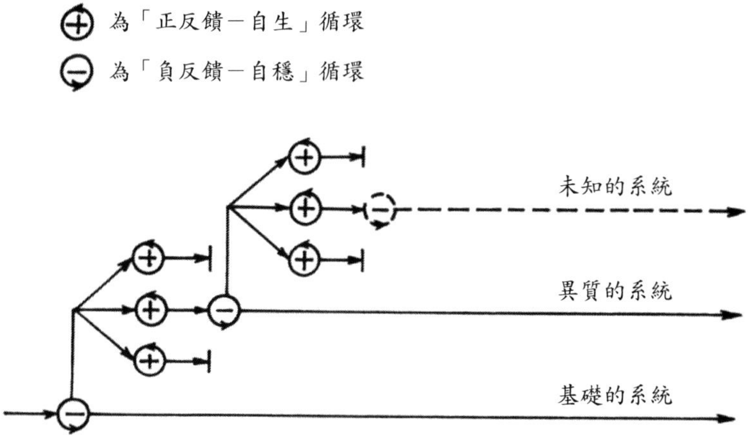

又寂然頓無，兼亦不得稱幾也。幾是離無入有，在有無之際。

《列子・天瑞》張湛注說：

機者，群有之始。

《大學章句集注》說：

機，發動所由也。

朱熹說：

幾者，動之微。（《近思錄集注》）

周敦頤說：

動而未形有無之間者，幾也。（《通書》）

方以智說：

幾者，微也，危也。權之始也，變之端也。（《東西均》）

熊十力說：

事物之端，只是微動而已，故謂之幾。（〈體用論〉）

胡蘭成說：

機是萬物之動的機兆。（《革命要詩與學問》）

《周易》之《疏》說：

幾者，去無入有。

「去無」，是去無而入有；「入有」，是入有而去無。

莊子說：

萬物皆出於機，皆入於機。

「皆出於機」，是萬事萬物皆因生機而創造；「皆入於機」，是萬事萬物皆因殺機而滅失。因此機會，分叉之「道生」，進入新層次的負反饋自穩之後，才能轉化為「德蓄」；分叉之「開物」，進入新層次的負反饋自穩之後才能轉化為「成務」；分叉之「健行」，進入新層次的負反饋自穩之後，才能轉化為「厚載」；分叉之「變易」，進入新層次的負反饋自穩之後，才能轉化為「不易」。此，所謂「造化」。造，是正反饋自生；化，是負反饋自穩。人類社會正是如此機而會之，因而緣之，分而叉之，造而化之，變易不易，健行厚載，道生德蓄，開物成務，蔚為大觀，豐滿富麗。

在時間川流中，乾與坤，陽與陰，辟與翕，捭與闔，動與靜，造與化，擾動與放大，健行與厚載，道生與德蓄，開物與成務，變易與不易，正反饋自生與負反饋自穩，不斷向對方轉化，往復循環（recycle），猶如旋轉不已的法輪，創造了宇宙的歷史，創造了人類的歷史。中國古代《太極圖》，正是這個法輪的象徵。

時空開放，諸多前因，緣會錯綜，差之毫釐，謬以千里，機裡藏機，變外生變，福兮禍所伏，禍兮福所倚，天不可與謀，地不可與慮，因之新生諸多可能。諸多可能，因而緣之，機而會之，千除萬算，造化為一，結果意外，偶然而然。此所謂命運。

愛因斯坦說：

上帝不擲骰子。

其實，西方人以「上帝」名之的「造化」一直在擲骰子。

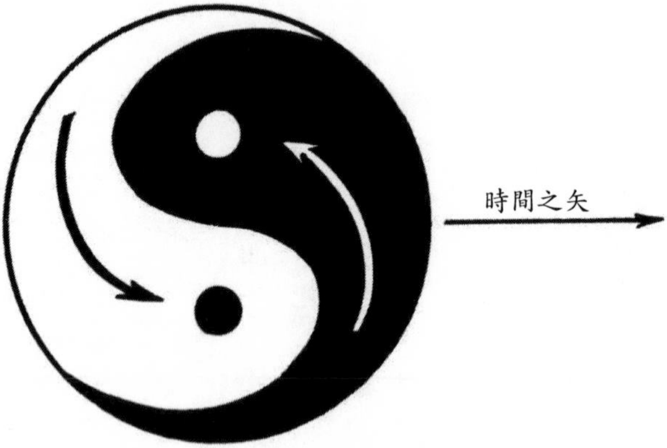

胡蘭成說：

中國沒有司掌一切命運的女神。《易經》裡沒有宿命論。《易經》說的是機運。機是「臨機」的機，運是「陰陽消長天道運行」之運。」（《易經探勝》）

《鶡冠子》說：

天高而難知，有福不可請，有禍不可避。命者自然者也。命之所立，賢不必得，不肖不必失。

命運，是天機，是因緣。命運是無理之事，邊外之道，無規律可言，不能憑知識判定，只能感而通之，隨機應變。這通幾之機，是華學精髓。

僧肇說：

運用玄玄，非念慮所測，當可以綿綿，不可以勤勤。（《寶藏論・廣照空有品第一》）

天機難測。

易的陽陰、生滅、辟翕、捭闔，是機會、因緣，是機而會之、因而緣之，有生生不已的新鮮，無確定不移的規律。

《周易・繫辭》有言：

神無方而易無體。

《易經》不是研究命運規律，而是明此「無方而易」之明德。兩千多年前的老子，不是在「規律背後」，才看到「命運的冷笑」。老子從一開始，就徹識了命運機會之道。

《易經》與老子，不是認為「命運有規律」，而是通曉此因而緣之、機而會之的錯綜複雜，通曉此機裡藏機、變外生變的差謬之理。

《周易》有言：

聖人極深而研幾。

中國聖哲，中國華學，是於大化流行玄機處用功，是於天地運演鎖鑰處入手。

明末方以智《物理小識・自序》說：

遠西學人詳於質測而拙於言通幾。

中國聖哲的著重，不是旁觀而是體悟，不是質測而是通幾。「這個幾字真是漢文明的獨創。」（胡蘭成《建國新書》）

有此幾字獨創，有此機字獨創，中國人的世界一派生機。天有機密，道有機要，物有機能，事有機制，國有機務，軍有機動，處處有機樞，每每逢機關，時有機會，境有機緣，行有機遇，人有機心，思有機智，腦有機靈，造形有機械，運轉有機具，談吐有機鋒，文章有機杼，遇事有機謀，處置有機巧，臨凶有機警，遇變有機敏。中國人待機而行，伺機而動，觸機神應，見機行事，相機權變，隨機應變，神機妙算，當機立斷，以不至於坐失良機。西洋人詬病機會主義，中國人參透天道機密，嫻熟大化機要，且能權衡機宜，忘機無為，以不至於機關算盡太聰明。

有此《易經》機會之道，差失之理，因緣和合，錯綜交會，因因相續，緣緣起滅，輪回無窮，轉世不已，源源不竭，活活躍躍，變動不居，健健進進，靜中生動，無中生有，將起未起，將發未發，方可方不可，方不可方可，因是因非，因非因是，方是方非，方非方是，方生方死，方死方生，生生滅滅，滅滅生生。

大化流行，有天怒的酷烈，有天譴的嚴正，有天罰的不苟，有天威的法力，有天福的恩寵，有天幸的驚喜，有天賜的隆德，有天喜的極樂。

劉駿〈辯命論〉有言：

> 鬼神莫能預，聖哲不能謀。

大化流行，永遠是天地之始，永遠在混沌初開，永遠處於創世紀，永遠處於未然、未濟之機。有此覺悟，中國人於命運，是認命行運。

認命，是直面當下因緣。行運，是以己之操行，於眾因之中添己之一因，於眾緣之中增己之一緣，創生新機，遇合新會。此所謂行運，是以人的操行（而不是符咒）改運、轉運。人生價值在此，人生意義在此，人生機緣在此，人生魅力在此。

嵇康說：

> 達人不卜。

胡蘭成說：

> 天道艱險，人道驚豔。

人世的幽遠，人生的魅力，就在你永遠不知道一覺醒來世界會是什麼模樣，因此才不斷有憧憬，不斷有幻想，不斷有希望，不斷有期盼。

人所面對，永遠是一個宇宙洪荒，永遠是是一個天地之始，永遠是一個混沌初開，永遠是一個世紀新創。如此，才不斷有恍惚，不斷有疑問，不斷有慚愧，不斷有敬畏，不斷有新鮮，不斷有生機，不斷有驚喜，不斷有天幸，不斷有天喜，不斷有天福，不斷有天啟，不斷有天智，不斷有天慧。

金岳霖說：

道同，勢不同。（〈論道〉）

例此可說：

道同，事不同。

人之真知，要面向這道不變象變，理有固然，勢無必至，道同勢不同，道同事不同，理上有勢，勢上有天的未知。

於此演化分叉的關口，於此見幾見機的剎那，於此道同勢不同、道同事不同、理上有勢、勢上有天的機會因緣，人所憑藉，只有黃老的殺伐決斷，只有心學的良知良能，只能隨機應變，見機行事。

故而，荀子說：

不先慮，不早謀。（〈非相〉）

故而，黃石公說：

端末未見，人莫能知。天地神明，與物推移。變動無常，因敵轉化。不為事先，動而輒隨。

（〈三略〉）

故而，達摩祖師說：

不謀其前，不慮其後，不戀當今。

故而，曾國藩說：

未來不迎，當時不雜，既過不戀。（轉引自蔡鍔《曾胡治兵語錄》）

斯蒂芬・茨威格《人類群星閃耀時》的〈序言〉說：

那些平時慢慢悠悠順序發生和並列發生的事，都壓縮在這樣一個決定一切的短暫時刻表現出來。這一時刻對世世代代作出不可改變的決定，它決定著一個人的生死，一個民族的存亡、甚至整個人類的命運。這種充滿戲劇性和與命運攸關的時刻在個人的一生中和歷史的進程中都是難得有的；這種時刻往往發生在某一天、某一小時，甚至常常只發生在某一分鐘，但它們的決定性影響確是超越時間的。

茨威格這裡說的「影響卻是超越時間」的「決定性的時刻」，正是胡蘭成所說「惟是生於一個機字」的命運機會。

＊＊＊

凱文・凱利《失控》說：

在傳統選擇理論的戲劇性事件中，死神出演了主角。它一心一意地消滅著生命。它是一位編輯，但只會一個字「不」。變易則輕易地通過衍生大量新生命來與死神這首單音符的哀樂相抗衡。變易也只會一個詞「可能」。變易製造出大量一次性的「可能」，死神則馬上大量摧毀這些

「可能」。大部分平庸之才一現世，即被肆意妄為的死神打發回去。有時候，這種理論也會這樣描述：二重奏蹦出一個音「可以！」——於是海星留下了，腎臟細胞分裂出來了，莫扎特活下來了。

林恩・瑪格麗絲說，「自然選擇是編輯，而不是作者」。

如凱文・凱利所說，沒有死神這個編輯，造化不能成就自然這部偉大著作。

木心詩云：

時間是鉛筆，
在我心版上寫許多字。
時間是橡皮，
把字揩去了。
那拿鉛筆又拿橡皮的手，
是誰的手？

那拿鉛筆又拿橡皮的手，正是宇宙生滅、萬物生死的造化之手。生滅，生死，生生滅滅，生生死死，生滅一體，生死一體，循環往復，太極無極。

＊　＊　＊

木心說：

呈示藝術，隱退藝術家。

自然界的花開鳥叫，落落大方，叫過了，開過了，就算了。

左丘明著《左傳》。盲者。生平不可考。從前的人真是大派，不寫回憶錄。這是大自然的作風。只留作品，不留作者。

凱文・凱利《失控》也說：

它既不知從何而來，也不知向何處去。不僅對事物的未來一無所知，對它們的過去和現在也茫然一片。大自然從不知道它昨天做過什麼——它也不在乎這個。它不會記錄所謂的成功、妙招或者是有用之物。……無論是細胞、器官、個體也好，還是物種也好，都不會對這些成就追根溯源。知其然，不知其所以然——這正是生命所持的最高哲學。

自然而然，然而不然。天生萬物，物而不物。

老子說：

萬物作焉而不辭，生而不有，為而不恃，長而不宰。

莊子也說：

大人無己。（《秋水》）

吾喪我。（《齊物論》）

正如錢鍾書所說：

道，化育而不經營。（《管錐編》）

＊　＊　＊

胡蘭成說：

三分人事七分天，而因尚有著七分天意，所以人事倒也急切不得窮絕。（《今生今世》）

木心說：

中國人說天人合一，其實天不欲和人合一，是人的一廂情願，天愛吊人胃口，愛出謎。

胡蘭成、木心之說，一掃「天人合一」陳言。

一般人常說中國學問的特色是「天人合一」。如此之說，又有人以西學方式表述為「主客同一」。此說，流行已久。特別是在當代，經許多專家學者提倡，儼然不容置疑。其實，中國早有更好的說法：「天地人三才」。

中國人從小就背的《三字經》有言：

三才者，天地人。

《鬼谷子》亦有言：

一曰天之，二曰地之，三曰人之。

伏羲畫卦，天地判分，一生二。

人文演化，參與其中，二生三。

天地人三才，沖氣為和，生生不已。

三者，參也。參者，三也。

因有人的參與，宇宙運演遂生新機，遂創新局。

《鶡冠子》說：

所謂道者，無已者也，所謂德者，能得人者也。

天地之道，得人為德。

人，文而化之，化而文之；人，格物致知，操行修為；「先天而天弗違，後天而奉天時。」（《周易・乾・文言》）「通於神明，參於天地」（《荀子・儒效》）。

華學天地人三才說，是人與天比肩，替天行道；人與地共生，發地之利；人與天地共存，人與天地並在，人與天地聯運，人與天地同演，於大化流行之中日新月異。

此正如荀子所說：

君子者，天地之參也。

明於天人之分，則可謂至人也。

天有其時，地有其才，人有其治。

錯人而思天，則失萬物之情。（《天論》）

大天而思之，孰與物畜而制之！從天而頌之，孰與制天命而用之！望時而待之，孰與應時而使之！因物而多之，孰與騁能而化之！思物而物之，孰與理物而勿失之也！願於物之所以生，孰與有物之所以成！

西學起始，把人視作自然的觀察者，直到當代，才開始明白，人不僅是天地自然的觀察者，而且是宇宙運演的參與者。

於此，莎士比亞早有穎悟。他說：

人藝足補天工。（This is an art, which does mend nature, change it rather.）

但是直到當代，西方才有人明確地說：

我們自身參與了宇宙的創造。（霍金語）

中國人所謂天地人三才，既不是人世壓沒了自然，也不是自然壓沒了人世，而是人與自然同運演，人與自然共創造，「人可以代造化創機」（胡蘭成《革命要詩與學問》）。天地人三才之人，體悟天道，自覺天命，人意中有天意，天意中有人意。

木心說：

問：如何與宇宙對話。答：大致是：一、「理」的探索。二、「智」的推論。三、「靈」的體識。而人類始終只能獨白。科學家、哲學家、藝術家，三個哈姆雷特在一個戲臺上同時獨白。

宇宙是不與人對話的。

其實，天地人三才之人和宇宙不僅僅是「對話」，三才之人一直在與天地互動，如此與天地互動的三才之人不可能真正「獨白」。

人與造化小兒相嬉戲，遂有天人之際的創造。人是宇宙之一因，人是宇宙之一緣，人共諸因，人參眾緣，萬千機因，緣會遇合，宇宙遂生前所未有之法相，遂現前所未有之法姿。

＊　＊　＊

木心說：

我的認識論，次序是這樣的：宇宙觀→世界觀→人生觀。

民國以來，許多學者，如吳稚暉等，曾化用佛教「空、假、中」圓覺三觀之說而言「宇宙觀、人生

觀」。（〈一個新信仰的宇宙觀和人生觀〉）

一九四九年之後，又有「世界觀、價值觀、人生觀」的老三觀，以及「物質觀、實踐觀、意識觀」，「事業觀、工作觀、政績觀」等等的「三觀」，以及「正三觀」、「毀三觀」之說。

木心《文學回憶錄》是俗講，法說說法無間，宣正語，雜異言，用經典，演變文。木心「宇宙觀、世界觀、人生觀」之新三觀，襲用老三觀的表達方式，是經典演義之變文，是方便俗眾之巽言。

宇宙和世界，互有交集，無從嚴格區分。

《墨子・經上》說：

久，彌異時也。宇，彌異所也。

《墨子・經說上》說：

久，合古今旦暮。宇，蒙東西南北。

這裡說的久、宇，就是宙、宇。

莊子說：

有實而無乎處者，宇也、有長而無本剽者，宙也。

《尸子》說：

上下四方曰宇，往古來今曰宙。

《淮南子》說：

四方上下曰宇，古往今來曰宙。

宇宙之宙，本作久，是時間之無窮綿延；宇宙之宇，指稱屋，是空間之域界劃分。

《楞嚴經》說：

> 世為遷流，界為方位。……東西南北東南西南東北西北上下為界，過去現在未來為世。

世界之世，乃時代之序列，是指時間；世界之界，乃疆域之劃分，是指空間。

宙者，久也，乃時間洪範之疇。宇者，屋也，乃空間洪範之疇。世者，時代序列，乃時間洪範之疇。界者，空間區劃，乃空間洪範之疇。中國華學的宙宇、世界，「無動而不變，無時而不移」（《莊子・秋水》），時空合一，有因有緣，自然而然，大化流行，變易不易，生生不已。

與印度佛學強調空間實體「恆河沙數」不同，中國華學歷來強調時間延綿「逝者如斯」。

中國華學，以宙統宇，以世率界，重宙宇的演化不已，重世界的運行不殆。

中國古典的宙宇、世界，不是西方空間三維加時間一維的「四維時空連續統」（space-time continuum），而是過去現在未來「三世」，統領東西南北四方與天地上下「六合」的九維世界。此九維世界，如來如去，川流不息，人心唯識，明其明德。正所謂：三世因果，六合緣分，九維世界，如如一心。

宙宇、世界，皆有時間、空間座標，二者意義相通，但有內涵差異。

宙宇之宙，純指時間。世界之世，除指時間之外，還兼指時代、人世。木心所說的世界，乃是人類生存之宇宙局部。

此所謂世界，是整個宇宙之人及、人為部分（參隴菲《人文進化學》《文經》）。

木心所謂宇宙，是六合之外，聖人存而不論的大宇宙，和六合之內，人及人為的小宇宙之和。木心所謂世界，只是六合之內人及人為的小宇宙。

此所以吳稚暉兩觀之中，只說宇宙觀而不說世界觀的緣由。同樣因此，木心也常常把宇宙觀和世界觀籠而統之，以和他說的人生觀對稱。

其實，無論是六合之內人及人為的小宇宙，還是人尚未及人尚無為的大宇宙，天與人均已相關、相涉、耦合、互動、共存、並在、聯運、同演。

湯川秀樹所謂「沒有宇宙本體，只有宇宙觀」之「觀」，類貝克萊所謂「存在即是被感知」之「感」，類佛說「萬法唯識」之「識」，還是主客兩分，而非天與人相關、相涉、耦合、互動、共存、並在、聯運、同演。

宇宙觀之觀，是人的觀照。如此之觀照，並不是客觀知識，而是天人之際人的格物致知。

人與宇宙，相關、相涉、耦合、互動、共存、並在、聯運、同演。「應無所住，而生其心」（《金剛經》），其爻位複雜，其卦象錯綜。

人與宇宙，本不是客居旅宿關係，本無所住。以客居旅宿關係，把人「鑲嵌」在如此宇宙之中，「鑲嵌」在如此世界之中，免不了生異化荒謬之感，而不能時時生其天心，生其本心，遂有「宇宙無人文，奈何以人文釋之」的木心之說。

木心言說，蛇口銜尾，圓轉環流，滔滔汩汩說去，一反則生新意。

木心又說：

> 上帝創造了這世界，但他不理解這世界。藝術家創造了這世界，他理解這世界。
>
> 人是靠思想這個東西和宇宙對抗的。宇宙大，人小，人知道。宇宙無情，宇宙不知道，也無需知道，但人知道。這就是人厲害的地方。人類最可寶貴的是這一點。

木心此說，頗合古典。

《鶡冠子》說：

故聖人者，後天地而生，而知天地之始，先天地而亡，而知天地之終。力不若天地，而知天地之任；氣不若陰陽，而能為之經；不若萬物多，而能為之正；不若眾美麗，而能舉善指過焉；不若道德富，而能為之崇；不若神明照，而能為之主；不若鬼神潛，而能著其靈；不若金石固，而能燒其勁；不若方圓治，而能陳其形。

誠如荀子所說：

道者，非天之道，非地之道，人之所以道也。

宇宙若無人文，無心之天，何以明其明德？宇宙觀之觀的根基，是天地人三才，人與天同在，人與天共演。

木心曾說：

宇宙無所謂荒謬。人在裡面，覺得荒謬。

其實，荒謬的，是不明其明德的無明，而不是明其明德的文明。

與「宇宙觀，世界觀，人生觀」三觀之說不同，司馬遷說：

究天人之際，通古今之變，成一家之言。

究天人之際，是體認道理，所究的是天人互動。通古今之變，是感悟歷史，要通的是人世履踐。成一家之言，是替天明道，所成的是道理法說。

司馬遷究天人之際之說，是人共宇宙，人為天地立心，人為萬物命名，人明天明德，替天行道。

而所謂宇宙觀，把宇宙和人，分劃為觀宇宙的主體，和被主體所觀的客體，是西方主客兩分認識論。天人之際的究極，乃天地運演大道之理。此所謂道理，前有萬年，後有百世，是絕對，是至極，是天地之常經，是古今之通義。

正如《鬼谷子》所說：

故聖人之在天下也，自古至今，其道一也。

正如姚鼐所說：

夫文無所謂古今也，惟其當而已。得其當，則六經至於今日，其為道一也。（《古文辭類纂·序目》）

正如王國維所說：

學無新舊也，無中西也，無有用無用也；凡立此名者，均不學之徒，即學焉而未嘗知學者也。（《觀堂別集·國學叢刊序》）

正如錢鍾書所說：

東海西海，心理攸同。南學北學，道術未裂。（《談藝錄·序》）

司馬遷通古今之變之說，是人在操行之中體悟歷史，世界歷史於人有親。而所謂世界觀，於人世時代之中，硬是分劃出無情無義之旁觀的主體。

司馬遷究天人之際，通古今之變之說，本無什麼「地方」「世界」之分。究天人之際，通古今之變，有一王天下視野，是古今中外的天下之論，有通華夷之變的內涵，而非僅僅局限於中國，以井觀天的「地方」之論，以「世界」為名企圖行使話語霸權的西學之論、國學之論。

所謂「世界觀」之「世界」，本來兼指時間的遷流和空間的方位，並無全域與地方之別。當代人視其為與「地方」對立的範疇，沒有任何道理。所謂「地方」，只是空間的範疇，沒有時間的規定，並不是與「世界」同一層次的範疇。真要對稱，是如「全球」與「一地」。

所謂「地方性思維」與「世界性思維」的對立，是風馬牛不相及的謬說。

真正的思維，從來都是思風發於胸臆，言泉流於唇齒，究天人之際，通古今之變，成一家之言，沒有什麼「一地」和「全球」的區別。

《文心雕龍・神思》有言：

> 人之思也，其神遠矣。故寂然凝慮，思接千載，情焉動容，視通萬里。吟詠之間，吐納珠玉之聲，眉睫之前，卷舒風雲之色。

人之「精神念慮，與天地相酬酢」（《胡仲子・尚賢》）。「其心廓然會天地之全而遊乎萬物之表，視古今如一旦暮，視千載以上之人，若同堂接膝而與之語。」（宋濂《潛溪集・胡仲子文集序》）

宋濂〈贈梁建中序〉有言：

> 天地之間，有全文焉，具之於五經，人能於此留神焉，不作則已，作則為天下之文，非一家之文也。

思維是人的事情。人可以浪跡全球，也可以蟄居一地。終生蟄居德國柯尼斯堡的康德，誰能說他僅有「地方性思維」？「究天人之際，通古今之變」，其所成就的「一家之言」，不是一人之言，不是一地之言，不是一時之言，而是天人之言，而是大化之言，而是千秋之言。

當代某些人所謂的「地方性思維」和「世界性思維」，不過是說，某些思維成果，在一定時代，僅僅局限於一地，而不能影響全球；某些思維成果，則在一定時代傳播擴張，影響及於全球。老子、莊子、孫臏，耶穌、柏拉圖、亞里斯多德，《易經》《道德經》《南華經》《孫子兵法》，《聖經》《理想國》《物理學》《形而上學》，都是從一地走向全球。等而下之，不足掛齒。

這種狀況，在當代有了實質變化。

阿爾溫・托夫勒《第三次浪潮》說：

> 在第三次浪潮的精神世界中，遠近兼顧，融為一體。

其《未來的震盪》也說：

> 在我們這個生存代，地理邊界已經打破。

當今世界，存在於不同地方的各種文明，其空間分佈，具有人文進化時間序列內涵。托夫勒所謂遠近兼顧，有古今相融的內涵。托夫勒所謂地理邊界的打破，有時間穿越的內涵。

正如托夫勒所說：

> 事實上不僅當代發生的事件在及時傳播，我們還可以說我們感到過去發生的全部事件也正在以一種新的方式產生影響，因為過去正調頭向我們走來。我們陷入一種所謂「時間跨越」之中。不論過去的人發生了什麼，實質上都影響著今天整個人類。（《未來的震盪》）

維克多・雨果對此早有敏銳覺察。他〈幻想的坡〉一詩如此歌詠：

> 舊貌緊靠著新貌；
> 古代與近代，活人與死人，
> ……

同時說話，同樣要人明瞭。

當代世界，已經很難區分「地方性思維」和「世界性思維」。當代思維的高度，要看能否「究天人之際，通古今之變，成一家之言」，要看能否「觀天地開闢，知萬物造化，見陰陽之終始，原人事之政理」（《鬼谷子》）。

司馬遷所謂的一家之言，是獨見，是絕對。天上地下，惟我獨尊，我今此身，永絕後有。無可比較，無可評判，只能體悟會心，只能靈犀相通。

而有意識形態之嫌的人生觀，均有規範、教訓之旨。五花八門的人生觀，此亦一是非，彼亦一是非，使人無所措手足。

宋明理學的「存天理，滅人欲」，西方世界的「政治正確」，是所謂人生觀標本。

＊＊＊

木心說：

古代之所以有這光榮現象，因為文學家，史家，哲學家，都是貫通的。現代知識分工大勢所趨，一分工，智慧分開。古代文化的總和性現象，一定出華而又實的大人物。現代分工，是投機取巧。現代的新趨向，還是要求知識的統合。希望將來知識統合成功，人類又開始新紀元。

知識，要者是理解知識與知識之間的關係。如此能成智者。

不謀而合，胡蘭成也看重貫通統合各類知識的「諸子」。

朱天文稱胡蘭成為「胡子」，道出了胡蘭成文章認識世界、發現世界、解釋世界，雄辯和策論的特殊品性。

劉勰《文心雕龍》有言：

諸子者，入道見志之書。

博明萬事為子，適辨一理為論。

華夏古典，凡能稱為「子」者，皆「究天人之際，通古今之變，成一家之言。」華夏古典，凡能稱為「子」者，都是博淹貫通之大家達人。

據掃葉山房《百子全書》，《呂氏春秋》《淮南鴻烈》是歸在「雜家」一類。其實，所謂「雜家」，是無法歸類的通達大家。

木心說：

諸子百家的雄辯，今天可用。史家的氣量，今可用。詩經、樂府、陶詩，遣詞造句，今可用！

大家達人，理據老莊名，文宗詩辭選。說理，學老子莊子名家；著文，學詩經楚辭文選。

中國古典，有諸子，有文選。諸子，關乎天人之際、古今之變；文選，關乎感而遂通、詩思情意。諸子，「統天下，理萬物」（《淮南子》）；「入道見志」（《文心雕龍》），意在天下；文選，情深感銳，彪炳華彩，鋪陳迤邐。

木心說：

何必計較宗教家、哲學家、藝術家。歸根到底，是一顆心。

周輔成先生也說：

莎士比亞的戲全談人生哲學，比哲學家高明得多。

> 一等的天才搞文學，把哲學也講透了，像莎士比亞、歌德、席勒。二等的天才直接搞哲學，像康德、黑格爾，年輕時也做詩，做不成只得回到概念裡。三等的天才只寫小說了，像福樓拜。
>
> （轉引自趙越勝《燃燈者》）

如老子、莎士比亞之一等的天才，其文章（而非文學），有一以貫之的綱領，其文章（而非文學），有絢爛彪炳的華彩。

老子《道德經》，是天理的文章，是天道的文章，不是文學。屈原《天問》，是天地的文章，是人事的文章，不是文學。

時人愛說哲性的詩人、哲性的詩歌，詩性的哲人、詩性的哲學。其實，哲性的詩人，還是在作詩。哲性詩人的詩，不是哲學，還是詩歌。詩性的哲人，還是在思哲。詩性哲人的思哲，不是詩歌，還是哲學。說哲性的詩人、詩性的哲人尚無不可，但要說什麼哲性詩歌、詩性哲學，則文不對題。如此詩性哲學，是半吊子哲學。如此哲性詩歌，是半吊子詩歌。以詩性哲學、哲性詩歌（或者文學），論通達大家，均不得要領，還是說「諸子」、說「文章」為好。

* * *

木心說：

> 中國古代歷史，一上來就是文學。
>
> 比起後世一代代腐儒，孔子當時聰明多了，深知「不詩，無以言」（即哲學思想要有文學形式），意思是：不學《詩經》，不會講話。他懂得文采的重要。哲學家、史家，必得兼文學家，

否則無文采。

中國古典文學名著，達到不能增減一字的高度完美。而古哲學家一律都是文體家，你可以不理解他的哲學，但你不能不立即感受到他的文采。

我最崇敬老子，其次孔子、莊子，今天講孟子、墨子、韓非子——怎麼這些哲學家都有那麼強的文學性？永垂不朽的文學價值。

為什麼這些古代史家、哲學家、思想家，都有這麼高的文學才華？到宋代理學家，到近代哲學——如梁啟超、康有為、胡適、梁漱溟、馮友蘭、朱光潛——沒有文學才能可談？

木心結論：

一種思維，一種情操，來自一個品性偉大的人，那麼這個人本身是個創造者。或曰，思維、情操的創造性，必然伴隨著形式的創造性。

後世哲學家不過是思想的翻版、盜版，不是創造性的。所以不可能有文學性。

木心所謂「文學」，是西學概念，不如胡蘭成所謂「文章」更能道出「涵養吾人之神思」之「文采而有章法」的意味。

文者，紋也。文，乃文章之文采。

章者，明也。章，乃天道之章明。

《國語‧周語》云：

講事成章。

舉凡社會、生活、政治、經濟、科學、技術、巫術、宗教、文學、藝術等等，皆可撰文言說，明其明德，明其明道，此所謂「文章」。「文章」內涵深邃，外延寬廣。「文學」則域界單狹，指向專一。所謂「文學」，不過「文章」之局部。正如王鼎鈞所說：狹義的文學，不過是「大圈圈裡頭一個小圈圈。」（《東鳴西應集・並非一個人歷史》）

不過，辭不害意，木心所謂「有那麼強的文學性」，有「永垂不朽的文學價值」的文章，不是無病呻吟的矯揉，不是虛無縹緲的囈語。

魯迅先生早已言及：

由純文學上言之，則一切美術之本質，皆在使觀聽之人，為之興感怡悅。文章乃美術之一，質當亦然，與個人暨邦國之存，無所系屬，實利離盡，究理弗存。故其為效，益智不如史乘，誡人不如格言，致富不如工商，弋功名不如卒業之券。特世有文章，而人乃以幾於具足。英人道覃（E・Dowden）有言曰，美術文章之傑出於世者，觀頌而後似無裨於人間者，往往有之，然吾人樂於觀頌，如遊巨浸，前臨渺茫，浮游波際，游泳既已，神質悉移。而彼之大海，實僅波起濤飛，別無情愫，未始以一教訓一格言相授。故遊者之元氣體力，則為之陡增也。故文章之於人生，其為用絕不次於衣食、宮室、宗教、道德。蓋緣人在兩間，必有時自覺於勤勉，有時喪我而惝恍，時必致力於善生，時必忘於其善生之事而入於醇樂，時或活動於現實之區，時或神馳於理想之域，苟致力於其偏，故謂之不具足。嚴冬永留，春氣不至，生其軀殼，死其精魂，其人雖生，而人生之道失。文章不用之用，其在斯乎？約翰・穆黎曰，近世文明，無不以科學為術，合理為神，功利為鵠。大勢如是，而文章之用益神。所以者何？以能涵養吾人之神思耳。涵養人之神思，即文章之職與用也。（《摩羅詩力說》）

魯迅、胡蘭成所謂文章，木心所謂文學，經緯天地，倫類人世，「籠天地於形內，挫萬物於筆端，」「課虛無以責有，叩寂寞而求音，函綿邈於尺素，吐滂沛乎存心，言恢之而彌廣，思按之而愈深。」（陸機《文賦》）

《易經》有言：

天下文明。

天下唯文可明。

《大學》有言：

大學之道，在明明德。

明德唯文可明。

《文心雕龍》說：

文之為德也大亦，與天地並生者何哉？

聖人之情，見乎文辭矣。先王聖化，布在方冊，夫子風采，溢于格言。

所謂文章，乃是天地人三才之人，為天地立心，為天地命名，替天行道，替天明道。

《鶡冠子》說：

言者萬物之宗也。

《文心雕龍》說：

志足而言文，情信而辭巧。

宋濂〈贈梁建中序〉說：

其文之明，由其德之立，其德之立宏深而正大，則其見於言，自然光明而正偉。

劉熙載《藝概》說：

聖賢吐辭為經。

從來足于道者，文必自然流出。

替天行道，替天明道，不離天地之常經，不悖古今之通義，究天人之際、通古今之變的一家之言，不能不是獨具文體的文言，不能不是妙語迭出的美文。

《鬼谷子》說：

智貴明，辭貴奇。

文章者，是如陸機〈文賦〉所說：

思風發於胸臆，言泉流於唇齒。

其為物也多姿，其為體也屢遷，其會意也尚巧，其遣言也貴妍。

准司馬談《論六家要旨》，先秦諸子中，道家「虛無為本」，冥合大道，而暗於世，唯精於南面之術、隱逸之途；儒家「博而寡要」，明於人事，而昧於天理，不言怪力亂神，知生而不知死；法家「嚴而少恩」，「一斷於法」，而「不可長用」，商鞅自製網羅，最後作法自斃；名家「控名責實」，抽形抽象，而邏輯清晰，指者非指，白馬非馬，「專決於名而失人情」。

先秦諸子百家，如莊子所說：

多得一察焉以自好。

不該不遍，一曲之士。

往而不反，必不合矣。

而箕子《洪範》《孟子》《荀子》，乃至秦漢之際的《呂氏春秋》《淮南鴻烈》，乃至隋唐之際的《文中子》，乃至明清之際的王夫之，清代後期的孫詒讓，乃至民國之初的孫中山，則開始糾正積弊，逐漸走上百慮一致、殊途同歸的通衢大道。他們不僅是胡蘭成所說的天下之士，而且是木心所謂自成一體的文體家。此所謂文體家，不僅文章彪炳斑斕，其究天人之際，通古今之變，也大不同於桐城謬種、選學餘孽。

＊　＊　＊

木心說：

舉實際例子，達到抽象的證實，就是「格物致知」。（〈文學演奏會〉）

木心所謂「舉實際例子」，是所謂「格物」；所謂「抽象的證實」，是所謂「致知」。「格物致知」，是儒家習語。向來傳疏詁訓，都不免迂曲之譏，反倒不如木心體會切題。格物致知，以生命全體仁心感而遂通天下，為華學獨具。

《詩經‧大雅‧烝民》有言：

天生烝民，有物有則。

民與物，皆有其則，皆有其理。格物致知，是以人之操行，窮民與物之則，窮民與物之理，以明其明德。

胡蘭成說：

物固不可去，方可得而說。（一九五〇年十月廿二日〈致唐君毅書〉）

「物固不可去」，人之感悟，始於格物。「方可得而說」，欲說物之方法（方乃物之法，法乃物之方），在於致知。

人生在世，及物即物，說其方法，明其明德。

品物流行，各盡性命。與華學之「格物致知」相仿，佛學也說「識緣於行」（samaskaras），而不是「緣於名色」。佛學所說的「行」，與華學格物之「格」類似，也是近物、及物、即物、接物、框物、品物、獲物、制物，發現、探尋、窮究、生成、標舉、推至，以究天人之際，以明天道人道明德的文明操行。

格物致知之格，兼具「物我相把」「物化歸我」二義。（釋德清《大學綱目決疑》）「物我相把」，是說人與物的互動。「物化歸我」，是說格物致知之人類智慧。

人通過算籌、算盤的使用，發展了計數、計算的技術，使數學逐漸符號化、機械化。人通過圓規、方矩的操作，熟悉了物體的幾何，由平面而立體，由歐幾里得幾何，到羅巴切夫斯基、黎曼幾何，擴展了認識的維度。人通過煉丹的實踐，瞭解了物質的材性以及相互的作用，在此基礎之上，後來才有了門捷列夫發明的《元素週期表》，才有了現代新材料的化學工業。人通過漁獵、農業的耕作、培育，建立了一整套有關植物、動物的知識體系。人通過醫學、解剖，對自己的身體以及自身與周圍環境的關係，有了越來越深入的瞭解。這些，都不僅僅是靜態的觀察，而是動態的格物。當今人類生活須臾不可或缺的「電」，也是「格其物而致其知」的收穫。公元前六百年，古希臘哲學家泰勒斯（Thales）發現，用一塊皮毛反覆擦拭琥珀，琥珀就能吸附碎草和雜屑。如此產生的「電」，被命名為「Electricity」。它源於古希臘的「Elektron」（「琥珀」），意為「琥珀之力」。當代，尤其是現代高能加速器，更加凸顯了人類認識「格其物而致其知」的性質。人類是在粒子高速對撞的剎那，才製造、產生、發現、觀察了所謂「上帝粒子－希格斯玻色子」（Higgs boson）。

格其之物，致其之知。格其之物，窮其之理。格物，是人即物、及物的功夫，是人與物相接，人與物相近，人與物相親，人與物相通，以明其明德的功夫。

本來中國先秦早有《易經》《老子》《莊子》《箕子洪范》《管子》《墨子》《公孫龍子》，以及惠施一類大家經典，奠定了格物致知的道理之基。

本來中國華學可以以此作為基礎，由此導出一系列派生學問，導出一系列如公孫龍子《指物論》所說「能指」一類洪範九疇，導出一系列如《墨子》所說「類名」一類洪範九疇。

可惜漢代以降，獨尊儒術，先秦格物致知的道理一蹶不振。到後來，又有宋明理學作梗。

宋儒曾從《禮記》裡面挑出《大學》一篇，是為《四書》之一。

《大學》主旨如下：

大學之道在明明德、明明道，在親民，在止於至善。知止而後有定，定而後能靜，靜而後能安，安而後能慮，慮而後能得。物有本末，事有終始，知所先後，則近道矣。古之欲明明德於天下者，先治其國。欲治其國者，先齊其家。欲齊其家者，先修其身。欲修其身者，先正其心。欲正其心者，先誠其意。欲誠其意者，先致其知。致知在格物，物格而後知至，知至而後意誠，意誠而後心正，心正而後身修，身修而後家齊，家齊而後國治，國治而後天下平。自天子以至於庶人，一是皆以修身為本。其本亂而末治者，否矣。其所厚者薄，而其所薄者厚，未之有也。此謂知本，此謂知之至也。

這其中，歷來爭訟不已的，是「格物致知」四字。

宋儒朱熹說：

所謂致知在格物者，言欲致吾之知，在即物而窮其理也。蓋人心之靈，莫不有知。而天下之物，莫不有理。（《四書集注》）

程子釋《大學》也說：

所謂致知在格物者，言欲至吾之知，在即物而窮其理也。蓋人心之靈，莫不有知，而天下之物，莫不有理。惟於理有未窮，故其知有不盡也。是以大學始教，必使學者即凡天下之物，莫不因其已知之理，而益窮之，以求至乎其極。至於用力之久，而一旦豁然貫通焉。則眾物之表裡精粗，無不到，而吾心之全體大用，無不明矣。此謂物格。此謂知之至也。

宋儒雖然迂腐，於先秦儒家格物致知之說，倒也不失本意。

到了明代，王陽明卻說：

天下之物本無可格者，其格物之功只在身心上做。（《傳習錄》）

方以智曾祖方學漸一反王陽明之道而言：

知非可以懸空想像而致也。知通於物物事事之間，即物而格之，則致知有實功，而不淪於虛矣。（《東遊記》）

木心有言：

博學事小，博識體大，學乃知，識乃覺。（《醉舟之覆——蘭波逝世百年祭》）

木心此說，可用來解說格物致知。

格物致知的旨歸，不是「知」，而是「覺」。格物致知之「知」，不是平常意義的「知識」「學問」，而是見幾明機的「頓悟」「徹識」。

「覺」與「知」不同。「覺」是「良知」。王陽明「物本無可格」之說雖然矯枉過正，但他標舉孟子「人之所不學而能者，其良能也；所不慮而知者，其良知也」。主張「致良知」，卻是卓然洞見。良知、良能，不慮而知，不學而能。良知不是知，慮也不能；良能不是能，學也不能；良知是人心惟精惟一的頓悟、徹識，是人心之覺，而不是人腦之知。

中國古典，不說「人為天地立腦」，而說「人為天地立心」。

《荀子・正名》說：

心也者，道之工宰也。

《鬼谷子》說：

心者，神之主也。

人與生一，出於物化。知類在竅，有所疑惑，通於心術，心無其術，必有不通。

西學有腦科學，說腦是人的認知器官。

華學則說：

心之官則思，思則得之，不思則不得。（《孟子・告子》）

佛學之識（vjinana），於眼、耳、鼻、舌、身、意六識之首，先舉心識（citta）。

華學、佛學所謂之「心」，並無西學解剖實證，也不如孟子所說只是思維器官。所謂心識，是整體的人對整體世界的感悟，是「神無方而易無體」的空靈之心對空靈之道的感悟。

直到二十世紀八十年代，西方醫學界才發現心臟可以分泌心鈉素（ANP，atrial natriuretic peptide）等激素，才認識到心臟不僅是簡單的泵血機器，而是參與機體的神經——內分泌——免疫功能調節的重要器官。

看來，中醫所謂「心主神明」，並非虛言。如此之心，是生命的全體，而不是西學所謂認知的大腦。

西人路易士曾經言及「沒有胸膛的人」（men without chests）。

這所謂「沒有胸膛」，就是中國人常說的「沒心沒肺」。

法蘭西斯・福山說「沒有胸膛的人」，「由欲望和理性組成，但缺乏氣魄」。

「沒有胸膛的人」，只有知識和欲望，「皆多欲而不足于天」（胡蘭成《文明皇后》）。

路易士說：

若遵從知識，人只是靈魂；若遵從欲望，人只是動物。（參福山《歷史的終結與最後一人》）

只有「胸膛」，才讓人成之為人。

有「心」，人才有感悟。

有「肺」，人才有氣魄。

西人凱文・凱利已然明曉：

當我們把手放在胸口（而非額頭），為我們的行為作出保證時，我們更接近於事情的真相。（《失控》）

腦是有，所知也是有。心是無，所感也在無。西學說腦，著重在有。華學說心，著重在無。

《易經》說：

感而遂通天下。

其所謂通，是於有無之際，是在空無虛境。若不識有無之際，沒有空無虛境，則處處皆實，處處淤塞，一無可通，喑暗無明。只有於有無之際，空無虛境，才能運行無礙，隨物賦形，吹萬不同，變易不易。

沒有空無之心於空無之象的感悟體識，眼目中便只有瓜果梨桃、牛羊豬犬、日月星辰、江河山岳，而不能發明植物、動物、天象、地貌等等達而類私的名目，而不能發明算術、幾何、物理、化學等等通大道之幾見天下之賾的公理化學問，更不能發明乾坤、陽陰、有無、空色、辟翕、捭闔、健行、厚載等等天道變易的洪範之疇。

中國人常說觀感。所謂觀感，是觀而感之。所謂觀感，是觀其有，感其無。

當今世界，新的資訊媒介充塞無量數圖像。此所謂圖像，「並不表示概念」，而只「展現實物」。圖像比之語言，是「認識上的一個倒退」（尼爾·波茲曼《童年的消逝》引雷金納德·戴姆拉爾語）。此「認識上的倒退」，是僅僅觀其有，而沒有感其無。是止於眼目之識，而不及心識、末那識、阿賴耶識、真如識。

佛教說「識」，說「唯識」。佛教說人有眼識、耳識、鼻識、舌識、身識、意識、末那識、阿賴耶識、真如識。意識是人身之中統管眼耳鼻舌身五種感官之識的第六識，末那識是主宰人肉身之第七識，與人肉身不可分離，與人生命不可分離。而阿賴耶識與真如識，則沒有人肉身的局限，則可以超出生死局限。

對於佛教所說的如此之「識」，如此之「唯識」，中國人用一個「感」字，用一個「覺」字，將其歸結於「心識」。

《鬼谷子》說：

> 心為九竅之治。

有此心識，人可自如出入於天人之際空色有無。中國人以人身整體感悟體識世界整體，以人心空無感悟體識世界空無，感而遂通天下，格而致知萬物，遂賦予漢語以心的靈動。

漢語之中，於心關聯之詞語，比比皆是。諸如：心思、心力、心機、心計、心神、心氣、心理、心法、心血、心得、心境、心意、心路、心跡、心胸、心地、心術、心懷、心潮、心緒、心志、心情、心聲、心曲、心弦、心音、心願、心性、公心、慧心、本心、寸心、丹心、赤心、雄心、壯心、稱心、定心、安心、放心、會心、知心、交心、傾心、衷心、專心、實心、誠心、耐心、恆心、敬心、癡心、熱心、善心、良心、童心、決心、苦心、匠心、精心、動心、勞心、用心、費心、賞心、可心、開心、舒心、熱心、貼心、小心、細心、上心、關心、掛心、操心、有心、在心、留心、甘心、揪心、擔心、傷心、痛心、寒心、窩心、驚心、銘心、存心、居心、野心、貪心、私心、變心、負心、多心、二心、分心、粗心、灰心、離心、噁心、黑心、禍心、昧心、等等等等。於心關聯之成語，也比比皆是。

中國人用心於天，用心於地，用心於世，用心於人，真是心事幽微萬千重，心事浩茫連廣宇，為天地立一顆銳感敏應之心。

> 我志誰與亮，賞心惟良知。（謝靈運《游南亭》）

王陽明正是基於如此傳統，主良知，而創「心學」。

中國人正是基於如此傳統，喜佛學，而重《心經》。

中國華學之格物致知，觀物取象，識其物形，見其物象，具象造形，見微知著，冥想直觀，感而遂通，心物皆化，惟精惟一，頓悟徹識，已然超越物形，已然超越物象，一旦豁然貫通，神悟而入其中，締視正觀，以明其物賾。

如此之格物致知，使物立地成佛。

使物立地成佛者，是格物與致知之間的飛躍，此正是老莊所謂的「得意忘象」。得其意，得其賾，得其道，則忘其物，忘其形，忘其象。這裡所說，並不僅僅是對於藝文的理解欣賞，其所著重，乃是格物致知，以明天道明德，以究天人之際。

格物致知之所以能有跳躍，能有機鋒，是因為華學所謂格物致知，並不是以物為認知對象，而是人與物接，人與物近，人與物親，人與物通，人與物有別而無隔，人與物冥合而兩化，惟精惟一，從而得其意，得其賾，得其道，是人全新的創造。

《易經》有言：

聖人出而萬物睹。

格物致知，人與天地萬物不隔，人與天地萬物有親。天地萬物，不是西學所謂認識的對象，而是與人同在的生命。格物致知，人與萬物同造化，人與萬物共流行，人與萬物同生死，人與萬物共命運。人以此「萬物皆在，人我歷然」之格物致知的操行，明天道之明德，而有人道之明明德。

湯川秀樹所謂「先有結論，後有證明」，胡適所謂「大膽假設，小心求證」，都是說格物致知之機。這機字，說的就是格物致知的頓悟、徹識。

佛學關於頓悟，有「一剎那知一切」（ekaprativedha）之說。頓悟之頓，是剎那，頓悟之悟，是一切。頓悟亦即徹識。

以往的認識，都以為假設不過是求證之前的經過步驟。其實不然。對於複雜系統而言，精密的求證，準確的預測，都不可能。凱文・凱利的導師法默（Doyne・Farmer）已然曉悟：對於市場之類的複雜系統，「其實不需要太多的預測，就可以做很多事情」。

凱文・凱利說：

在非線性系統中，輸出和輸入之間並不成比例。

在非線性系統中，很少的輸入，會產生很大的輸出。輸入端的微小擾動，會被系統以幾何級數放大，而導致系統自身的躍遷。

凱文・凱利因此而言：

進行一次有用的預測用不著看得太遠。

即使是一點點有關未來的資訊，也是非常有價值的。

天才和聖人，就是憑著這「一點點有關未來的信息」，格物致知，頓悟徹識，把握天機。

＊　＊　＊

說起「格物致知」，想起木心的另一句名言：

玩物喪志，其志小，志大者玩物養志。

如王世襄者，是玩物養志的大家。

如《荀子・修身》所說，玩物喪志，是「小人役於物」；玩物養志，則是「君子役物」。

＊＊＊

木心說：

一切智慧都是從悲從疑而來。我不知道此外還有何種來源可以產生智慧。

人之智識，皆因疑問而起。人之智識，又因慈悲而深。面對大化流行，面對萬事萬物，人有疑問，才有或多或少智識，人有慈悲，才有智識深徹究極。因疑而問，因慈悲而究極，問而有學，遂生大信。

中國聖哲不說「學問」，而說「問學」。

《中庸》說：

尊德性而道問學。

孔子曰：

欲知則問。

庞子問：

聖人學問服師也，亦有終始乎？

鶡冠子答曰：

始于初問。

文中子曰：

廣仁益智，莫善於問。

鄭板橋說：

學問二字，須要拆開看。學是學，問是問。今人有學而無問，雖讀書萬卷，只是一條鈍漢爾。瓊崖主人讀書好問，一問不得，不妨再三問，問一人不得，不妨問數十人，要使疑竇釋然，精理迸露。故其落筆晶明洞徹，如觀火觀水也。（《題獵詩草・花間集詩草跋》）

問學，問學，學因問而起，學因問而興。問是有疑，問是有惑，去疑解惑，是謂之學。

孔子曾說：

每事問。

米繼軍《誰是孔子》文統計：「縱觀一部《論語》，其中一個『問』字竟達一百二十一個之多，占其全篇文字總量（一萬五千九百二十一）的近百分之一，主要有：問仁、問禮、問孝、問知、問恥、問政、問友、問明、問死、問陳、問行、問君子、問為仁、問知禮、問為邦、問事君、問成人、問子產、問子西、問管仲、問禮之本、問禘之說、問事鬼神、問善人之道、問聞斯行諸、問崇德辨惑……等等等等，諸如此類，林林總總，不一而足。而且其中還有諸多雖無問之名而有問之實者。放眼過去，信手拈來，真可謂是一曲曲淒美哀婉、愁腸百轉的『千萬次地問』。」

問而有學，屈原《天問》，是其典範。

遂古之初，誰傳道之？上下未形，何由考之？
冥昭瞢闇，誰能極之？馮翼惟像，何以識之？
明明闇闇，惟時何為？陰陽三合，何本何化？
圜則九重，孰營度之？惟茲何功，孰初作之？

> 斡維焉系，天極焉加？八柱何當，東南何虧？
> 九天之際，安放安屬？隅隈多有，誰知其數？
> ……

屈原者，「上窮碧落下黃泉」，問天，問地，問古，問今，問人，問事，問神話，問傳說，問鳥獸，問草木，問山川，問江河，世間萬事萬物，無一不問。比較孔子，屈原《天問》才是真正的「每事問」。

柳宗元以《天對》答屈原《天問》，拘泥於對應的回答，拘泥於問者的問題。

做教師的人，都會碰到學生提問。對學生提問一般有如下三種處理方法：一、問題正確，回答之；二、問題有問題，修正問題之後回答之；三、問題不成立，取消問題，不予回答。

以上三種方法，依然拘泥於問題的結論，而不是問題的打開。如此問答，還是沒有臻於切題與不切題、於題若即若離的境界。那癥結，還在於已知，還沒有悟到未知。

經常有人向陳丹青提問。趙國君說：這些提問「諸多大詞橫飛：什麼藝術振興、走出國門、社會悲哀，等等，多家國意識，天下思維，缺乏細節，亦少包容，往往一個問題涵蓋一切，一個立場橫空出世不容異端，這毛病我有，好多人都有，是社論體、教科書，乃至骯髒政治語言習焉不察後的惡果，幾無對話起點，除了暴露醜陋、無知，或表演兇悍、野蠻，簡直一無可取。而陳丹青的習慣是，一方面固守邊界，就事論事，一方面消解大詞，言之有物，避免話語高蹈，其實是祛除權力話語的大而全，使語言回歸常態，坦白，誠實，有主見而不流俗，散發著許多知識人奇缺的話語特色與人格力量，乍一看，仿佛他在耍狡猾，其實是見招拆招，回避整全偏頗的表達方式」。

對此，陳丹青說：

我不會上問題的當。

問答，問答，問亦有別。

問答，問答，答亦有別。

木心說：

耶穌所答，常用以下公式：非直接的針對性。或曰，間接的針對性。凡遇重大問題，不能直接回答，要間接回答。

我總是拿不是回答的回答，對不是問題的問題。

春秋時期，子貢問於孔子：

昔者齊君問政于夫子，夫子曰：「政在節財。」魯君問政于夫子，子曰：「政在諭臣。」葉公問政于夫子，夫子曰：「政在悅近而遠來。」三者之問一也，而夫子應之不同，然政在異端乎？孔子答曰：「各因其事也。齊君為國，奢乎台榭，淫于苑囿，五官伎樂，不解於時，一旦而賜人以千乘之家者三，故曰政在節財。魯君有臣三人，孟孫、叔孫、季孫三也，內比周以愚其君，外距諸侯之賓，以蔽其明，故曰政在諭臣。夫荊之地廣而都狹，民有離心，莫安其居，故曰政在悅近而來遠。此三者所以為政殊矣。」（《孔子家語》）

孔子「各因其事」，同樣問政，答卻不同，這是中國華學通變傳統。

《易經・繫辭上》有言：

通變之為事。……天地變化，聖人效之。

《繫辭下》也說：

> 為道也屢遷，變動不居。不可為典要，唯變是從。

佛教以為，「佛是至極，至極則無變」；「至極以不變為性」（釋慧遠語，出《歷代三寶紀・卷第七》）。《易經》則以為，只有變易本身不易，萬事萬物，無一不在變易。換言之，長宙廣宇中，只有變易不易，除此而外，沒有不易的東西。此正所謂「易易為恆」（木心《詩經演・躡景》）。

問學之問，不是只有一種至極而無變的刻板答案，或者千古而不易的客觀規律。大化流行，機裡藏機，變外生變，宇宙萬事萬物，總有偶然，多是或然，而非必然，更少有人們心目中的應然、當然。

人們常說「問題的提法，先驗地決定了問題的答案。」因此，又有「問即是答」的說法。

其實，那是說封閉的問題，會有封閉的答案。如此，「問即是答」才能成立。

如果問題不是封閉的問題，而是開放的問題，那麼，答案也將開放。如此，「問即是答」，並不總是能夠成立。

凱文・凱利《失控》說：

> 進化並不一定要昆蟲飛行或游泳，只要求它們能夠快速移動來逃避捕食者或捕獲獵物。開放的問題得出了諸如水蠅用腳尖在水上行走或者蚱蜢猛然跳起這樣各不相同但卻明確的答案。

凱文・凱利已然覺悟：自然的造化，天生具有「處理定義不嚴格的並行問題的能力」。

> 在現實世界中，一個問題可能有一個或多個答案，而答案的範圍、性質或值域可能完全模糊不清。

凱文・凱利《必然》專設〈提問〉一章，於此進一步深入討論：

我們永遠都有問題。

科學包含一個悖論，每個答案都會孕育至少兩個新問題，因此，使用的工具越多，答案就越多，相應的問題也會更多。

更深入地研究細胞或者大腦，我們將發現自己對此同樣無知。我們甚至說不出自己不知道什麼。（當代科學技術的發明）能幫助我們窺探自己的無知。在科學工具的幫助下，如果知識呈指數增長，我們應該很快就消除困惑。然而實際情況是，我們不斷發現更大的未知領域。

科學作為一種手段，主要增長了我們的無知而不是我們的知識。

凱文・凱利說考夫曼：

他所要的是一切問題之問題，而不是一切答案之答案。

他列舉了「好問題」的如下特性：

最好的問題不是能讓我們得到答案的問題。

一個好問題不能被立即回答。

一個好問題挑戰現存的答案。

一個好問題與能否得到正確答案無關。

一個好問題出現時，你一聽見就特別想回答，但在問題提出之前不知道自己對此很關心。

一個好問題創造了新的思維領域。

一個好問題重新構造自己的答案。

一個好問題是科學、技術、藝術、政治、商業領域中創新的種子。

一個好問題是探索、設想、猜測，它能帶來差異的分歧。

一個好問題處於已知和未知的邊緣，既不愚蠢也不是顯而易見。

一個好問題不能被預測。

一個好問題能生成許多其它的好問題。

總而言之，我們現在正處在「從確定的答案向不確定的問題轉變的過程」之中。

問題永遠在答案之先，新的問題永遠開啟新的答案。這開放，這未濟，才是人類的大智大慧。

曾子說：

以能問於不能，以多問於寡；有若無，實若虛，犯而不校，昔者吾友嘗從事於斯矣。（《論語・泰伯》）

此所謂「不恥下問」，其實是腐儒的假謙虛。明明是「能」，還要假模假樣的問於「不能」，明明是「多」，還要假模假樣的問於「寡」。真正的大儒，沒有這種假道學。不過「有若無，實若虛」，倒真有道理。真正的學者，知道自己其實無知。真正的充實，知道自己其實不足。

真正的大智慧，是問於未知，問於不知，而不是問於不能，問於寡。

老子說：

知不知上，不知知病。聖人不病，以其病病，是以不病。

知道自己的無知，是上智。以不知為知，是頑疾。聖人之所以「不病」，是自知其「病」，聖人自知不知為知之「病」是「病」，所以「不病」。因是而問學，因是而有智。

凱文・凱利說：

問題比答案更有力量。

有時，問題就是一切。

如錢鍾書所說：

問而不答，以問為答，給你一個迴腸盪氣的沒有下落，吞言咽理的沒有下文。餘下的，像啥姆雷特臨死所說，餘下的只是靜默——深摯於涕淚和歎息的靜默。（《談中國詩》）

如胡蘭成所說：

我幾次看見張學良的騎兵在操演。有時夜裡醒來，天還未亮，聽見馬號吹動，真是悲壯淒涼，叫人萬念俱灰，卻流淚亦不是，拔劍起舞亦不是。那夜色曉氣裡的馬號，是歷史的言語，山河的言語，在殷勤囑咐，使人只覺得民國上承五千年香火，現有東洋西洋為鄰舍，有一種惆悵，卻不為得失或聚散離合，有一種追根問底，卻不可以作成一個什麼問題，且連解答亦不需要。它惟能是一種反省，但亦不是道德上的計較或行事上有那些要悔改。（《今生今世》）

＊　＊　＊

木心「偏愛形象型的藝術家」。

木心說：

詩人是實體世界上的精魄，他的詩是靈界消息，實體與純靈難於溝通，詩人假借韻形塑造意象，使「靈」可聞可見與人親昵，啟人悟思已成歡喜。（《醉舟之覆——蘭波逝世百年祭》）

「形象」是西方範疇，它與中國古典之「象」，同中有異，異中有同。在伊壁鳩魯學派看來，每一個物體都有一個超越的「幻象」，或者說「擬象」。不過，在西方人看來，這種超越的幻象或者擬象，像是「從事物表面被永久性地剝離下來的外衣，在空中飛來飛去」（轉引自凱文・凱利《失控》）。直到當代，西方學者，才重新看到「象」尤其是「具象」不可取代的認知價值。

凱文・凱利在其《失控》中，鄭重宣言：

化抽象為具象。

凱文・凱利所謂的「具象」不是單純的「物質」，也不是伊壁鳩魯學派那種超越物質的「幻象」或者「擬象」。在他看來，「具象」是「物質與信息混合」的東西。凱文・凱利還討論了「物理學算式」和「依照經驗資料建立起來」之感知「模型」的區別。凱文・凱利說：

你可以採用牛頓的經典力學算式f=ma來預測一個高飛物體的運動軌跡，但是你的大腦本身卻並沒有存儲這樣的基本物理學算式。更確切地說，它直接依照經驗數據建立一個模型。一個棒球手，成千次觀察球棒擊飛棒球的情景，成千次舉起帶著棒球手套的手，成千次利用戴手套的手調整他的預測。不知怎麼的，他的大腦就逐漸編制出一個棒球落點的模型——一個幾乎跟f=ma不相上下的模型，只不過適用範圍沒有那麼廣而已。這個模型完全建立在過去接球過程中產生一系列手／眼數據的基礎上。在邏輯學領域中，這樣的過程統稱為歸納，它與導出f=ma的推演過程截然不同。

凱文・凱利已然覺悟：

> 在歸納式的模型中……事件並不需要抽象的原因，就跟具有意念之中的棒球飛行路線的棒球手，或者一隻追逐拋出的棍子的狗一樣不需要抽象的原因。
>
> 狗不會數學，但是經過訓練的狗卻能夠預先「計算」出飛盤的路徑然後準確地抓住它。
>
> 如果非要等到每個人都能弄明白$f=ma$這個算式再行動的話，就根本沒有人能接住任何東西。就算你現在瞭解了這個算式，也沒什麼用。法默說：「你可以用$f=ma$來求解飛行中的棒球問題，但你不能在外場即時解決問題。」

凱文・凱利，似乎已經從對西學抽象概括的物理學算式的精確性適用性的迷信中有所解脫。他已經開始觸摸到華學格物致知感而遂通之感悟體識的門徑，嘗試瞭解華學格物致知感而遂通之不離時空、不離歷史、不離情景、不離人事的切實性和針對性的奧秘。

格其物，致其知。格物是術，所致之知是道，道術不二。科學不能只有假說、演繹，還要有可重複、可檢驗、可公度之如同中國「算術」的方法、技術。愛因斯坦因此而言，實驗科學的鼻祖「伽利略是開創科學革命的第一人」，甚至於認為他比牛頓還要重要。

極而言之，現代信息社會幾乎所有的電子技術，包括電報、雷達、廣播、電視、電腦、網絡、通訊衛星、智能手機、數碼錄音、數碼錄影、虛擬世界、3D打印等等，都建立在法拉第格物致知之科學實驗中發現的電磁感應（線圈閉合電路通電、斷電影響磁鍼偏轉），以及電-磁、電磁-電聲、電磁-電光相互轉換的基礎之上，建立在格物致知之諸如半導體集成電路一類的材料科學、技術科學基礎之上。所有這些，和相關電-磁轉換之麥可斯韋爾定律的精密數學方程並無直接關係。當然，麥可斯韋爾定律的精密數學方程，如同《易經》邏輯自洽的六十四卦一樣，有助於我們進一步認識、理解宇宙自然的無窮奧秘。

《鬼谷子》說：

以實取虛，以有取無。

華學所謂「象」，並不是抽離事物具體物形物象的「抽象」，也不是物質與信息之外在的「混合」，而是生命本身顯現的造化之道，因此才有其不離時空、不離歷史、不離情景、不離人事的切實性和針對性。

華學《易經》所謂「道」、「器」兩間之「形」，不離行象，不離器具，虛中有實，無中具有。

《尚書・大禹謨》有言：

天之歷數在汝躬（身）。

文明造形從人身始，「近取諸身，遠取諸物」（《易繫辭》），因之有人，因之有形，因之有象，因之有意。

華學所謂格物致知，因其有人，因其有形，因其有象，因其有意，又因有其機，就不是西學唯物主義所謂對物質實體的認識，而是格其物，抽其形，立其象，範其術，悟其無，通其幾，見其賾，明其德，顯其道，會其神。

許慎《說文解字》說：

形：象形也。

劉熙《釋名》說：

形有形、象之異也。

形與象通，又與象有別。「在天成象，在地成形。」《易傳》有言：

見乃謂之象，形乃謂之器。

道為天、為乾，器為地、為坤。天道顯象，地器具形。天象惚恍多變，地形明晰穩定。杜甫《可歎詩》云：「天上浮雲似白衣，斯須改變如蒼狗。」地形雖也有滄海桑田之說，那是千萬年才有的變化。司馬遷說：

形者，生之具也。（《史記‧太史公自序》）

凡器，都有其特定之形、特定之質。非具此形，非具此質，則非此器。同形之器，可具不同之質。形與質兩相比較，形之於器，尤為緊要。以杯為例，杯可為木、為陶、為玉、為瓷、為銅、為錫、為玻璃、為塑膠，都必具杯之形方可稱之為杯。

形之先，是為象；象之先，是為道。形與道通。以象為中介，形與在象之先的道相通，又是器之為器之一定不移的確信。形是形而上之道和形而下之器的樞紐，只有通過這個樞紐，形而上之道和形而下之器才能真正上下貫通。對此，真要達到徹底悟識，還得借助墨子智慧。

荀子說：

其言有類。（《儒效》）

墨子「達、類、私」的三分法，發明了畢同之達與畢異之私之間非同非異、亦同亦異的類。類與達、私比較，它既不是畢同之達，也不是畢異之私。同樣，形與道、器比較，它既不是完全抽象的形而上之道，也不是完全具形的形而下之器。類和形，比較達同之道，並沒有完全脫離現象；而比較私異之器，則又開始有所「抽形」（胡蘭成語）。

《韓子·解老》說：

人希見生象也，而得死象之骨，案其圖以想其生也，故諸人之所以意想者皆謂之象也。

中國中原，上古濕潤溫熱，適宜大象生存。滄海桑田，物候變遷，後來中原，已經不見活象蹤影，而不時有古象化石發現。人們只能根據這些化石，意想揣摩古象活態。古象化石，正是韓非所說的「死象之骨」，它已不具活象物形。此由活象之形到死象之骨的變化，正可諭示胡蘭成所謂的「抽形」，「抽形而為象」。此由活象抽形而來，作為「諸人之所以意想」憑據之死象之骨的「象」，因之成為與西學、佛學鼎足而立之中國華學的核心術語之一。

韓非所謂「死象之骨」，已不具活象之物形，而是抽形之象形。此抽形之象形，已由動態的活象身軀，轉化為靜態的死象骨架。此動態向靜態的轉化，正是作為「諸人之所以意想」憑據之象的玄機所在。由此中國華學所謂之象，我們可以了悟：對於已經死亡的動物或者已經絕滅的物種而言，對於已經喪失使用價值或者已經不再具備消費價值的事物而言，其能為吾人眼下認識的，既沒有其存活期間的呼吸吐納，也沒有其存活期間的機能功用，唯一能被吾人眼下把握的，只有死象之骨一類形象。因此，韓非說象特以「死象之骨」為喻。如韓非所言，只有憑此靜態的「死象之骨」，我們才能「案其圖以想其生」，才能意想揣摩死象生前的呼吸吐納。

王夫之《周易外傳》說：

可見者其象也，可循者其形也。

抽形而為象，抽象而為道。象，是對器的抽形。道，則是對形的抽象。形上、形下之形，與器之物形之形，並非完全等同。所謂「抽形而為象」，是抽物形而為象形、抽實形而為虛形、抽器形而為意形。

此形上、形下之間的「形」，因其抽物形而為象形，抽實形而為虛形，抽器形而為意形，已經沒有了物形、實形、器形的局限，因此可以觸類旁通，可以群而類之。因此，又可稱之為「類形」。此「類形」之「類」，是墨子「達、類、私」三分的「類」。此所謂「類形」，與通常指稱某一類事物的「類型」不同。

以杯為例，杯有杯之所以為杯之形。某種特殊之杯，又有其特殊的杯形。細口杯之杯形與廣口杯之杯形不同，高腳杯之杯形與矮腳杯之杯形不同。此種種的不同，乃是其具體物形的不同。但與盤之所以為盤不同，與碗之所以為碗不同，杯之所以為杯，都有其共通的杯形。此杯之所以為杯的共通杯形，即是杯之類形、象形、意形。它已經不是實形，而是虛形。

細口杯、廣口杯、高腳杯、矮腳杯之杯形，仍不過是物形。而杯之名謂所言的杯形，則已是杯之象形、類形、意形、虛形。此杯之象形、類形、意形、虛形，已經不局限於實際的杯子，而是杯之物象，其中有杯之物意，有杯之精神。

杯字，古文作桮（）。此桮字，正是杯之物象。其左，「木」之偏旁（），明示杯之原初乃斫木為器。其右上之「不」，古文作「」狀，實乃平口、有蓋，杯下有柄或有座的容器之象。其右下之「口」，古文作「」狀，則意指酒漿之類飲料與口吻之間的飲用關係。此杯字，因不拘泥於某種現實杯子的具體物形，而成為深蘊杯之物意、杯之精神之所有杯子的物象。

《周易・繫辭》說：

制器者尚其象。

制器所尚，正是如杯字所象之杯之物意、杯之精神。

制器所尚，正是器之物意、器之精神。

以此杯字為例，我們可以知曉：中國漢字，實在有類形、象形、意形、虛形的婀娜法姿。中國漢字，如老子所說，乃是「無狀之狀，無物之象，是謂惚恍」。

如此杯字，已無杯之實物，已無實物杯子之實狀。正因如此，此惚恍於無量數實物杯子之際的杯字，才成為所有杯子之象。此惚恍於道器、無有、空色、虛實之間的中國漢字，和《易經》卦爻、中國音樂一樣，正如老子所說：「惚兮恍兮，其中有象。恍兮惚兮，其中有物。」

如杯之一字，於惚恍恍惚之中，象示所有杯子之形；於幽隱迷離之中，似有無量數杯子實物若隱若現，其中確有杯之大信在。正如老子所說：「窈兮冥兮，其中有精。其精甚真，其中有信，自古及今，其名不去。」

古往今來，無量數之各式各樣的杯子業已損毀消滅，而杯之象、杯之名、杯之意、杯之神則不去不毀，亙古長存。

《鶡冠子》有言：

物無非類者。

通之謂類。

屈原有言：

庶類以成兮，比德之門。（《遠遊》）

《史記・屈原傳》有言：

舉類邇而見義遠。

其〈敘傳〉又說：

連類以義。

司馬相如〈封禪書〉云：

以類託寓。

枚乘〈七發〉云：

離辭連類。

此「比德之門」的「類」，以其形，以其象，可觸而長之，群而比之，網羅天下萬事萬物。道器之間的類形、象形、意形、虛形，既象物事之道，又象物事之器。形象基於器，又不拘泥於器，而在道的層面相通為一。此所謂形，是可以「旁求於天下」的鎖鑰。

胡蘭成因之而言：

形與意為一，形滅則意亦成為無據。（《中國的禮樂風景》）

華學所謂道、形、器之形是生命延續、文明延續的玄機所在。

生命、文明之確信，只有從動態「行象」轉化為靜態「形象」，只有從時間動態消息轉化為空間靜態信息，才不至於轉瞬流逝，才能長期甚至永久貯存。

尤為重要的是，只有以幾何拓撲之形存貯的空間靜態信息，才能在信息的產生和接受之間有一定的時間延滯，從而使其從過去傳遞到現在以至將來，並生成歷史意義。（參隴菲《人文進化學》）

正是因此，司馬遷才說：一家之言，要「藏之名山，副在京師，以俟後世聖人君子」。

尤為重要的是，惟有在其產生和接受之間有一定時間延滯的靜態之形貯存的確信和信息，人類才有所謂文明、歷史、傳統、文脈。惟有在其產生和接受之間有一定時間延滯的靜態之形貯存的確信和信息，生物才能繁衍、滋生、發展、進化。（參朧菲《人文進化學》《文經》）

形，是生物的命脈所在，是文明的命脈所在。形，是人類賴以繁衍的根本，是文脈賴以延續的根本。如同竹節記錄竹子生長，年輪記錄古木樹齡，地層記錄滄海桑田變化，文字記錄語言，樂譜記錄樂曲，數碼記錄過往場景，程式記錄運演動態一樣，基因也是以靜態之形記錄生命的動態消息。此中時間與空間相互可逆的自同構變換，生命動態消息與基因靜態信息相互可逆的自同構變換，是生命延續的關鍵。（參朧菲《人文進化學》）

生物的遺傳基因DNA由雙螺旋之兩條長鏈構成，兩條長鏈上排列有序的堿基乃是「符左契右、相與合齒」（《易林・中孚・坤》）的密碼。同樣，在RNA單鏈上排列有序的堿基，以及蛋白質的氨基酸，也有「符左契右、相與合齒」的密碼。以此把生命發育之時間綿延流逝性質的動態消息自同構變換為空間幾何拓撲性質的靜態信息的DNA為準，拷貝其範本的RNA才能鑄範蛋白質的結構，才能控制蛋白質的組織。（參朧菲《人文進化學》）

無論是無機世界還是有機世界的顯象成器，以及其複製拷貝，以及文明的傳承延續，都有賴於幾何拓撲之形——基因、圖像、文字、樂譜等等。

此，正所謂：

乃審厥象，俾以形旁求於天下。（《尚書・商書・說命》）

* * *

木心說：

向未來看是胸襟寬闊，向古代看也是胸襟寬闊。如能做到，是一種感知豐富、進退自如。前可見古人，後可見來者，人，無非是借助過去和未來支撐的。……前見古人，後見來者——是所謂教養。

人常說中國人懷舊，中國人總是面向過去。豈不知，中國《易經》以未濟使六十四卦不了了之，以變易為華學要義精粹。中國人並不像《封神榜》中安反了頭的申公豹一樣，臉朝後只盯著過去。身在當世的中國人有前後兩對眼睛，一對盯著過去，另一對則盯著未來。

陳子昂〈登幽州台歌〉是前後兩對眼睛的觀感：

前不見古人，後不見來者。念天地之悠悠，獨滄然而涕下。

木心《文學回憶錄》也是前後兩對眼睛的觀感：

前可見古人，後可見來者。

天地洪荒，宙長宇闊，大化流行，逝者如斯。大道無住，法輪不輟，如來如去，白駒過隙，「剎那之間，分為三際，謂過去、現在、未來」。（《華嚴經．金獅子章》）

中國人有「慎終追遠」之厚德。慎終，知未知，開向未濟，是拜未來佛。追遠，祭先祖，讀經詠史，是拜過去佛。

中國人拜佛，是三世皆拜，不僅拜未來佛、過去佛，也拜現在佛。

《鶡冠子》說：

欲知來者察往，欲知古者察今。

中國人立於當世，「反以觀往，覆以驗來，反以知古，覆以知今」（《鬼谷子》）。超越厚古薄今，超越厚今薄古，古今皆入其文章。

正如木心所說：

可以借古諷今，可以借今諷古。因為，世上不外乎這樣的人，這樣的事。「人」和「事」一入文學，再今，也古了，而古被今看著時，再古，也今將起來。（《大宋母儀・後記》）

正如胡蘭成所說：

想像昔人當年，要當它是我三生石上事，譬如讀庾信的文章，即好像我自己是與庾信生在同時之人，而又好像庾信是生在今天的。我臨寫魏碑亦是如此。嵩高靈廟碑是崔浩書，每臨寫時總會使我想起拓跋魏時，崔浩、高允、文明皇后之事。（《中國文學史話》）

關於此，西方有一個故事：

一位西方哲學家無意間在古羅馬城的廢墟裡發現一尊「雙面神」神像。這位哲學家雖然學貫古今，卻對這尊神很陌生，於是問神像：「請問尊神，你為什麼一個頭，兩副面孔呢？」

雙面神回答：「因為這樣才能一面察看過去，以吸取教訓；一面展望未來，以給人憧憬。」

「可是，你為何不注視最有意義的現在？」哲人問。

「現在？」雙面神茫然。

哲人說：「過去是現在的逝去，未來是現在的延續，你無視現在，即使對過去了若指掌，對於未來洞察先機，又有什麼意義呢？」雙面神聽了，突然號啕大哭起來，原來他就是沒把握住「現在」，羅馬城才被敵人攻陷，因此他遭人丟棄在廢墟中。

與古羅馬的「雙面神」不同，中國禮樂文明逝者如斯，是過去、現在、未來生生不已的大化流行。中國禮樂文明中的人，個個都是三世金佛，不是只活在一個時代，而是活在過去、現在、未來之所有時代。中國禮樂文明，中國禮樂文明中的人，因此而有教養，因此而有悠悠無盡的風景，韻味無窮的人情。

《鬼谷子》說：

> 天地無極，人事無窮。

蘇軾〈後赤壁賦〉云：

> 曾日月之幾何，而江山不可復識矣。

天道人道，生生不已，因緣和合，成而未濟，一步一景，步步生蓮。未來、未濟，都是未知，因此要教小孩子面向未知。「小孩面對著未知，只是好情懷，這就是他一生幸喜的根源了。」（胡蘭成〈上蔣經國書〉）

已然未然，人生兩端。憶念過去，人之常理；希冀未然，人之常情。中國人於天道自然而然之自然、人事歷史而然之史然外，尤為關切造化未濟而然之未然。

什麼是未然？未然是隱而不知，無形無象；未然是卜算希冀，難以捉摸；未然是差之毫釐，謬以千里；未然是因緣和合，變易不測；未然是人事無常，法海無邊。未然，未然，玄牝洞開、生機無限。人在世間，不僅有本然而然的本能，而且有相互仿效的仿能，而且有明德智慧的智能。智能者，是人類投身時間川流，記憶過去、把握現在、瞻顧將來之能。

智能之極至，已然倒果為因，已然倒因為果。

早期人類操行，本能急需為因，操行目的為果。本能反應一再推遲，操行事功一再提前，預期目的反成動因，當下急需反成結果。

《荀子・王制》說：

始則終，終則始，若環之無端也。

《呂氏春秋・主術訓》說：

智欲圓者，環復轉運，終始無端。

《大學》有言：

物有本末，事有終始，知所先後，則近道矣。

《大學》之言，一語中的。終先始後，人為之道；終先始後，人行之則。人之智慧，本能反應推遲，操行事功提前；倒果為因，終先始後；人類因此出類拔萃，人類因此神運道行。

《鶡冠子》說：

百化隨而變，終始從而預。

人類因此本能反應的推遲，人類因此操行事功的提前，而有未來、未濟、未然之瞻顧預謀。

所以孟子才說：

今之欲王者，猶七年之病，求三年之艾也。苟為不畜，終身不得。（《離婁上》）

當今急於想稱王稱霸的人，好像是抱七年不治之病，而急求三年生的艾草，企圖以針灸之術，使沉痾立馬痊癒。但如果不是平日有所準備貯存，恐怕到死也不能求得這珍稀的寶藥。如果不是早有謀劃，打好堅實基礎，光憑一時興起，想在春秋戰國之際稱王稱霸，哪有那麼容易的事情？

中國人正是心得於此，側重面向未知之學。

《禮記・中庸》因此而說：

凡事預則立，不預則廢。

預，是以未濟為標的。有預，才能倒果為因；有預，才能終先始後；有預，才能為未來的目的貫徹長遠的計畫，以實際的操行逐步實現預想的結果。如若不預，那只能「摸著石頭過河」。

造化未濟之未然，是中國人的嚮往。中國人因此嚮往，而無彼岸之臆念，而無天堂之妄想。真要說什麼彼岸，那是人世的未來。

木心說：

我倒不怕下地獄，因為地獄是沒有的。我更不怕上不了天堂，因為天堂更是沒有的。（《試問美國人》）

瑤姬何事降人寰，只為仙凡長相關。（胡蘭成詩句）

胡蘭成如是說：

仙凡，還是要在凡間的好，天上人只在天上，便不如在人間的實際。（轉引自《慧娥手箚》）

所有宗教，都有天堂、彼岸之說。中國人則從小就知，沒有什麼虛幻的天堂、彼岸，只有現實而開放的未來。

天上復能樂比人間乎？（《白石先生》）

中國人從小就知，上界的天堂，原不抵地上的人世。

即使是基督教，中國人也有自己特別的解釋。有人問王鼎鈞的母親：「她為什麼要信基督教，為什麼不信佛教？」王鼎鈞說：

我清清楚楚聽見她是怎麼回答的。她說：「我不要來生。」不錯，基督教教義裡只有今生永生，沒有前生來世。對熟知輪回的的中國人來說，這的確是它的特色。（《昨天的雲》）

羅素說：

基督教信仰的中心信條，上帝和永生，在科學中是找不到根據的。我們也不能說這兩種信條是宗教的要素，因為佛教中就沒有它們。（《我的信仰》）

其實，不管信不信佛教，除了「立德，立功、立言」的「三不朽」，中國人從來不相信「來生」和「永生」，倒是有點相信「前生」，尤其看重「今生」。

中國人的今生，在天人之際，有超越世俗的餘裕。

中國人喜歡說「天上人間」，喜歡說「天女下凡」，喜歡說「七仙女嫁給董永」，喜歡說「千年修成的白蛇，與許仙成親」。不僅天上人間無隔，即使是鬼魅狐妖，在《聊齋》中也與人相親；即使是刀山火海的地獄，也任憑目連以錫杖震開而救母，也任憑吃齋行善的黃氏女周行悠遊而毫髮未損。

西方無明，多魔幻、夢魘。中國文明，無論如何裝神弄鬼，還是人間。

中國華學的宙宇、世界，沒有宿命的神，又講求天地之間人的修行。

胡蘭成說：

天地人三才，中間多了個人，即是多了個未知了。（《革命要詩與學問》）

如此一來，不可前定、無法預測的未來，更加不可前定，更加無法預測。如此一來，未來更加是未濟、未知、未然。如此一來，人的修行乃是此時此刻此地此處的當下絕對，而不是西學永不可及的終極真理。

凱文・凱利《失控》說：

任何終端開放的增長都不能模仿。

西人已然開始覺悟：世界永遠都面對未知、未濟。

凱文・凱利在《失控》接近收尾的時候說：

這本特別的書遍佈（知識的）缺口。我不知道的遠遠多於我知道的，但是很不走運，論述我不知道的卻遠遠難於論述我所知道的。由於無知的本性，我當然也無法知道自己所擁有知識的所有缺口。承認自己無知真是個不錯的秘訣。科學認識也是如此。全面勾繪出人類在科學認知上的缺口，或許就是科學的下一次飛躍。

＊＊＊

木心有言：

修道，長期的修道。

所謂修道，所謂修行，就是以禮樂文明，超拔那動物之身。但這超拔。是出乎其類，拔乎其萃，而不是執著空無，出世隱遁。

老子說：

吾所以有大患者，為吾有身，及吾無身，吾有何患？

老子說的「身」，可以佛教用語「業」字解之。有道之行，是謂之行。無道之行，則不過是業。

胡蘭成說：

道即是修行，而不是依道而行。（《心經隨喜》）

修行不是模仿，修行不是操練。修行沒有現成的通衢大道，修行不是走別人走過的路，即使是佛祖如來走過的路。

丈夫自有沖天志，不向如來行處行！

《易經》有言：

君子修行，先迷失道。

對於修行者，已往的現成之道，皆已迷失，皆已斷絕。

昔餘夢登天兮，魂中道而無杭（航）。（屈原《惜誦》）

入溆浦餘儃佪兮，迷不知吾所如。（屈原《離騷》）

寔迷途其未遠，覺今是而昨非。（陶淵明《歸去來辭》）

當人生的中途，我迷失在一個黑暗的森林之中。（但丁《神曲》）

走到青年與成年之際……訴說生涯中走錯了的歧路迷津。（歌德《浮士德》）

於此人生的迷途修行，必須開拓自己的新路，必須探索嶄新的可能。

凱文・凱利《失控》說：

一個模式不可能被發現兩次……因為進化不會兩次光顧同一個地點。

真正的修行，一定「擁有一條通往特定地點的（特殊）進化路徑。」

老子說：

善行無轍跡。

人的修行，是素人素行，無拖累，無輜重，無同伴，無友朋，無道路，無燈塔，無航標，無華表，真是如入無人之境，真是面向未知之地，真是禍福難測的冒險，真是逍遙無為的遐征，真是沖天而起的羊角，真是展翅如雲的鵬飛。

遵循現成之道，遵循方便通途，像買了保險那樣的人生，只能是業，而不是行。人無吾身，身無孽業，便可順利通過苦厄之災。如此克己復禮修行的人，「面對人生大厄，此身如神」（胡蘭成《心經隨喜》）。

克己復禮之修行，是人面對自然的謙虛，是人懂得天威天怒，是人懂得天地不仁，是人懂得大道無親，是人懂得師法自然。

克己復禮之修道修行，不是個人的事情，而是全人類的事情。

克己復禮之修道修行，更不是關起門來的道德修養，不是面對人類文明危機、面對人世苦難的淡定。克己復禮之修行，要有黃老的大力，要有殺伐的大勇，要有臨機的決斷，要有豁達的變通。

克己復禮之修道修行，不是一鍋心靈雞湯所能奏效，不是似是而非的人生警句所能指導，不是使人無所措手足的種種戒律，也不是洗腦教愚的「靈魂深處爆發革命」，而是《易經》所謂「天行健，君子以自強不息」的終生力行，是《易經》所謂「君子終日乾乾，夕惕若，厲無咎」的一日三省。此克己復禮之修行，在家常日用之中，更在歷史危難關頭。

修道修行不是個人私事，而是要自渡渡人。與拉選票的民主政客不同，自渡渡人才是修道修行者的大慈大悲。

修道修行，是東方文明特有的履踐，是中國華人特有的操行。

西方無明的產國主義、物質主義、消費主義、軍國主義，就像使人罹患癌症的病毒一樣，雖已不是無機的東西，但也不是有機的生命。西方的無明，只能作崇舞魅，而不是超越生死的修行。

＊　＊　＊

木心有言：

沒有真理。相對真實。需要相對真實，要尊重相對真實。

木心舉例：

主觀上，兩個人相愛，好了嗎？不，兩個人都老了——這就是真實。我面對這真實，怎麼取得相對真實？從前，我愛過她，她也愛過我，心理有感應，肉體有歡樂，這就是了，這就好了。這就是相對真實。……要相信相對真實。夫妻的意思，就是憑道義、義務，共同生活。是守約，不能去要求愛情。愛情，是青春，美貌，神秘。夫妻呢，是有福共用，有難同當。

木心說的「尊重相對真實」，其實就是中國人說的隨喜，就是見喜隨喜。華學之隨機、隨遇、隨緣、隨喜，是木心所說之中國人的「清涼散」。

＊　＊　＊

木心《文學回憶錄》以時間順序排列法國人對拿破崙復辟之如下報導：

一八一五年三月

法國巴黎有家報紙

先後發佈了這樣六條新聞——

科西嘉的怪物在茹安港登陸

吃人魔王向格拉斯前進

篡位者進入格拉布林

波拿派特佔領里昂

拿破崙接近楓丹白露

陛下將於今日抵達忠實於他的巴黎

其中是非、善惡、褒貶、臧否之瞬息萬變，使庸人鄉原瞠目結舌。

陸遊詩句云：

雲迷江岸屈原塔，花落空山夏禹祠。

顧隨評說：

「雲迷江岸」尚是具體的，到「花落空山」則一片空靈。放翁詩中蓋無美過此二句者。此乃中國傳統，無所謂善惡、是非、美醜、悲喜，就是一個東西，不能下一批評，一說就不是，純乎其為詩。（《中國古典詩詞感發》）

＊＊＊

有學生問木心：「什麼叫做『脫略』？」木心答曰：

瀟灑，在重要關頭放得開，在乎到了不在乎。

胡蘭成曾說：

無惡不作，眾善奉行。（《今生今世》）

這話若離開上下文語境，常會引起誤解。其實，這話可以莊子語解。《莊子・養生主》說：

為善無近名，為惡無近刑，緣督以為經。可以保身，可以全生，可以養親，可以盡年。

胡蘭成所說「眾善奉行」，是「無近名」的大善行。蘭成所說「無惡不作」，是「勿近刑」的惡作劇。如此，保身、全生、養親、盡年的人生，玩笑嬉戲、灑脫余裕、遊龍戲鳳、有聲有色。

中國人看透了人生的無常，卻又有立德、立功、立言的大志，又有格物致知造形立象的操行。如此，而有餘裕的認真，馬馬虎虎的鄭重其事。

中國人清醒，早有天地不仁、聖人無親的心得。中國人明智，早有謀事在人、成事在天的心得。如此混跡於天地之間，遊戲於江湖之中。中國人常說「混得如何」，這個「混」字，常常被人詬病，其實卻是冰雪聰明的大智大慧。天地之間，人生於逝者如斯的歷史長河，親見如此短暫的過眼雲煙，於認真之中，若不偷閒，於操勞之中，若不嬉戲，那人生真就成了苦役。人生的真諦，是在如此短暫的百年，混出個摸樣，成就一個混世魔王。

中國人把這種性格叫做隨遇而安，叫做隨緣隨喜，叫做聽天由命。

陳丹青說：

胡蘭成以為中國人大氣，就是行動力，凡事「馬馬虎虎」——魯迅晚年參透中國的不可救，也是那四個字：「馬馬虎虎」——「馬馬虎虎」，北方話叫做「大概齊」，上海話叫做「混Qiang水」，但這「Qiang」字的正確寫法，我不知，方言土話，常是沒有字源出處的。我以為蘭成，魯迅，都有理。（《歸國逾十載》）

陳丹青既從病理學的角度看到中國人馬馬虎虎的陋習，也從生理學的角度看出中國人馬馬虎虎的厲害。

陳丹青說：

我們中國人，中國歷史，中國文化，可能是靠另一種偉大的辦法締造我們延綿不絕的文明。中國人在龐大的歷史機遇或者歷史危機中，包括與外國和內政的周旋中，一步步化險為夷柳暗花明到現在，除了無情的統治，即學者指出的「儒表法裡」，此外靠什麼呢？是靠謀略，靠行動力，靠忍耐，靠變通，尤其是，靠非凡的承受力，而不是西方所說的思想。

總之，中國人骨子裡不看重思想，從來不著急有沒有思想。這就是為什麼西方已有的思想理論都無法解釋改革開放的成就和原因，這就是為什麼西方人老是看不懂中國發生的事。

太遠的事情不去說了。我們將歷史直接拉到近百年：李鴻章與列強周旋，靠謀略；袁世凱逼使清廷遜位，靠謀略；早期毛澤東的勝利，靠謀略；晚期鄧小平的改革開放，也靠謀略。這些轉危為安的大故事，開天闢地的大局面，都靠層出不窮的謀略，而不是西方那種繁複的思想。

（〈在「國家形象與具有國際感染力的思想觀念論壇」的發言〉）

所謂不靠思想，而靠謀略，其實就是馬馬虎虎，其實就是不拘泥，就是瀟灑、脫略。中國人歷來瀟灑，中國人歷來脫略。

其上申韓者，其下必佛老。

（王夫之《讀通鑒論》）

上有政策，下有對策。陽奉陰違，逢場作戲，口是心非，兩面三刀，正話反說，反話正說，鑽政策空子，用足政策，「拆籬笆，踩紅線，挖牆根，摻沙子」（王鼎鈞《文學江湖》），打擦邊球，「敢砍敢掄而又適當摟著——不往槍口上碰」，「有刺刀之鋒利卻決不見紅」（王蒙《躲避崇高》），等等，等等，中國人老功夫還在，新本事層出。

「文革」中，紅衛兵開大會「批鬥」陳毅。當時風氣，批鬥會前要先學《毛主席語錄》。陳毅先聲奪人：「請紅衛兵小將打開《毛主席語錄》，翻到第兩百七十一頁。」元帥如此宣示，小將們趕緊翻書查找。只聽陳毅高聲朗讀：「毛主席教導我們說：『陳毅是個好同志。』」當時《毛主席語錄》只有兩百七十頁，第兩百七十一頁，是元帥自己的補充。元帥言出有據，小將們也無可如何。這是北京。

場面轉換到蘭州。「革命師生」批鬥呂正操部下原甘肅師範大學副校長毛定遠。批鬥大會，四面合圍，口號聲震耳欲聾：「坦白從寬！抗拒從嚴！負隅頑抗！死路一條！」毛校長不慌不忙，一邊向四方「鞠躬謝罪」，一邊不斷重複：「毛主席領導下的新社會，到處是活路，到處是活路，沒有死路，沒有死路！」遇到這樣的「走資派」，「革命師生」苦笑不得。

再看長城西端嘉峪關。嘉峪關市中心有一個盤旋路，當地人稱之為「轉盤」。「轉盤」邊上，是當時集會空場。「文革」中有一陣，每天下午，都有一人頭戴紙糊的「高帽子」，自動「遊街示眾」，一邊轉著圈跑，一邊敲著小鑼嚷嚷；「我是保皇小丑某某某！我是保皇小丑某某某！」轉上幾圈，摘掉「高帽子」，提著小鑼回家，該吃吃，該喝喝，啥事不往心裡擱。開始還有人圍觀，久而久之，熟視無睹，人們逐漸沒有了圍觀興趣。這個「保皇小丑」，因此免去「被批鬥」厄運，沒有皮肉受苦。

這就是中國人的不拘泥、瀟灑、脫略。

常有人說中國人的「劣根性」，常有人說中國人的「無素質」。其實，都不過是「精英」們自視甚高。

無論左右，所謂精英，都有某種道德優越感。所謂「素質低下」云云，不過是精英蔑視民眾的妄言。其實，於民眾而言，道德的律令，並非至高無上。精英可以以此道德嚴以律己，卻無權以道德的名義對民眾發號施令，更無權以道德的名義蠱惑民眾捨生取義。

杜牧〈齊安郡中偶題〉詩云：

自滴階前大梧葉，干君何事動哀吟。

馮延巳〈謁金門〉云：

風乍起，吹皺一池春水。

李璟對曰：

干卿何事？

民眾的生活，有自己的標的。民眾的生活，有自己的方略。對於精英們的道德蠱惑，過日子的民眾往往對之曰：

關你屁事？

民眾過日子，不用精英教導。民眾過日子，自有一套章法。平日裡，他們「日出而作，日入而息，帝力於我何有哉？」非常時期，母親會對兒子說：「我要你安全，不要你偉大。」（王鼎鈞母親語）甚至極而言之：「甯為太平狗，莫作離亂人。」（施君美《幽閨記‧偷兒擋路》）

民眾深知：

澤國江山入戰圖，生民何計樂樵蘇。憑君莫話封侯事，一將功成萬骨枯。

傳聞一戰百神愁，兩岸強兵過未休。誰道滄江總無事，近來長共血爭流。

（曹松〈己亥歲二首‧僖宗廣明元年〉）

民眾深知：

秦起長城，竟海為關。荼毒生民，萬里朱殷。漢擊匈奴，雖得陰山，枕骸徧野，功不補患。

（李華〈弔古戰場文〉）

民眾深知：

蒼蒼蒸民，誰無父母？提攜捧負，畏其不壽。誰無兄弟？如足如手。誰無夫婦？如賓如友。生也何恩，殺之何咎？其存其沒，家莫聞知。人或有言，將信將疑。悁悁心目，寤寐見之。布奠傾觴，哭望天涯。天地為愁，草木淒悲。弔祭不至，精魂無依。（李華〈弔古戰場文〉）

儘管從古到今「時耶命耶？從古如斯！為之奈何？」儘管從古到今「屍踣巨港之岸，血滿長城之窟。」（李華〈弔古戰場文〉）真到了劫難關頭他們也會從容就義，共赴國難，正所謂：「天下興亡，匹夫有責。」真到了劫難關頭他們也會一唱眾和，揭竿而起，正所謂：「天高皇帝遠，民少相公多。一日三遍打，不反待如何？」

中國老百姓心裡，自有一杆天秤。現在人人都說「沒有是非」，說「沒有是非」，是人人心裡還有是非。中國老百姓，心中有天秤，心中有天道，心中有天理，心中有天機。中國人是在與造化小兒的嬉戲之中，「得失是非，一時放卻」（《五燈會元．東土祖師．三祖僧璨鑒智禪師》）。

中國士子，和中國老百姓一樣，也是一副悠遊餘裕，從容不迫的樣子。此，正所謂「究竟窮極，不存規則，契心平等，所作俱息，狐疑盡淨，正信調宜，一切不留，無可記憶，虛明自照，不勞心力」（《五燈會元．東土祖師．三祖僧璨鑒智禪師》）。

一時放卻，還在心頭。一切不留，虛明自照。平日裡，中國老百姓，中國士子，馬馬虎虎，嘻嘻哈哈，吃喝玩樂，虛於應付，一旦現了天機，中國老百姓，中國士子，自然感而遂通。一旦現了天機，中國老百姓，中國士子，緣會自然和合。

胡蘭成常說「天下皆反」，這「天下皆反」，說的是「天下」，說的是「皆反」。「天下皆反」，不分派別，甚至不分好人壞人。天機緣會之時，魯迅「怒其不爭」的閏土也會起義，阿Q也要革命，趙太爺也要投機。抗日戰爭期間，「連土匪都自動變成遊擊隊。魯南的土匪一向有他們的哲學，理直氣壯。可是日本人打進來，他們覺得再當土匪就丟人了。」（王鼎鈞《昨天的雲》）

胡蘭成曾說：

鯤鵬變化皆兒戲，唯有蒼生不可賤。人間私語，天聞如雷。匹夫匹婦之心事，使我怫鬱情縈回。（《胡蘭成致唐君毅書》）

聞一多有詩云：

有一句話說出就是禍，
有一句話能點得著火。
別看五千年沒有說破，
你猜得透火山的緘默？
說不定是突然著了魔，
突然青天裡一個霹靂
爆一聲：
「咱們的中國！」
這話教我今天怎麼說？
你不信鐵樹開花也可，
那麼有一句話你聽著：
等火山忍不住了緘默，
不要發抖，伸舌頭，頓腳，
等到青天裡一個霹靂
爆一聲：
「咱們的中國！」

此正如王鼎鈞所說：

中國人會生氣，敢生氣，也曾經怒不可遏。「地無分東西南北，人無分男女老幼」，一齊怒火炙心的時候，也曾使「山嶽崩頹，風雲變色」，一個人忍無可忍的時候，也曾「忘其身以及其親」。（《怒目少年》）

不僅中國人如此，西方民眾也如此。此次美國大選，許多人都沒有料到特朗普會勝出。看來，即使是掌握了主流媒體，也不一定能穩操勝券。真是天心難猜，民意叵測。這可是在「成熟的自由世界」、「健全的民主國家」，這可不是愚民政策、專制統治的結果。

都說上智下愚。其實上有上的智，下有下的智，下有下的愚，上有上的愚。人心是秤。精英有精英的秤，民眾有民眾的秤。都說義利。精英有精英的利，民眾有民眾的利。精英有精英的義，民眾有民眾的義。

水之浪兮，人之波瀾。
浪可平兮，人心不可平。
波浪翻兮，孰測其情？
水之深兮，不日深。
（劉蜕《弔屈原辭》）

胡蘭成說：

一般中國人其實多是《相見歡》裡荀太太伍太太紹甫之流，缺少團結心，各人管各人，少出主意，少惹是非，但你若以為他們都是順民，那就錯了。

荀太太伍太太紹甫等是時代的浮沫，但底層還是有著海水的。像他們這樣的人，你剛想看不起他們，他們卻忽然發出話來，會當下使你自悔輕薄。大學講親民，孟子講覺民，都先要知民。

（〈讀張愛玲的《相見歡》〉）

精英只知道「民可使由之，不可使知之」。豈不知，民心難知，民意莫測，民心難用，民意難逆。民如何使知之，民如何使由之，如何以《易經》所示「容民畜眾」？是現代社會難題。

＊＊＊

木心說：

新小說派，失落的一代，迷茫的一代，說穿了，是「智者的自憂」，誇大了世界的荒謬。世界上是健康的人多，還是病人多？在他們的作品裡，全是病房，病人。……如果我沒有說中：藝術會越來越荒謬。把鐵塔倒過來，把盧浮宮澆上汽油慢慢燒，那麼，我也贊成。我有俳句：「世界末日從巴黎開始。」我常常想起莫扎特。他的意思，是人生苦，藝術甜。他們呢，人生苦，藝術更苦。給你一杯苦水，要你喝，還問你苦不苦？你說苦，他高興。譚盾的音樂，你去聽，苦死啦。

真正的藝術之所以甜而不苦，是有天地人三才並立的志氣，是有尊人自尊的貴氣喜氣。天下的事物因人而美，因人的勞動造形而有貴氣喜氣。藝術必得出於庶民日常勞動造形，並為庶民日用，才能有貴氣喜氣。

信奉基督教的西洋人尊上帝而貶庶民，因原罪的重負，而無生命的貴氣喜氣。《簡愛》那句臺詞「人生來就是為了含辛茹苦」，是西洋人內心自白。

西方人到了近現代，戾氣尤重，一派悲苦荒誕之氣，一些中國人也跟著瞎起哄。

本來，中國人與神同在，與造化小兒相嬉戲，而有童子之樂。中國人因之乃是天人。天人自有貴氣，自有喜氣。不像西洋人，終生背負原罪。

自是天人，自有貴氣，自有喜氣之中國人由佛教而創「隨喜」一語，真是隨天而喜，隨神而喜，隨時而喜，隨處而喜，無時不喜，無處不喜。中國人因有貴氣喜氣，能哀而不傷，幽而不怨，即使是出於淤泥，也保守著不染的潔淨。

木心曾說：

> 中國詩人，要說偉大，屈原最偉大。他在殘暴骯髒卑鄙的政治環境中，竟提出這樣一首高潔優雅的長詩。他的《離騷》，最能和西方交響樂——華格納、勃拉姆斯、西貝柳斯、法郎克——比美。……宋玉華美。枚乘，雄辯滔滔。都不能及於屈原。唐詩是琳琅滿目的文字，屈原全篇是一種心情的起伏，充滿辭藻，卻總在起伏流動，一種飛翔的感覺。用的手法，其實是古典意識流，時空交錯。他守得住藝術、非藝術的界限。詩是永恆的。屈原又要借此吐出一口政治上的怨氣，故不能直寫。
>
> 如今遠遠去看屈原，他像個神，不像個人。神仙、精靈一般。實際政治，他都清楚。他能昇華，他精明，能成詩，他高瞻遠矚。……《少司命》《山鬼》兩節最好，是中國古典文學頂峰之作，是貴族的。貴族，不是指財富，指精神。神，鬼，都是人性的昇華。比希臘神話更優雅，更安靜，極端唯美主義。少司命有如行書，山鬼有如狂草。其餘篇幅，如正楷。九歌超人間，又籠罩人間。

展讀《離騷》，莊而嚴之的高貴之氣撲面而來：

帝高陽之苗裔兮，朕皇考曰伯庸。
攝提貞于孟陬兮，惟庚寅吾以降。
皇覽揆余初度兮，肇錫餘以嘉名：
名余曰正則兮，字余曰靈均。
紛吾既有此內美兮，又重之以修能。
扈江離與辟芷兮，紉秋蘭以為佩。

展讀《離騷》，堂而皇之的王道之風撲面而來：

彼堯舜之耿介兮，既遵道而得路。
何桀紂之昌披兮，夫唯捷徑以窘步。
惟黨人之偷樂兮，路幽昧以險隘。
豈余身之僤殃兮，恐皇輿之敗績！

展讀《離騷》，奇而詭之的靈異之神簇擁身旁：

前望舒使先驅兮，後飛廉使奔屬。
鸞皇為余先戒兮，雷師告余以未具。
吾令鳳鳥飛騰兮，繼之以日夜。
飄風屯其相離兮，帥雲霓而來禦。
紛總總其離合兮，斑陸離其上下。

展讀《離騷》，少好奇服長鋏雲冠之屈原如在當面：

余幼好此奇服兮，年既老而不衰。
帶長鋏之陸離兮，冠切雲之崔嵬。
被明月兮佩寶璐，世溷濁而莫余知兮。
吾方高馳而不顧，駕青虬兮驂白螭。
吾與重華遊兮瑤之圃，登昆侖兮食玉英。
與天地兮同壽，與日月兮齊光。

屈原身上，滿滿華夏文明的貴氣、喜氣、神氣、靈氣。

屈原已往，後繼乏人。木心只好欣賞北方異邦的阿赫瑪托娃：

晚年她得到公平。電視上看她，光彩動人，有點胖了，但大貴族相，很莊重，死後慢慢沒入黑暗（由演員扮演）。說到底，還是貴族出身有骨氣，頂得住。平民出生的人，一得勢，如狼如虎，一倒楣，貓狗不如。

＊　＊　＊

木心說：

許多人會講創作如何心血勞動，大多數來抱怨太太不支持之類。寫作是快樂的。如果你跳舞、畫畫很痛苦，那你的跳法、畫法大有問題。

人為天地立心，明天地之明德，而有明明德。好學，是好此明明德，是好天地之大德、明德。

孔子有言：

好學則智。（《孔子家語》）

人因好學，而有明明德之智。人類因有明天地明德的大志，故好學不倦。

孔子說：

知之者，不如好之者，好之者，不如樂之者。（《論語・雍也》）

由好而樂，是人類格物致知的特殊品性，也是人類與天比肩，替天行道而不知老之所至，不知死之所至的法喜妙樂。有此好樂品性，有此法喜妙樂，無論如何艱難困苦，人類依然歡天喜地興致哄哄。

一九二〇年，在胡適反復勸說下，趙元任終於來到清華。面對這樣一位奇才，清華方面感到非常苦惱，實在不知道讓他教什麼好。幾經商榷，先定為教數學，等趙元任到校後，又加開一門英語。教了沒兩個月，教務長想了想，「還是讓他教中國史和哲學吧」。教來教去，又覺得太浪費他的才華，於是改為教心理學和物理。

一九二三年，趙元任發表《國語羅馬字的研究》，自稱「草稿，尚不成熟」。就是這篇不成熟的《研究》，比當時任何一份拼音方案都要完善，最終成為今日中文拼音基礎。

三十年代，無線電廣播技術發展，趙元任又編寫各種國語教材，全力推廣普通話。

一九二七年開始，趙元任奔波全國各地，開始研究中國各地方言，展開中國第一次最系統的方言調查，歷經兩個月，採訪二百餘人，錄音六十多段，最終，《現代吳語的研究》出版。這是中國第一部用現代語言學方法研究方言的專著，是現代漢語方言學誕生的標誌。

就是這樣一位天才，女兒問他為什麼要研究語言時笑而答曰：

因為好玩兒。（參綱文〈一代大師趙元任，豈止是天才？〉）

遍照金剛《文鏡秘府論・南卷》有言：

凡文章皆不難，又不辛苦。如《文選》詩云：「朝入譙郡界」，「左右望我軍」。皆如此例，不難不辛苦也。

鹿橋亦有言：

樂苦能甘。（《人子》）

於學而言，好之者，自得其樂而不覺難苦，如《心經》所言「無苦集滅道」。於學而言，好之者，不論成就，不論有得無得，都能自在自如，終身精進不已，遂通天地，遂晤聖哲，遂交友好，上與造化遊，下與萬物友，平易近人情，萬難不可折。

好學，亦是有志。好學者，勿忘，勿助，志氣清堅，無一刻怠慢，那是有一個「究天人之際，通古今之變，成一家之言」的大志，那是有一個明天地之明德的大志。惟其有志，才能好學深思，才能「天行健君子以自強不息」。

好之、樂之，在當代，已是數以億計之網民的集體品格。凱文・凱利《必然》說的「數字社會主義」，就是由這些不計勞務報酬，樂意讓他人免費享用自己成果的網民自組織而成。當今世界，數以億計的「普通大眾在撰寫免費百科全書」。支撐他們的，不是利益，而是好之、樂之的激情。

徐梵澄先生曾說：

宇宙人生之真理，不過三言，曰「真、智、樂」，而三而一，而一而三，即體即用，即用即體。（《五十奧義書・譯者序》）

與此同道，周輔成先生亦有如是之說：

最高幸福不是道德狀態，而是智慧的工作。直覺是最高機能，所覺皆崇高事物，故此得之樂為真樂。（參趙越勝《輔成先生》）

＊＊＊

木心說：

說開去，為什麼我會厭惡名利？因為不好玩。莫扎特貪玩，寫詩，莫扎特比不過我，我可以跟他玩玩。不能徒貧賤，也不能苟富貴。富貴，累得很呀。但也不能徒然弄得很窮（李夢熊晚年就是徒貧賤）。小孩子愛玩，玩到哭為止，不弄到哭，不肯停的。我哭過很多回了，文革把作品抄走，我哭了。文革過去，我又玩了。

中國人常說隨緣，隨緣是德修，是造化。中國人又常說隨喜，隨喜是德性，是智慧。因緣是天道自然，人只能隨緣。隨緣乃是人與造化小兒相嬉戲。造化小兒沒有定則，從不按套路出牌。造化沒有應然、當然、必然，只有已然、實然、未然。已然未必是當然、必然。應然也未必是當然、必然。與造化小兒相嬉戲，不能拘泥某種套路，拘泥某種自己設定的應然，拘泥某種文明理想的當然，拘泥某種主義規定的必然，只能待機而行，伺機而動，觸機神應，見機行事，相機權變，隨機應變，神機妙算，當機立斷，甚至就其本意而言的「投機取巧」。嬉戲無善惡、成毀、生死、福禍、是非可言，只是一個悠遊喜樂，此所謂隨喜。好玩之心，有隨喜之智。

隨緣、隨喜之人好玩。人與造化小兒相嬉戲，要玩得起，不能動不動就惱。嬉戲無是非、善惡。一有價值判斷、人事爭執，就不成嬉戲。人若爭執人事，肯定玩不起，也不好玩，沒有人會帶他玩，老天也不會帶他玩。

中國人並不特別講求西方自視甚高的幽默，也不刻意追求禪宗入木三分的機鋒，只是於日用家常中，隨機、隨遇、隨緣、隨喜，不逞智，不作怪，沒有玄妙，沒有莫測，只是平平常常，大智若愚。西方所謂的幽默，到底有一股高高在上的貴族清高之氣。禪宗所謂的機鋒，到底有一股自以為是的顯能逞智之嫌。對於這些，老百姓會說一句北京市井俚語「愛誰誰！」從「帝利於我何有哉」到「愛誰誰」，是中國人的立人之本。

中國老百姓的話，是如同錢鍾書《談藝錄》評梅堯臣詩所說：

不同於伶牙俐齒人之輕俊，只如端厚人發一平實語，冷冷得間道破，不為尖新，自能雋永。

中國人有此隨機、隨遇、隨緣、隨喜之德，故能臨危不懼，臨難不亂，如若無事，當下安然。隨緣、隨喜，道盡了中國人的智慧灑脫。

胡蘭成《今生今世》有一段文字：

重陽過後，天氣漸漸冷了，村裡的新婦與女兒們清早梳洗開始搨起水粉，堂兄弟與叔伯見了故作驚詫說：「哎？天快亮時霜落得這樣厚！」她們也笑起來。

調笑嬉戲，好玩隨喜，只有中國民間人能夠。

妻弟一誠，退休之後，習字寫作，皆以童心處之。一誠有言：

老人之學，玩在其中。童子之玩，學在其中。

* * * * * * * * * * * *

木心說得好：

> 我們現在處的時間、地點，是非常有幸的：現代過去了，後現代乏了——我們到了痛定思痛，鬧定思鬧的時候。我們的立足點不是痛，不是鬧，而是「思」。
>
> 波德萊爾說：現在是沉靜的時候。我說，現在是思想的時候。

真的思想，須如木心所說：

> 思無疆，思無期，思無斁，思無邪。（《詩經演・駉駉》）

管子曾說：

> 思之思之，又重思之，思之而不通，鬼神將通之。（《內業》）

《禮記・曲禮》有言：

> 毋不敬，儼若思，安定辭，安民哉。

究極的思，徹底的思，才能天地應之，鬼神通之，辭語定之，百姓安之。面對天人之際，面對自然的無限，面對古今之變，面對歷史的幽遠，須由思而慕，遂有生生不已的情愫，遂有無限風姿的思想，而於人間生出仙境。

人須有相思而無限的想，才能真正反思過去，才能真正燭照現在，才能真正開向未來。

美國前一陣「佔領華爾街」、「佔領華盛頓」的行動，觀其訴求，仍不過是「損有餘而補不足」一類，仍不過是「打土豪，分田地」一類，還是沒有新的思想。

他們所謂「貧富分化」，「財富高度集中於占人口比例極低的極少數人之中」，如此等等，仍不過是信息，仍不過是現象，還不等於思想。他們說的還是「是何」，而不是「因何」、「為何」，他們並不真正知道究竟應該「如何」。他們的行動，不僅沒有指向集中目的明確的訴求，也沒有統一的綱領指導。難怪有人戲說：美國這次的街頭運動，「有佔領而無革命」。「你不知道他們想要什麼，他們有能力做什麼。」（胡泳《我們佔領——一個社會運動的生產》）

這所謂「佔領的一代」所有的，只是思想的貧困，貧困的思想。甚至有抗議者說：「他們問我們有什麼計劃。我們沒有計劃。我們就是來享受的。」難怪法國巴黎五月革命、美國佔領華爾街的運動，逐漸演變為嬉皮士的街頭派對。他們的名言是：「越革命，就越想做愛；越做愛，就越想革命。」

前幾年，英國倫敦發生騷亂，有人甚至用手機短信號召人們上街搶劫：「原來搶東西這麼容易，誰還會去購物？」剎那之間，社會秩序淪喪崩潰，路易・威登、蘋果等高檔消費品專賣店，成了人們搶劫的重點所在。那根源之一，還是產國主義、物質主義、消費主義。

因為沒有思想，沒有綱領，西方的一些和平遊行，動輒演變為暴亂肆虐；文化干擾，動輒演變為明火搶劫。

二〇一七年一月二十日，特朗普以「讓美國再次強大」，「讓美國再次富有」，「讓美國再次驕傲」，「讓美國再次安全」，「讓美國再次偉大」的「美國夢」，贏得了第四十五屆美國總統寶座。這些戰鬥口號式的民粹主義思想，能否使美國復興？且拭目以待之。

木心說：

抗戰剛結束，大家忙於重建家園，我所看到的，沒有人在思考根本的徹底性的問題。有種的，去延安，沒種的，參加國民黨所謂戡亂救國，既不去延安，也不甘落後的，就在時代邊緣，跑革命的龍套，跑得很起勁。我當時就是這樣——說這些，說明中國當時根本沒有思想家。

後來中國的紅衛兵運動，穿戴著綠色軍衣軍帽，背著繡有「為人民服務」字樣的軍用布包，一味模仿紅軍，模仿解放軍，也不過只是「浪費青春的能量」。（胡蘭成《寄日本人》）

中國的紅衛兵運動，自然有少年的煩惱、青春的躁動為其背書。那個時代的中國青年，沒有趕上「五四」的清明節氣，又沒有趕上「解放」的滄海桑田，成天被考試第一、分數主義的教育體系折磨，被教條平庸、腐化墮落的無良官僚壓抑，一旦奉旨造反，心底裡的鬱鬱不平，自然爆發出驚人能量。但畢竟是奉旨造反，有天意之感，無天道之知，沒有真的可以開創新時代的新思想，因此呈現種種乖戾殘暴。到了，一旦沒有利用價值，便被驅趕上山下鄉，在窮鄉僻壤蹉跎歲月。

一九八九年的「六四」學運，獲全社會共鳴，一時風雲際會，但也沒有可以開創新時代的新思想。學生和所謂的知識份子精英，在天安門廣場樹立的偶像，仍不過是幾個世紀以前的自由女神。「六四」學運，本應審時度勢，以「反官倒」、「反貪汙」、「反腐敗」為其宗旨，提出切實可行的社會改革綱領。可惜，那些「民主人士」卻以「自由」、「民主」為旗幟，觸及共產黨「四項基本原則」底線。「民主人士」既沒有思想，也沒有謀略，不知進退，不能抓住與當局對話契機，爭取實在的社會進步，反而以英雄自居，自命不凡，沽名釣譽，內部紛爭，以至於到了後來，那不成大事的氣象，早已露出兆頭。當局的清場鎮壓，不過「造出了那些情勢和關係，使得一個凡庸而且不像樣的人物可能扮演一個英雄的角色」。（馬克思《拿破崙第三政變記・第二版著者序》）

大陸如此，臺灣亦然。

反思「雷震案」，王鼎鈞說：

> 今天回想起來，蔣介石「總統」使用「兩手」策略，他也許把專政當本錢，把民主當利息，

本錢充足的時候，不妨拿出利息來讓你們揮霍一下，可是雷震後來要動他的老本，那只有魚死網破！我不是評斷誰是誰非，我只是指出因果。

那時候連我這樣一個青年都知道，蔣氏對言論（尤其是有國際背景支援的言論）可以給與最大的容忍，對行動（尤其是有國際背景支持的行動），必定保持最大的警戒。目前只宜坐而言，切忌起而行，雷公居然操切行事，命耶？數耶？

公無渡河！公竟渡河！

《自由中國》橫掃千軍，無人敢擋，最後由蔣介石裁定法辦。

就這樣，臺灣破船多載，搖搖擺擺行駛於左右暗礁之間，皇天后土！最後總算到達彼岸。

一九七〇年雷震出獄，他看了幾份報紙雜誌，驚歎「我這十年牢白坐了」。咳，他怎麼這樣說呢，我當時告訴朋友，他這一句話讓蔣介石占了上風，蔣的做法也許正是要證明「孔明枉做了英雄漢」。（《文學江湖》）

據說，六四人士魏京生出獄之後，看到中國社會的變遷，也有類似雷震的感慨。

《聖經・約翰福音》云：

太初有道。

太初有言。

《唱贊奧義書》云：

人之精英為語言。

道，即是言。言，即是道。新的創世紀，要有新的語言，新的融會貫通各種知識的體系性的思想，新的一家之言，重新明天道之明德。如此，才能祓禊官僚體制的穢氣，才能擺脫福利政府錢專制、法專制的嚴密控制，才能解除「雞的屁」魔咒，才能去掉消費主義鬼魅，才能不再浪費中國人的黃老之氣，才能重新再建人間的禮樂文明。

凱文・凱利說：

（最近幾十年）並沒有出現新的重大思想。（《失控》）

尼爾・加不勒說：

我們生活在一個思想日趨式微的世界。

雖然互聯網上充斥著海量信息，但是，這些信息「除了充其量讓得到信息的人覺得瞭解情況外，基本上毫無價值。」「信息會越來越多，——非常之多。不會有我們不知道的，但沒有人會去思考。」（《蹤影難覓的大思想》）

朱嘉明也說：

人類在興奮、慌亂和幻覺之中進入二十一世紀。各類思想家、政治家和商業領袖，對於世界所面臨的改變和挑戰幾乎未能顯出任何真知灼見。人類智慧在歷史大轉型方面，是相當蒼白的。（《2001之後：全球體系新特徵——兼論現存世界經濟體系和地緣政治體系的轉型》）

王鼎鈞說：

在《自由中國》，我讀到這麼兩句話：「除了自由主義，反共沒有理論；除了納粹，反共沒有方法。」

與胡蘭成所說「發見力的萎縮」、「科學發見力日趨虛弱」成反比的，是信息的爆炸、信息的充斥。當代許多「知識份子」，已經變成了人們戲稱的「知道分子」。這所謂的「知道分子」之「知道」，不是知曉大道，而是只知道一些雞零狗碎信息，有耳食而無深思。「知道分子」身處信宿，只是信息的接受者，而不在信息的源頭，不再是新思想的創造者。信息理論所謂信源、信道、信宿之生生不已的往復循環，在當代退化成為信宿和信宿自身的惡性循環。

二零一二年九月中旬，因為釣魚島事件，中國各地爆發了大規模的反日示威遊行。遊行隊伍有各色各樣的訴求，有嚴正的聲音，也有諧謔的調子，有民族的吶喊，也有團體的呼籲，有君子的文明，也有流氓的無恥，有傳統的文言，也有時髦的白話，五花八門：

國家興亡，匹夫有責！

毛主席，真的很想你！

主席快回來吧，日本又侵略我們了！

毛主席、八路軍、國軍、小日本又來欺負我們了！（按：原標語標點符號如此。）

毛爺爺說：鬧他狗日的小日本！

誰不滅日本，誰就去棺材裡替換毛澤東！

國共合作，收復釣魚島！

大刀向鬼子們的頭上砍去！

向釣魚島進軍，中華帝國萬歲！

向日本宣戰，血洗東京！

對日宣戰，血染東京！

踏平東京！
頭可斷，血可流，釣魚島不可丟！
人在島在，誓與日軍共存亡！
寧可大陸不長草，也要收回釣魚島！
哪怕華夏遍地墳，也要殺光日本人！
核滅日本野狗，剷除民族後患！
寧吃中國剩飯，不吃日本狗糧！今我剃毛立志，必將誓死抗日！（狗叼標語）
抵制日本商品，搞垮日本經濟！
抵制日貨，誓保釣魚島！
抗議購島，謝絕日本女人來院就診！（醫院）
本店不為日本車服務！（洗車店）
停止銷售日貨！（商店）
日本六十六億購島，嚴重侮辱我國地價！
要怎麼收回國家領土——釣魚島？哎，不如叫城管和中國的貪官去吧！
給我三千城管兵，一定收回釣魚島；給我五百貪腐官，保證吃垮小日本！
養貪官，做房奴，絕不放棄釣魚島！
先廢勞教再保釣，以防保完被勞教！
不要高考，只要釣魚島！

釣魚島是中國的，老婆是自己的！
釣魚島是中國的，蒼井空是世界的。
活捉蒼井空！
抵制日貨，從此不看蒼井空！
閹光日本高富帥，奸光日本白富美！
取個日本媳婦，天天吊梁上打！
自由、民主、人權、憲政！
外抗日寇，內懲貪官，消除腐敗，開放民權。
化憤怒為力量，要政改，要自強！
要生存要工作，要民師補貼！
要文明，要理性！
文明廣州，理性表達！
反對暴力，理性愛國！
愛西安，非暴力！
前方砸車，日系車請調頭！

與此對應的是，日本也有人示威遊行，他們的訴求是：

殺光中國人！（Kill China!）
幹掉韓國！（Fuck Korea!）

除個別機智幽默、王顧左右而言他的標語之外，大多思想混亂甚至暴虐乖戾、殘無人道、寡廉鮮恥、文字不通。如此之義和團、紅衛兵遺緒流亞，不可能風動四方，也不可能造成天下皆反的革命情勢。一陣風過去，便有不少人去日本搶購本來是中國製造的智能馬桶。

近來美韓「部署薩德」，中印邊界衝突，中國百姓的反應雖然不像上次「釣魚島事件」那樣激烈亢奮，但是仍有不夠理智的情緒。那根源，還是思想的貧困。

如此之思想貧困，非有一劫，不足以破局再生。

朱天文曾說：

我想要把自己委身於一樣什麼？也許是一次即將來臨的大浩劫，如《赤地之戀》裡的戈珊和那時代所有的青年，委身於一次最徹底的荒謬，即使沉淪到最低最低的泥裡，也在所不惜。為什麼不呢？我是這樣的年輕，年輕就是要把世間多大的不平與憾恨，都全部填滿了，像櫻花盛極時的邊開邊落，落它一個乾乾淨淨，還給了天地去罷！（《黃金盟誓之書・吹夢到西洲》）

這是所有時代青年的熱血激情。

木心說：

少年都有少年的煩惱。只要一，政府不干涉，二，有領導人物，這種事就能幹得起來。中國的五四，一二九，四五，六四，都是少年的煩惱。

少年的煩惱、青春的騷動的確能幹出一番驚天動地的事情，但是要有真的思想觀照，不能盲目追隨時髦思潮。

木心說：

你們看看有哪個國家民族憑追趕別人的思潮，而發揚光大，高過那個思潮的？沒有。

很感慨，真能獨立思想，不靠既成思想行路，是太少，太珍貴了。

我看不起那些朝秦暮楚的「思想家」，更看不起那些秦楚不分，或在秦楚之間亂攀關係的人。一代宗師，可以不要一代。

艾略特《荒原》後，就是《嚎叫》。詳細講《嚎叫》，說來話長，我也不想嚎叫。我認為，他把青年人的惡性敗德歸罪於美國政府，而且以更惡的惡行，更敗的敗德，來對抗。這是一種痞子心態（流氓是有組織的，痞子是流散的）。坐而思，起而行，他們是不思、不行，賴在地上不動。要反政府，可以組黨，參政，可他們根本受不了，要像中共那樣起事，他們哪裡受得了。他們指控資本主義，是虛偽的，只是為自己的墮落尋找藉口。

整體的看，現在的中國有起色——不是希望，是起色。當然，起色也就是希望。怎麼說呢？當代中國，顯示了活力，活力就是才氣。四九年到七九年，道德、是非觀、聰明、才氣，都被壓制了，抹殺了。這十幾年，大為放鬆。「人」的概念在逐漸復蘇。從各方面看，出現各種異人。各行各業，異人在醒過來。才氣有的，多是歪才——畢竟是才。過去全部戒嚴，全部管制，全部不行。屍不能行，肉不能走，現在就算是行屍走肉，可行可走了。丹青從大陸回來講的消息，我覺得都是屍在行、肉在走。歪才，導向正才，就好了，但這需要一個大的勢力。

中國不是已經沒有了民氣，中國不是已經沒有了希望。近三十年，中國經濟的驚人增長，不管有多少不盡人意的弊端，畢竟再度顯示了中國人的黃老之氣、華夏大力。

當今中國，有人唱衰。不過，即使真是衰世，中國元氣猶在。中國人，真有那種「給點陽光就燦爛」的生命強勁。有謀略而又務實的中國人，如陳丹青所說：有「巨大的承受能力，巨大的恢復能力，巨大的行動能力，巨大的變通能力」。中國目前所缺的，不是民心、民願、民氣、民力，而是真正能開向未來的思想。

當今學界，時髦所謂「多談問題，少談主義」。此言不通，此理不通。問題、主義，不在多談、少談。以往文人高論，弊病在於問題不切，主義不精。問題如果切實，答案自然妥帖。主義如果精到，施行自然有據。

孔子說：

> 吾道一以貫之。

沒有主義，沒有綱領，沒有一以貫之之道，人無法生活。

木心說：

> 上帝一死，人的道德依據心理依據，也統統死了。十九世紀，上帝死，二十世紀，人死，這就是二十世紀的景觀，也可說是最後的景觀。人類開始胡作非為。

當今文明之疾，是沒有明明德、明明道，沒有一貫道，沒有根本智，沒有「究天人之際，通古今之變，成一家之言」，自證自明的道理，因此而胡作非為。

如金岳霖批評，「多談問題，少談主義」的胡適，「看來對於宇宙、時空、無極、太極……這樣一些問題，他根本不去想；看來，他頭腦裡也沒有本體論和認識論或知識論方面的問題。他的哲學僅僅是人生哲學」（《金岳霖回憶錄》）。

在胡適看來，「哲學是研究人生切要的問題，從意義上著想，去找一個比較可普遍適用的意義」

（《人生有何意義》）。他的人生哲學，根本無關本體論。

與胡適不同，木心則說：

> 什麼是哲學？是思考宇宙，思考人在宇宙中的地位，生命的意義，無功利可言。無論什麼人物，都得有個基本的哲學態度，一個以宇宙為對象的思考基礎。以此視所有古往今來的大人物，概莫能外。非自宇宙觀開始，以宇宙觀結束的大人物，我還沒見過。否則，都是小人物。

於今之世，文人墨客，針對社會問題，感慨唏噓，痛心疾首，冷嘲熱諷，抨擊詬病，凡此種種，不過是如胡蘭成所說「情致有餘，而理論不備。」（《中國的禮樂風景》）

當今學界，研究中華文明的種種說法，絕大多數可歸為病理學。於病理學的角度觀察，中華文明已經病入膏肓，幾乎無藥可治。

病理學的針砭，切中要害者不少，給出醫方者幾無。病理學的針砭，入木三分，振聾但不能發聵。周樹人是病理學家，說要「救救孩子」，如何救，並沒有良方。

> 聖人立大經，
> 智士行其權。
> （胡蘭成和劉景晨詩）

生理學家，要開出自己的醫方，提出自己的理論大經。

真的理論大經，會有「清珠投于濁水，濁水不得不清；佛號入於亂心，亂心不得不佛」的功效。

胡蘭成放言：

理論上是成立的，即可不問事實，因為理論比事實更真。（《中國的禮樂風景》）

胡蘭成此說，與「實踐是檢驗真理的唯一標準」不同，標舉理論的絕對性，理論體系的學問化，理論體系的演繹性，發明了華學明明德之根本上智的特性，發明了華學禮樂之說如同究天人之際的數學、幾何、物理之公理性、自證自明的特性，發明了華學之絕對的特性。

依胡蘭成、木心的說法，首先要把自然法則置於一切學問之上，從而確立真正的絕對標準，從根本上破除對西方無明之科學以及宗教學、社會學的迷信。

只有理解了胡蘭成、木心之說，才能理解金岳霖對胡適的批評，才能真正破除對胡適「多談問題，少談主義」之說的迷信。

不究天人之際，不可能真正通古今之變，也不可能真正成一家之言。無關「本體論」、「認識論」、「知識論」之胡適的「人生哲學」，不可能是止於至善的絕對。

* * * * * * * * * * *

木心說：

自由、平等、博愛，是被誤解的。一輛車，有馬達，車體，輪子，可是平等一來，人人都想做輪子，那怎麼行。

木心此論，是以天道天理平議平論「自由、平等、博愛」。

《易繫辭》有言：

天地之大德曰生，聖人之大寶曰位。

皇天之下，后土之上，天地生生不已，乾坤厚載萬物。萬物各居其位，各處其所，自然而然。

老子說：

萬物並作，吾以觀其復。夫物芸芸，各復歸其根。歸根曰靜，是謂復命。

復命，是自知人在大化流行中地位以及個人局限；而不是一味追求那不可能真正實現的平等，那不可能兌現的自由，以及庸人亂哄哄的民主。

老子說：

人，法地地，法天天，法道道，法自然。

人不能與地平等，只能師法地之所以為地。人不能與天平等，只能師法天之所以為天。人不能與道平等，只能師法道之所以為道。此所謂法自然，自然而然。

以華學道理，只能非平等而說自然，非自由而說自在，非博愛而說自強。

天地不仁，天人之際，沒有什麼平等可言。天地人同為三才，天人不可能真正合一。只有復命於天地人之際的本分，才能自然而然，才能和造化小兒相嬉戲，才能行健不已，才能厚載無遺，才能自強不息，與天比肩，替天行道。

《鶡冠子》說：

天不能以早為晚，地不能以高為下，人不能以男為女，賞不能勸不勝任，罰不能必不可。

《孟子・滕文公上》有言：

物之不齊，物之情也。或相倍蓰，或相什伯，或相千萬。子比而同之，是亂天下也。巨屨小屨同賈，人豈為之哉？

萬事萬物的不平等，天公地道，自然而然。像鄭人買履那樣，不顧自然之足的差異，削足適履，像希臘神話中的普洛克路斯忒斯（Prokroustes）那樣，不顧旅客自然而然的身長差異，將身高者的兩腿截短，將個矮者的身體拉長，以使之適應自己旅店床鋪的長短，都是逆天之愚行惡為。主張平等的左派，有些就是如此發展成為極左。

正如秦暉所說：

所謂極左，就是把左派的思路推向極端，突破「自由的底線」。為獲得無差別的公正，而取消絕大部分的自由，為取消絕大部分的自由，必須建立一個無比強大的國家機器，將人民的一切活動處於國家的控制之下。（《極左、左派、右派、極右的區分與現狀》）

孫中山《民權主義》第三講，針對西方「平等、自由是天賦的人類的特權」說，直截了當地明言：

自人類初生幾百萬年以前推到近來民權萌芽時代，從沒有見過天賦有平等的道理。天地間所生的東西總沒有相同的。既然都是不相同，自然不能夠說是平等。自然界既沒有平等，人類又怎麼有平等呢？天生人類是不平等的，到了人類專制發達以後，專制帝王尤其變本加厲，弄到結果，比較天生的更是不平等了。

（帝王專制，乃是）不平等。

必定要把（天生）位置高的壓下去，成了平頭的平等，至於立腳點還是彎曲線，還是不能平等，那是假平等。

始初起點的地位平等，後來個人根據天賦的聰明才力自己去造就，因為各人的聰明才力有天賦的不同，所以造就的結果當然不同。造就既是不同，自然不能有平等，這才是真平等，才是自然之真理。

與孫中山對「假平等」的剖析仿佛，秦暉也揭露了極左派「偽公平」的實質：

極左的目的是為獲得經濟上無差別的公正，但由於每個人能力、背景各不相同，要壓制每個人的個性尋求公正，就必須實行極權。這樣儘管每個人在經濟上基本平等，但極權會造成權力的不平等。位高權重的，呼風喚雨，無所不為。地位卑賤的，連性命都無法保障。在權力傾軋中被淘汰下來的，往往境遇悲慘。（《極左、左派、右派、極右的區分與現狀》）

西方所謂的平等，從一開始就沒有師法自然，就違背了自然之理。西方所謂的平等，從一開始就充滿了偏見和謊言。

直到美國《獨立宣言》，才把「人人生而平等」歸結為「造物主賦予他們一些不可剝奪的權利，其中包括生命權，自由權和追求幸福的權利，為了保障這些權利，人類才在他們中間建立政府」。

所謂「權利」，乃是為了保障和追求特定的「權益」，而不是先天的賦予和現實的結局。即使生命的權利、自由的權利、以及追求個人幸福的權利都得到「保障」，每個人所獲得的「權益」也不可能「平等」。每個人的「權益」，既有賴於政府的「保障」，更有賴於個人的「追求」。不同的政府，甚至同一政府在不同時期所保障的權利之不同，有若天壤。個人「追求」所得的「權益」，更是千差萬別。

「權利」不等於「權益」。「權利的平等」不等於「權益的平等」。特定社會之中，不同階級、階層、族群、社團以及個人，有不同的「權益」訴求。如果把「權利的平等」混同于「權益的平等」，只能導致不同「權益訴求」的階級、階層、族群、社團、個人之間的撕裂和互鬥。

自從法國大革命以來，「自由、平等、博愛」的口號業已深入人心。

其中，對普羅大眾而言，最為實惠的，就是「平等」。

其中，最能觸動知識份子、文化人惻隱情懷的，最能引起知識份子、文化人良知共鳴的，也是「平等」。

王鼎鈞說：

> 那年代，熱血青年最嚮往「平等」，並不追求自由。中共以平等為號召，不以自由為號召。那時我們聽到的說法是，人類的痛苦由於不平等，自由破壞平等，要平等就得限制自由，使「強者不多取，弱者不多予」。中國的社會太不平等了，如何改造？孫中山空談理想抱負，只有共產黨有組織、有方法，也有能力。據我所知，當年「上延安」的熱血青年並非為了自由，而是為了社會平等交出個人自由。人人知道共產黨的紀律非常嚴格，青年並不畏縮，反而有了浪漫的情懷。（《東鳴西應集·文學不死》）

有良知的知識份子、有良知的文化人，青年時期，大都傾向於「革命」。

尤其是在有「不患寡而患不均」，「均貧富，等貴賤」傳統的中國，許多有良知的知識份子、有良知的文化人，更是以「革命」為己任。

面對人世的不公，面對下層的赤貧，有良知的知識份子、有良知的文化人不可能保持漠然。

因此良知，革命初期的知識份子、文化人，大多都有胡蘭成形容之「清潔英爽」、「照膽照心」的「好作風」。

革命初期「遍地秧歌舞」的「活潑陽氣喜樂」，也是因為有此良知的光輝。（胡蘭成《山河歲月》）

我們並不能僅僅用「幼稚」、「投機」一類說辭來解釋當年大批知識份子、文化人冒著生命危險投奔延安的動機。

我們不可以輕易褻瀆上一代革命者的純真。無論他們其中一些人如何晚節不保。

惻隱之心，人皆有之。

惻隱之心的推動，使得無數本應從事文而化之、化而文之事業的書生、貴族，加入革命營壘，深入民間底層。

革命初期，參與革命的知識份子、參與革命的文化人，還會有成就天意民心的欣悅。

就普羅大眾社會地位的提高而言，就普羅大眾經濟地位的提高而言，革命特別是無產階級革命的確可能帶來一個時期的新鮮氣象，那是挾遍地秧歌而來的清明風景。

蜜月一過，這些新鮮氣象，這些清明風景，很快就會蒙上灰塵。

沒有任何革命在馬上得江山之後，成功地清除人世骯髒的馬廄。

尤其使知識份子、文化人心冷的是：即使蒙受深重苦難，即使付出慘烈代價，即使做出巨大犧牲，即使白白搭上自己身家性命，革命卻不能給他們以期待的回報，烏托邦總是旋即幻滅。

不僅僅是烏托邦旋即幻滅，不僅僅是白白搭上自己身家性命，知識份子所蒙受的深重苦難、所付出的慘烈代價、所做出的巨大犧牲中，最為痛心的，是他們珍愛惜重的文明被摧毀殆盡。

海涅對此，早有預感。

我承認未來時代是屬於共產主義的，我是用一種憂慮的和非常恐怖的語調來說這句話的，可是——哎！這決不是偽裝！當真，我想到了那個時代，那個被無知的偶像破壞者們掌握了政權的時代時，我總是驚恐欲絕。他們將要用胼胝的雙手毫不憫惜地摧毀我無限心愛的一切美麗的白石雕像，他們將粉碎詩人所非常喜愛的藝術方面的一切遊戲和幻想的虛空；他們將要破壞我的月桂樹叢林，而在那裡栽種馬鈴薯；百合花，它一向既不紡紗也不勞動，卻穿戴得像盛裝的國王所羅門一樣華麗，它將被人從社會的土地上拔掉，除非它手裡拿起紡錘來；玫瑰花，那夜鷹的懶惰的新娘，將遭受同樣的命運；而夜鷹，這位無用的歌人，將被驅除，還有——哎！我的《歌集》將被香料雜貨小商用來做紙口袋，給未來時代可憐的老太婆裝咖啡和鼻煙。哎！我預見了這一切，而我每想到了勝利的無產階級用來威脅我詩歌的那種毀滅情形，我總要感到一種說不出的悲傷，我的詩歌將隨著整個古老的羅曼蒂克世界而沉淪了。雖然如此，我坦白地承認，正是這個對於我一切的趣味和愛好如此敵視的共產主義，它對於我的心靈發出一種誘惑力來，使我無法擺脫；在我的胸中有兩種心聲在幫著它講話，這兩種無法使之緘默的心聲，歸根結底或者無非就是魔鬼的指使——但不管是什麼，我總是被它們蠱惑了，沒有什麼驅鬼的力量可以制服它們。（《〈路苔齊亞〉法文本序言》）

確如海涅的預感，知識份子和文化人珍愛惜重的文明，在革命中，並不僅僅是「沉淪」，而是被徹底「毀滅」、「粉碎」。

正如赫爾岑所說：

（革命者）對整個舊秩序的否定徹底得令人驚奇。他們不僅擯棄它的罪惡，而且擯棄了它的所有美德。他們不想讓任何舊的東西留存下來，他們想摧毀整個邪惡制度，將它連根拔起，從而建立某種全新的、絕對純正的東西。他們不想做出任何妥協；他們不想讓他們的新城市建在舊廢墟的基礎上。（轉引自以賽亞・伯林《自由及其背叛》）

這一切都是「以革命的名義」，從而使得像海涅一般被「無法擺脫」的「誘惑力」「蠱惑」而參與「革命」的知識份子、文化人在抵抗之前就已被繳械。被繳械的知識份子、文化人，在革命的浪潮中，只能服從，只能眼睜睜看著自己珍愛惜重的文明被摧毀殆盡。

儘管「文明」已經摧毀殆盡，「平等」的理想依然沒有實現。不僅如此，知識份子、文化人後來發現，以「博愛」的初衷開始，在此俯就「平等」的過程之中，「自由」也逐漸不見了蹤影。

法國大革命時期，羅蘭夫人曾經感慨：

自由啊，自由，多少罪惡假汝之名而行！

時至如今，我亦同樣感慨：

平等啊，平等，多少禍害因汝之名而來！

世上本無平等。人與人的差別，遠大於人與猿的差別。既有差別，則永無平等之可能。接受歷史經驗教訓，明智的社會學家後來因此往往只主張「機會平等」，而無論「結局平等」。

細細想來，即使「機會」，也不可能真正「平等」。先在的不平等，總會有紅利產生。此外，根據經濟學家的研究，「平等」與「效率」之間，也有內在矛盾。（參亞瑟・奥肯《平等與效率——重大的抉擇》）

革命特別是無產階級革命硬行結局平等，最後只能強高就低。社會各階級、社會各階層在一個時期、某些方面的所謂結局平等，往往不是「提高指導下」的，而是俯就於下層無可諱言的愚陋。

華盛頓說：

這個世界是永遠需要貴族的。因為貴族作為人類的一個精英群體，有義務為大眾在政治行為、日常生活和理想追求上做出表率。如果真正地實現了平等，那只能是向下的平等，而不能是向上的平等，這對人類是一個災難。

胡蘭成說：

革命是要使無產階級歸於人的生活，小資產階級與農民歸於人的生活，資產階級歸於人的生活，不是要歸於無產階級。是人類審判無產階級，不是無產階級審判人類。（《張愛玲與左派》）

毛澤東也說：

嚴重的問題在於教育農民。（《論人民民主專政》）

但在實際上，革命所要教育的主要對象一直是知識份子、文化人。

在革命的浪潮中，斯文掃地，斯俗跋扈。上層無顏驕傲優雅，下層不再自慚愚陋。整個社會的文明程度，不是普遍提高，而是普遍降低。

百年過去，面對禮儀的式微，人們方始覺悟，國人需要重新學習幾個最普通的禮貌用語：「你好！」「謝謝！」「對不起！」

百年過去，面對價值的迷茫，人們方始覺悟，國人需要重新樹立最基本的榮辱觀念。「禮、義、廉、智、信」遭批判多年之後，國人重新開始辨析「八榮八恥」。

百年過去，面對一片廢墟，人們方始覺悟：「中國需要文藝復興！」

平等是西學概念。華學從來不說平等，而說師法自然，而說各復其命，而說安分守己，而說「君君、臣臣、父父、子子」等等象易道不易的「天地之序」（《禮記‧樂記》）。

君君臣臣父父子子。君有君道，臣有臣道，父有父道，子有子道。

天不變，道不變。道不變，象會變。天道自然的三綱五常，一萬年也不會變。三綱五常的名目，則會與時俱進而新新不已。無論名目如何變化，一國還是要立一君，立一總統，立一總理，立一主席，君下還是要有各種名目之臣、之官、之吏。無論名目如何變化，人還是有父有母，有子有女。說到底，還是有一個天道自然的三綱五常。說到底，還是有一個天道自然的人世倫位。

綱常不壞，倫位井然。有其位，有其政；有其位，有其事；有其位，有其義；有其位，有其責；有其位，有其情；有其位，有其理。

倫位不是權力、義務，倫位不是名分、聲望。倫位在有形無形之間，倫位在空色有無之際。君君臣臣父父子子，因各有倫位，而各自有別。君君臣臣父父子子，因位不具形，而相互無隔。朋友、兄弟亦如是。

莊子有言：

必分其能，必由其名。
必歸其天，此之謂大平。（《天道》）

各復其命，安分守己，自然而然，才是人世，才是社會，才是倫常。社會分工已久，一個正常社會，應當三百六十行同在，人人各復其命，安分守己。安分，是自知之明。守己，是獨立不倚。有自知之明，而又獨立不倚，如此復命行健自強不息，而得大自在、大自然，大太平。

三百六十行，行行出狀元。人人認天命，個個行己運。狀元輪流當，風水輪流轉。三十年河西，三十年河東。如此便是復命，如此便是行健，根本無須空談平等。

平等、平等，一句空言，多少人失去自知之明。當今廣告社會，以暴富為人生鵠的。人人都做明星美夢，個個想發一夜快財。博彩、文藝、體育，乃是金字塔式行當，成功是萬一意外，而不是人世倫常。這些非自然的萬一意外，一旦成為青年理想，日常操行必被鄙夷。「珠玉買歌笑，糟糠養賢才。」（李白《古風・其十五》）人人以為日常操行乏味無聊，個個存非分之想，棄復命之常，舍行健之志，長此以往，社會必然畸形。

J.F.斯蒂芬《自由、平等、博愛——一個法學家對約翰・密爾的批判》一書說：

> 平等大概是當今時代最強大的感情，在我看來它也是最低賤、最有害的感情。

如此均貧富的平等渴望，往往最後演變為「取彼而代之」的暴力革命。且不說在當今熱兵器時代，以往冷兵器時代的揭竿起義是否操有勝算，僅就其居心而言，沒有倫常，不復命行健，不安分守己，「取彼而代之」的暴力革命，只能造成新的不平等，新的社會差異必然再度重現。打土豪，分田地之後，必然形成新的土豪，新的地主，不管它有什麼新的名目和新的形式。理想因此破滅，人性因此卑賤，社會因此解體，財富因此劫毀。

印度甘地之所以倡言「非暴力革命」，正是因此覺悟。陳丹青正是針對於此，才有「我真的不希望革命」之說。

陳丹青說：

> 我見過什麼叫革命，革命就是一群最無恥人最後上來，然後繼續來做革命者痛恨的事情，就是奴役別人，利用這個國家，然後糟蹋這個社會，一定是這樣。用革命方式反抗，暴力方式反

抗，這個時代真的不但過去了，而且應該過去。

老子說：

復命曰常，知常曰明。不知常，妄作，凶。

不知復命之常，以平等名義，奪取本不該自己所有的權力、財富，以平等名義，打江山坐天下，那只能是無禮、無明、暴力、兇險。

老子又說：

知常容，容乃公。

只有容常，才有公道，世事才能深穩，歲月才能靜好。因此，華學不說平等，而說安分守己，而說復命行健，而說自然而然。

各復其命，安分守己，自然而然，是承認實際的不平等，是反求諸己，而不豔羨他人，是見賢思齊，自強不息，行健不已。各復其命，安分守己，各專其業，各顯其能，各盡其力，自強不息，各立其志，行健不已。人格因此獨立，社會因此太平，世間因此豐滿，財富因此累積。

華學不說平等，而說太平。華學也不說博愛，而說厚道。厚道，是厚載之道。厚載之道，是人間太平大道。

華學所說的厚載，是「物有總攝」（《易傳》），是「萬物並育而不相害，道並行而不悖」（《禮記・中庸》）。

西學說進化，早先一直側重不斷異質發生的縱向進化，而忽略不斷層壘疊加的橫向進化。其實老子「道生一，一生二，二生三，三生萬物」之說，不僅是說不斷會有異質的新事新物發生，而且是說凡此陸續發生的新事新物，並非只是推陳出新，而且也會總攝共生，歷時的進化，在當下成就共時的耦合，所以才能一而二，二而三，三而萬物。

熊十力將此三而萬物的「物有總攝」，喻之為「乃若眾燈，交光相網」（《體用論》）。當代，西方科學、哲學也逐漸覺悟於此，而有「共同演化」（co evolution）「共生」（symbiosis）之說。（參朧菲《人文進化學》、Human-Culture-Civilization Evolutionology and General Evolution Theory、《異質發生學與一般進化論》、《大化流行之理》、《新體新用論》）

所謂物有總攝、共同演化、並存共生，此間有法，此間有理，此間有仁，此間有義。法本無情，理本無親，仁非濫仁，義有律度。法理的律則，是成毀生滅。仁義的律度，是相生相克。

乾行健，坤厚載。天行健而生萬有，地厚載而蓄萬有。厚載，是說在一體的天地之中，無論是人與其他生物，還是人與其他人，都一體共在相生相克。厚載，是說花不能一枝獨秀，人不能孤生獨存。

如胡蘭成所說：

> 不宜得一新物則必舍一舊物，偏向獨走，失大道之全。
>
> （一九六五年一月廿四日《致張群信》）

厚載無遺，有容乃大，並行不悖，各復其命，各安其位，天下太平。

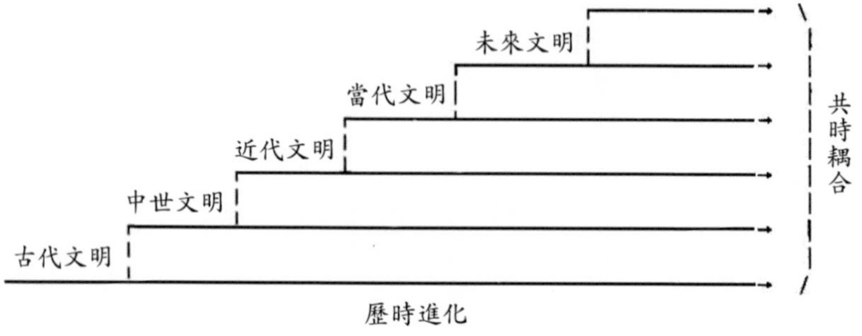

＊＊＊＊＊＊＊＊＊＊

木心說：

> 弱而愚者，不知誰看得起他、誰看不起他。弱而智者，最在乎誰看得起他、誰看不起他。強而愚者，以為無論是誰，都看得起他。強而智者，看得起他、看不起他，一樣，他對別人也沒有看得起看不起可言。（《素履之往》）
>
> 個人主義，我歸結為：自立，自尊，自信。你不能自立，無法自尊，不能自立自尊，何談自信。

木心此說，關乎博愛。

厚載不等於博愛。厚載不是無條件的。人類和自然，人和他人，相生相克，仁義相待。人與人，不是單純的博愛關係，而是殺機與生機並存。厚載共生，是只能如此，必得如此，別無他途。你滅不了天，滅不了地，滅不了自然眾生，滅不了斯人之徒。

孔子說：

> 鳥獸不可與同群，吾非斯人之徒與，而誰與？（《論語・微子第十八》）

吾非天地眾生與，而誰與？此間，有天地不仁，又有人道仁義。此間，無博愛，而有厚載，而有仁義，而有相生相克。相生相克，必得自強。

人群之中，利益總有紛爭。利益起了紛爭，愛就不可能博而只能薄。

《聖經》說「愛你的敵人」，十字軍照樣東征，照樣血腥。即使是自由主義者，也「不把自由給于自由的敵人」，因其結果只能是，「使人們能為所有專制主義辯護」（雷蒙・阿隆《論自由・導論》）。

西方人講博愛。博愛，一開始是處於社會底層之基督徒的理想。向來不被人愛之人，自然希望別人愛他。但凡等到自己已經被人愛了，倒不一定去愛別人。愛有緣故，而不是無緣無故。

《聖經》早就明言：

你們不要想我來，是叫地上太平。我來並不是叫地上太平，乃是叫地上動刀兵。因為我來，是叫人與父親生疏，女兒與母親生疏，媳婦與婆婆生疏。人的仇敵，就是自己家裡的人。愛父母過於愛我的，不配作我的門徒，愛兒女過於愛我的，不配作我的門徒。人到我這裡來，若不恨自己的父母，妻子，兒女，弟兄，姐妹，和自己的生命，就不能作我的門徒。

《古蘭經》亦有此類動刀兵、主聖戰之說。

佛不接引弱者。博愛是謊話，自強是根本。博愛是空言，自立是實在。厚載是王道，生克是霸道。于五行生克中求自立，唯有自愛，唯有自強，唯有自尊。不自愛者，無人愛。不自尊者，人不尊。不自強者，難自立。

有一陣子，大陸時髦「理解萬歲」口號，那緣由，根子還是弱者心理，根子還是要人們做穩了弱者的意識形態。

《鶡冠子》說：

欲喻至德之美者，其慮不與俗同。
急於求人，弗獨為也。

弱者不自信，乞求他人理解。強者自信，漠視他人理解。

拜倫說：

　　獅子是孤獨的，我就是獅子！

　　我知道，我知道自己的命數將盡，但是決不把靈魂交給你這種東西。滾開！我要像我活過的那樣去死。——獨來獨往。（《曼弗雷德》）

強者自愛自尊自強自立自信，久而化成，必成古典。強者蓋天蓋地，截斷眾流，並非不食人間煙火。強者自有隨波逐流之權，自有化育萬物之術。此所謂權術，不是陰謀，也不是陽謀，而是隨緣隨機，道法自然。

王道自有王法，王法自有生殺。人道自有道理，道理便是生克。仁而有義，就不是婦人之仁，就不是什麼博愛。據說西方有一個廣為流傳的故事：「當羅爾斯遇上希特勒」，羅爾斯沉吟後堅決地回答：「殺了他。」

此，正所謂：

　　菩薩心腸，金剛手段。

中國古典有言：

　　設神教以景俗，敷文化以柔遠。（王融《三月三日曲水詩序》）

　　凡武之興，為不服也。文化不改，然後加誅。（劉向《說苑・指武篇》）

　　文則寢天下之兵，武則天下之兵莫能當。（《鶡冠子》）

文而化之，化而文之，武而化之，化而武之，文武之道，一張一弛。

老北京設崇文、宣武區，歷代朝廷，都是既崇文，又宣武。崇文、柔遠，是軟實力。宣武、加誅，是硬實力。文化是王道，武化是霸道。

春秋無義戰，戰國重武化。鬼谷子雲夢山修道講學，教出了孫臏、龐涓等一批名將。先秦陰陽、儒、墨、名、法、道德諸家之外，兵家獨樹一幟。《孫子兵法》，成為軍事經典。

基督教也好，伊斯蘭也好，都是既要文化，又要武化。佈道不服，聖戰隨之。古往今來，二者聖戰不止，迄今愈演愈烈。只有佛教，慈悲為懷，普度眾生，只事文化，不事武化。佛教無論生身供養，或是法身供養，都是文化，不是武化。少林武僧是特例，其旨在自衛，不事征伐。佛教遇到伊斯蘭，那是秀才遇到兵，有理說不清。中亞西亞，新疆西域，原先佛教盛極一時，後來完全伊斯蘭化。那緣故，是佛教沒有武化之功。

佛教只事文化，不事武化，唯恐無明，力求文明。

唯恐無明的佛教，到了今天，多有只求現世報，進廟燒香叩頭動輒給釋迦穆尼派活的所謂信徒，多有以宏佛為名斂財行淫妖言惑眾的所謂高僧。

日本侵華時期，標舉同文同種，東亞共榮，那是打著王道的旗號行霸道，打著文化的旗號行武化。文革之中，文攻是文而化之，武鬥是武而化之。文攻是要「狠批私字一閃念」，武鬥是要「橫掃一切牛鬼蛇神」。一九六六年北京八月紅色風暴，北京聯動、西城糾察隊皮帶之下，不知多少冤魂上了牛鬼蛇神的封神榜。各地真槍實彈的派系之戰，不知有多少人無謂犧牲，重慶紅衛兵墓園僅葬其萬一。

阿城說：

今天一個開發商，對於拆遷地的居民，對於周圍的環境，完全是武化的概念，他只要老子掙

錢。（《要文化不要武化》）

拆遷的武化，造成多少血案？

文化的理想功能，是創造豐滿富麗的文象，是創造超越自然的文明，是昭明天地之明德，以成《大學》所謂的「明明德」。

武化的實際功能，歸根結底，是物質資源的佔有與分配。

「天地之大德曰生」，然其生亦有別；「天地養萬物」，然其養亦有別。食物、材料、能源，天南地北，分佈不均。產權的所有與剝奪，財富的佔有與分配，是全部人類歷史的頭等大事。

所謂「損有餘，益不足」之平均主義，所謂「益有餘，損不足」之馬太效應，無非產權所有與剝奪、財富佔有與分配之不同理念。理念的文而化之，往往不能奏效，槍炮的武而化之，則有實效顯能。

馬克思因故而說：

批判的武器當然不能代替武器的批判，物質力量只能用物質力量來摧毀。（《〈黑格爾法哲學批判〉導言》）

武而化之，只能化而武之，化而蠻之，導致無明。文而化之，可能化而文之，化而雅之，成就文明，也可能化而俗之，化而惡之，導致無明。

彌爾頓《失樂園》有言：

惡呀，你來作我的善吧。

王鼎鈞也說：

天生惡人，就是要他為後世的好人開一條路，那樣的路，好人自己開不出來。（《怒目少年》）

歷史可能以惡行善，以霸道行王道，也可能以惡行惡，以霸道行霸道。無論是宣武不崇文，或者是宣武而崇文，都不能保證人類脫離野蠻而入文明。

阿城說：

要文化不要武化。

悲哉其心！善哉其願！

可惜，物競天擇，利益驅使，總會有爭執，總會生衝突。衝突雙方，總會有較量，總要決勝負。人間起刀兵，是歷史常態。世界大同，可期而不可及。

厚載之生克仁義，是生機與殺機同在，天幸與劫毀同在。天地不仁，以萬物為芻狗。聖人不仁，以百姓為芻狗。相生相剋，才是天造地化之仁義，才是天演地運之律則。

＊＊＊＊＊＊＊＊＊＊

木心說：

所謂民主，是得過且過的意思。一船，無船主，大家吵，吵到少數服從多數——民主。民主是不景氣的，無可奈何的制度。

目前民主是唯一的辦法。我希望今後東歐、中國有了真的民主，不要是現在現成的美國式的民主。拿一個更好的民主出來，這樣子，七十年受的苦沒有白受。

木心對於民主，不是一味迷信。

所謂民主，搞不好，就是多數人的暴政。「胡適和蔣夢麟都對學生運動易放難收，學生無意學業的情緒憂心忡忡，因此在五四運動周年之際提醒學生，必需容納反對黨的意見，威壓不肯迎合群眾心理言論的作法，『是暴民專制，不是民治精神』。」（參《移居臺灣的九大師》）

一九二五年十一月二十九日，北平青年以及其他市民，因政見的不同，一邊高喊「人民有集會、結社、出版、言論自由」的口號，一邊又舉著「打倒《晨報》及輿論蟊賊」的標語，一把火燒了徐志摩主持的《晨報》。

儘管當時也有不少人的對此提出批評，但陳獨秀卻不以為然。他針對胡適的批評反問：「你以為《晨報》不該燒嗎？」

為此，胡適寫信給陳獨秀，嚴正地表明了自己的態度：

幾十個暴動分子圍燒一個報館，這並不奇怪。但你是一個政黨的負責領袖，對於此事不以為非，而以為「該」，這是使我很詫怪的態度。

你我不是曾同發表過一個「爭自由」的宣言嗎？那天北京的群眾不是宣言「人民有集會，結社，言論，出版自由」嗎？《晨報》近年的主張，無論在你我眼裡為是為非，絕沒有「該」被自命爭自由的民眾燒毀的罪狀；因為爭自由唯一的原理是：「異乎我者未必即非，而同乎我者未必即是；今日眾人之所是未必即是，而眾人之所非未必真非。」爭自由的唯一理由，換句話說，就是期望大家能容忍異己的意見與信仰。凡不承認異己者的自由的人，就不配爭自由，就不配談自由。

我也知道你們主張——階級專制的人已不信仰自由這個字了。我也知道我今天向你討論自由，也許為你所笑。但我要你知道，這一點在我要算一個根本的信仰。我們兩個老朋友，政治主張上儘管不同，事業上儘管不同，所以仍不失其為老朋友者，正因為你我腦子背後多少總還同有一點容忍異己的態度。至少我可以說，我的根本信仰是承認別人有嘗試的自由。如果連這一點最低限度的相同點都掃除了，我們不但不能做朋友，簡直要做仇敵了。你說是嗎？

我記得民國八年你被拘在警察廳的時候，署名營救你的人中有桐城派古文家馬通伯與姚叔節。我記得那晚在桃李園請客的時候，我心中感覺一種高興，我覺得在這個黑暗社會裡還有一線光明：在那個反對白話文學最激烈的空氣裡，居然有幾個古文老輩肯出名保你，這個社會還勉強夠得上一個「人的社會」，還有一點人味兒。

但這幾年以來，卻很不同了。不容忍的空氣充滿了國中。並不是舊勢力的不容忍，他們早已沒有摧殘異己的能力了。最不容忍的乃是一班自命為最新人物的人。我個人這幾年就身受了不少的攻擊與污蔑。我這回出京兩個多月，一路上飽讀你的同黨少年醜詆我的言論，真開了不少眼界。我是不會懼怕這種詆罵的，但我實在有點悲觀。我怕的是這種不容忍的風氣造成之後，這個社會要變成一個更殘忍更殘酷的社會，我們愛自由爭自由的人怕沒有立足容身之地了。

我的經驗是，一定不要相信那些不能容納不同意見，拉幫結派、黨同伐異的「民主人士」。

＊　＊　＊　＊　＊　＊　＊　＊　＊　＊　＊　＊

木心說：

我總認為世界上只有人權問題，哪有女權問題。女人被欺負，是的，但潑婦也大有人在。女權一起來，從家裡潑到社會上來了。女權運動不會有好下場。

網上有一則遊戲文字：老師在黑板上寫下「woman without her man is nothing」，讓學生加標點符號。男生標點「woman, without her man, is nothing.」（女人，沒了她的男人，什麼也不是。）女生標點「woman! without her, man is nothing.」（女人！沒有她，男人什麼也不是。）

所謂男人、女人，是太極的兩儀，兩儀相成，太極無極。沒有只有男人的人世，也沒有只有女人的人世。沒有只有陰爻的太極，也沒有只有陽爻的太極。純陽不生，孤陰也不能長。

費孝通在其《生育制度》中說：

兩性的分化，使個人成了一個不完全不自足的部分，確是人生種種矛盾的起源。

但他又說：

（實際上）以兩性的分化來成全社會的完全。在時間裡，初層的矛盾不見了，只有成全。

與此同調，潘光旦先生也說：

百餘年來的婦女運動，就女子個人人格的發展而言，雖若一面把以往抹殺女子的通性與個性的錯誤給糾正了，一面卻又把女子的性別擱過一邊，視同烏有，又何嘗不是一個很重大的缺陷？近代婚姻之道之所以缺失，夫婦之道之所以苦，此中運動何能不負一部分的責任？（費孝通《生育制度・序》）

當今爭說女權者夥，但如此女權，和婦道究竟有什麼齷齪，和夫婦之道究竟有什麼齷齪，卻很少有人理會。

＊　＊　＊　＊　＊　＊　＊　＊　＊　＊　＊　＊　＊

木心有言：

我是只看藝術，時代不時代，根本不在乎。什麼「劃時代」啦，「時代重鎮」啦，讓人家去講吧。一句話，時代超強的作家，他贏了，他只贏了一個時代。對千秋萬代來說，他輸了。

尼采在《華格納事件》中說（他真好，有時會直接講出來，面對面講！）：「在自己的身上克服他的時代，成為無時代的人。這是對哲學家的最低要求，也是最高要求。」聽他這麼一說，我對尼采舊情復燃，又發作了。他看得到，說得出來，痛痛快快。

我在我身上，一輩子以自己為素材，狠狠克服這個倒楣的時代。我對這個時代，永遠不介入。我苦於找不到說法，現在找到了，很達意的說法：假如我要以現實的，自傳性的回憶，那我就寫我如何在自己身上克服我的時代。

如我的自傳性小說，寫好了，可以說我克服了我的時代。寫不好，可以說我被時代克服。

老子完全克服他的時代。他哪有他那時代的特徵？話說回來，我不反對介入時代。無時代的人，是屬於各個時代的人。還以李聃為例。每個時代，包括當今各國精英，都接受老子影響，你說——老子的介入大不大？偉大的藝術必然是介入的，但標榜介入的人是急功近利，不標榜介入的人是深謀遠慮。

詩是永恆的。屈原又要借此吐出一口政治上的怨氣，故不能直寫。而陀思妥耶夫斯基能把非文學的東西提升為文學。他和托爾斯泰寫當時，但可以永久。他們知道，當時的什麼，是可以寫進文學。

皇帝會被推翻，科學定律可以否定，文學藝術沒有推翻這回事。

木心曾引林風眠的信：

「我像斯芬克士，坐在沙漠裡，偉大的時代一個一個過去了，我依然不動。」（《雙重悲悼》）

木心極而言之：

時代不過是歷史的枝節，對於不良的時代，超越了又如何呢？（《醉舟之覆——蘭波逝世百年祭》）

無論是哲學，還是文學，還是藝術，都是文象，都是人象。文象、人象的生命，不在階級，不在時代，而在於人的靈性，在於人的操行。

人的靈性，人的操行，「照燭三才，輝麗萬有」（鍾嶸《詩品・序》）。世間萬物，文而化之，化而文之，人之靈性，遂灌注於其中。山水風物，因之含情；頑石枯木，因之有靈；春花秋月，因之傷神；奔雷閃電，因之驚心。

此因人的操行而成之文學、藝術，此灌注人的靈性的文學、藝術，立地成佛，不壞不朽。「天上地下，惟我獨尊。我今此身，永絕後有。」此，所謂絕對。

胡蘭成說：

絕對的東西，是對之沒有意見。它只是這樣的。（《建國新書》）

絕對者，不作不壞，無古無今，無始無終，無從比較，亦無可繼承。胡蘭成形容此絕對之知，曾引日本大數學家岡潔拜受文化勳章時答皇太子問之言：

比起一年生的草花，我們是要萬年松。

如此絕對之知，如《心經》所說，乃是「不生不滅，不垢不淨，不增不減」的「大神咒、大明咒、無上咒、無等等咒」。大千俱壞，如此絕對之知也不會壞。

* * * * * * * * * * * * *

木心說：

本人寫的《上海賦》，用的是巴爾札克的辦法。臺灣有老上海來信，說我比上海還要上海——巴爾札克比現實還要現實。藝術不反映現實。現實並不『現實』，在藝術中才能成為現實。現實是不可知的，在藝術中的現實，才可知。

所謂歷史，乃是此前以往人類文化即文而化之、化而文之實踐的已逝過去。

錢鍾書曾說：

上古既無錄音之具，又乏速記之方，駟不及舌，而何其口角親切，如聆謦欬歟？或為密屋之談，或乃心口相語，屬垣燭隱，何所據依？……蓋非記言也，乃代言也，如後世小說、劇本中之對話獨白也。（《管錐編》）

人類以往實踐之活動與過程，業已無可挽回。可以憑弔的，無非是人類文化活動所創造之文象的斷片殘環之斷片殘環。此，即所謂歷史資料。此文象之斷片殘環之斷片殘環，由後來之歷史專家加以補遺連綴，便是今人所謂的歷史。

所謂歷史，因有後人的補遺聯結，必然會有當代史的品質。

克羅齊因之而說：

一切歷史都是當代史。（《歷史學的理論和實際》）

只有在歷史著作中，歷史才能成之為歷史。

歷史研究，殊為不易。

此正如陳寅恪所說：

古代哲學家去今數千年，其時代之真相，極難推知。吾人今日可依據之材料，僅為當時所遺存最小之一部，欲藉此殘餘斷片，以窺測其全部結構，必須備藝術家欣賞古代繪畫雕刻之眼光及精神，然後古人立說之用意與對象，始可以真瞭解。所謂真瞭解者，必神遊冥想，與立說之古人，處於同一境界，而對於其持論所以不得不如是之苦心孤詣，表一種之同情，始能批評其學說之是非得失，而無隔閡膚廓之論。否則數千年前之陳言舊說，與今日之情勢迥殊，何一不可以可笑可怪目之乎？但此種同情之態度，最易流于穿鑿傅會之惡習。因今日所得見之古代材料，或散佚而僅存，或晦澀而難解，非經過解釋及排比之程序，絕無哲學史之可言。然若加以連貫綜合之搜集及統系條理之整理，則著者有意無意之間，往往依其自身所遭遇之時代，所居處之環境，所薰染之學說，以推測解釋古人之意志。由此之故，今日之談中國古代哲學者，大抵即談其今日自身之哲學者也。所著之中國古代哲學史者，即其今日自身之哲學史者也。其言論愈有條理統系，則去古人學說之真相愈遠。（《馮友蘭〈中國哲學史〉上冊審查報告》）

胡蘭成說：

歷史的真實性並非考據學者所知。（《今日何日兮》）

歷史寫真而不寫實。歷史之寫真高於寫實，可親高於可信，歡喜高於研究。

人類歷史，行易知難。所謂歷史，是「究天人之際，通古今之變」的體悟，是行易之後的知難。凡此種種，皆是寫真，而非寫實。因此，胡蘭成並不特別看重考據，而把明天道之明德的明明德看做歷史真諦。

以此而言，胡蘭成《山河歲月》《今生今世》，王鼎鈞《昨天的雲》《怒目少年》《關山奪路》《文學江湖》，木心《上海賦》等等著作中的世界史、中國史、古代史、當代史，不僅是寫實，尤其是寫真。胡蘭成、王鼎鈞、木心筆下的歷史，有歷史的真實，更有歷史的理想。

胡蘭成筆下的中國文明，不僅是他由嵊縣到日本，一路走來親身的體驗，一生修行成毀的感悟，而且是他對中國禮樂文明的體察觀照，對中國禮樂文明之明明德的法說。此歷史者，不能自動從所謂史料中發見，須有胡蘭成智慧之光的燭照，方能顯現真身，方能披露真容。

王鼎鈞筆下的當代中國歷史，是他由山東蘭陵，一生「慌不擇路」走過來的歷史。有人說王鼎鈞是「中國人的眼睛」，其實，那是「王鼎鈞的眼睛」。四部「回憶錄」中的當代中國歷史，不能自動從抗戰流亡、內戰流徙、臺灣戒嚴、移民出國中發見，須有王鼎鈞智慧之光的燭照，方能顯現真身，方能披露真容。如他所說，「我的素材一定得經放大和照明」。（《文學江湖》）

木心筆下的文學史，有歷史的真實，更有歷史的理想。木心筆下的世界文學、中國文學，不僅是他文學的回憶，讀書的體悟，創作的經驗，而且是他對世界文學、中國文學的頂禮，對世界文學、中國文學的品鑒。木心所謂文學史，不能自動從文學作品中發見，須有木心智慧之光的燭照，方能顯現真身，方能披露真容。

「比上海還要上海」的《上海賦》，有木心智慧之光的燭照。

喜歡《昭明文選》，也熟悉「三都」、「兩京」之《賦》。木心《哥倫比亞的倒影》到手，一看到

《上海賦》的題目，先就眼前一亮。待到讀畢，卻不由使人黯然。

不是木心寫得不好。是賦中所及種種。

胡蘭成曾說：

漢賦是對彼時新的日月山川物產，宮闕市朝人物的盛大風景的歡喜禮贊。（《中國文學史話》）

劉邦得了天下，至武帝拓疆開邊盛極，新朝的萬般事物都是揵亮，一時代人對眼前景、眼前人的感激好奇發出了頌歎，這是漢賦。

漢賦便是興高采烈的指述新物新事，不厭其煩的詳繪凡百細節，成段成篇列舉出聲、色、犬，馬，不為什麼，只因為喜歡。（朱天文《黃金盟誓之書》）

班固、張衡，「升高能賦者，頌其所見也。」（左思《三都賦序》）

「三都」、「兩京」之《賦》，一如胡蘭成所說，「山川草木城市閭閻有現世的美好」（《山河歲月・秦漢私情之美》）。

「三都」、「兩京」，那是大漢天子之都，那是風雲際會之所，那是雲蒸霞蔚之地，那是人文鼎盛之域。

正所謂：「漢之西都，在於雍州，是曰長安。左據函穀二崤之阻，表乙太華終南之山；右界褒斜隴首之險，帶以洪河涇渭之川。眾流之隈，汧湧其西。華實之毛，則九州之上腴焉；防禦之阻，則天地之隩區焉。是故橫被六合，三成帝畿，周以龍興，秦以虎視；及至大漢，受命而都之焉。」（《西都賦》）

正所謂：「建金城而萬雉，呀周池而成淵，披三條之廣路，立十二之通門。內則街衢洞達，閭閻且千，九市開場，貨別隧分。人不得顧，車不得旋，填城溢郭，旁流百廛，紅塵四合，煙雲相連。於是既庶且富，娛樂無疆。」（《西都賦》）

正所謂：「都人士女，殊異乎五方。游士擬于公侯，列肆侈于姬薑；鄉曲豪舉，遊俠之雄，節慕原嘗，名亞春陵，連交合眾，騁騖乎其中。」（《西都賦》）

正所謂：「紱冕所興，冠蓋如雲。七相五公，與乎州郡之豪傑，五都之貨殖，三選七遷，充奉陵邑。蓋以強幹弱枝，隆上都而觀萬國也。」（《西都賦》）

至於「陸海珍藏，藍田美玉」，「竹林果園，芳草甘木」，「九真之麟，大宛之馬，黃支之犀，條支之鳥」，更是不盡其數。（《西都賦》）

「於斯之時，都都相望，邑邑相屬，國藉十世之基，家承百年之業，士食舊德之名，農服先疇之畎畝，商循族世之所鬻，工用高曾之規矩，粲乎隱隱，各得其所。」（《西都賦》）

於斯之時，「決渠降雨，荷插成雲，五穀垂穎，桑麻鋪棻」，「斯人揚樂和之聲，作畫一之歌，功德著乎祖宗，膏澤洽乎黎庶」（《西都賦》）。

於斯之時，「太師奏樂，陳金石，布絲竹，鐘鼓鏗鎗，管弦燁煜，抗五聲，極六律，歌九功，舞八佾，韶武備，泰古畢，四夷間奏，德廣所及，僸佅兜離，罔不具集」（《東都賦》）。

於斯之時，「總會仙倡，戲豹舞羆，白虎鼓瑟，蒼龍吹篪，女娥坐而長歌，聲清暢而蟉蛇」（《西京賦》）。

於斯之時，「惇誨故老，名儒師傅，講論乎六藝，考合乎異同」（《西都賦》）。

於斯之時，「招有道於側陋，開敢諫之直言，聘丘園之耿絜，旅束帛之戔戔，上下通情，式宴且盤」（《東京賦》）。

於斯之時，「若其五縣遊麗，辯論之士，街談巷議，彈射臧否，剖析毫釐，擘肌分理，所好生毛羽，所惡成創痏」（《西京賦》）。

對此勝景，對此盛世，儘管再三鋪陳，斑固還是不得不嗟歎：

十分而未得其一端。（《西都賦》）

比之三都、兩京，木心眼裡，「從前的上海喲」，則不過是「顯現了畸形的繁華」的、「不義而富且貴的大都市」。

比之三都、兩京，木心眼裡，「從前的上海喲」，則不過是「東方一枝直徑十里的惡之華，招展三十年也還是歷史的曇花」。

和那些嚮往從前「大上海」的人們不同，木心心中，「上海與巴黎、倫敦這些承擔歷史淵源的大都會是不同類的」。

和那些嚮往從前「大上海」的人們不同，木心心中，上海與長安、洛陽這樣開創簇新文明的古帝京是不同類的。

木心給上海的定位，說到了根本。

故而，今日「興興轟轟」（張愛玲語）津津樂道從前「大上海」的人們，真如木心所說，有一種「沾沾自喜而沾沾不起來」的窘相。

木心筆下，上海是有「文明」的，但那「文明」僅在租界。

「大都會的『文明』只在西區，花園洋房，高尚公寓，法國夜總會，林中別墅，俱樂部，景致豪奢直追歐美第一流。而南、北、東三區及中區的部分，大多數人家沒有煤氣，沒有冰箱，沒有浴缸抽水馬桶」，有的是上海著名的「便桶」——不抽水的「馬桶」。「每當天色微明，糞車隆隆而來」，「倒糞」便成了舊上海的標誌性景觀。

木心筆下，上海乃是「發酵的人間世，骯髒，囂騷，望之黝黑而蠕動，森然無盡頭」。

「這裡那裡的小便池，班駁的牆上貼滿性病特效藥的廣告，垃圾箱滿了，垃圾倒在兩邊，陰溝泛著穢泡，群蠅亂飛，窪處積水映見弄頂的狹長青天。」

「夜戲散場，壓軸性的喧囂鬧忙過後，上海整個疲乏不堪，到處油污髒水廢物垃圾。長長的多橋的蘇州河穢黑的無有倒影，蒸發著酷烈的辛臭。野貓在街口哀鳴。窗子一扇扇熄了。馬路上的夜風說冷不冷說熱不熱，含著都市通體的汗騷膻腥，淡而分明。真的能感覺到屋頂路面都在喘息，暗暗討饒，只剩街燈下碎爛的報紙飄起、旋落。」

「從華燈初上到翌日臨晨三點鐘，洋場夜市長達十小時。彩色電力照明伴著霓虹條，鋪面招牌商標層層彈跳閃耀而上，上到高樓之頂，臨空架起巨型廣告，紅綠黃藍，曲折迴旋，飛位變色，把豔艷的夜幕烘成金紫。欲雨不雨之際，雲朵給映紅了，壓在黑黑的林立的建築群體上，一派末日將臨的煉獄氣象。女的濃妝豔抹旗袍高跟，男的西裝革履呢帽長衫；路上摩托吉普福特奧斯丁，空中酒香油氣煎熬燔炙五味雜陳。汽車嘟嘟，電車當當，三輪車、黃包車丁零丁零，救火車、救命車嗚嘩嗚嘩橫衝直撞，像要殺人放火；腳踏車、手推車不斷地挨罵，紅燈、綠燈，馬路如虎口。『眼睛勿生格！』『豬玀！滾開！』『儂豬玀！』『要傣老婆做孤孀阿是？』『癟三！』『儂洋裝瘪三，勿要面孔！』人行道上摩肩接踵，嘶喊怪笑招呼打朋調戲吃豆腐，『尋死喲？』『嗨嗨尋儂一道死！』『姆媽——姆媽——姆媽呀啊啊……』『阿妮頭，姆媽勒拉格搭！』『小赤佬，儂摸袋袋啊是？』『爺叔爺叔，好勒好勒好勒呀……喔唷！』」

如此等等。

這，正是今天人們興興轟轟、津津樂道之從前「大上海」的日常風景。

木心說：

> 上海是人的海。

出沒於上海其中的，有英國人、法國人、美國人、日本人、白俄、猶太，有軍政要員、幫會魁首、實業大王、外國老闆，有暴發的城市資產階級、殷厚的外省財主富吏。

不過在木心看來：

> 也許住過亭子間，才不愧是科班出身的上海人。

弄堂裡，出入於後門的，多是「亭子間」裡的房客。

> 「所謂亭子間者，本該是儲藏室，近乎閣樓的性質，或傭僕棲身之處，大抵在頂層，朝北，冬受風欺夏為日逼，只有一邊牆上開窗，或者根本無窗，僅靠那扇通曬臺的薄扉來採光透氣，面積絕對小於十平方米，若有近乎十平方米者便號稱後廂房，租價就高了。」

> 「公務員、職工、教師、作家、賣藝者、小生意人、戲子、彈性女郎、半開門的、跑單幫的、搞地下工作的，乃至各種洋場上的失風敗陣的狼狽男女，以及天網恢恢疏而大漏的鰥寡孤獨，總是僥倖地委屈地住亭子間。」

在亭子間裡的日子，是「能屈能伸」的「大丈夫」「屈得幾乎伸不起來的時候」。不過因為「上海這個名利場不斷有成功的例子閃耀著引誘人心」，他們「個個把有限的生命看作無限的前程」。儘管如此，木心依然判定：沒有「承擔歷史淵源」的從前上海，「從來沒有出過大事物大人物」。

木心痛下斷語：

> 作為上海人而不講牌頭派頭噱頭，未知更有什麼可講的。
>
> 上海人擅長在飲食男女等細節上展施小伎倆，多半總是收效的，因之自我感覺個個光滑良好，把自己當作魚把別人當作水，如魚得水的水其實都是魚，然而卻就此優哉遊哉逝者如斯夫。
>
> 上海人在「格算」「不格算」中耗盡畢生聰明才智。
>
> 上海男女從來不發覺人生如夢，卻認知人生如戲。
>
> 上海人玩世甚恭。

木心的結論是：

> 上海近世的這番半殖民地的羅曼蒂克，是暴發的、病態的、魔性的、西方強權主義在亞洲的節外生枝，枝大於節。
>
> 上海所缺的是一無文化淵源，二無上流社會，故在誘脅之下，嗒然面顏盡失，歷史契機駸駸而過。

走筆至此，木心只能「嗚呼於戲」！

木心自白：

> 之所以還要以「賦」為名，意在反諷。這樣糟的糕，竟敢鄰比「古詩之流」——讀者在嘲笑

作者太無自知之明時，就放鬆了更值得嘲笑的從前的上海人。

這裡透露了曾在此地生活多年的木心對上海、上海人的真情、私情。

木心看上海，不僅「見其失」，「見其一去不復返」，也「見其大」。

木心深知：

上海數以百萬計的人口中，不乏挾鉅資以爭長雄的俊傑，中產者也橫心潑膽，狠求發展，小產、無產的活動分子，個個咬牙切齒四出拼搏，有不可窮盡之精力。

木心說：儘管「歷史契機駸駸而過」，「上海無海派」。但，已然嶄露頭角的「海派是大的」，「上海是暴起的，早熟的，英氣勃勃的，其俊傑豪邁可與世界各大都會格爭雄長。」以此精力、靈性、英氣、大勢，而「一輩子脫不出亭子間，也就枉為上海人」。

阿拉上海人喲，仔細傾聽木心！

＊　＊　＊　＊　＊　＊　＊　＊　＊　＊　＊　＊

木心說：

天才幼年只有信心，沒有計劃。天才第一特徵乃是信心，信心就是快樂。

《易經》有言：

無望之往，得志也。

如此沒有期望的嚮往，如此沒有計劃的信心，其所得，是無名的大志。

杜甫《贈李白》詩云：

秋來相顧尚飄蓬，未就丹砂愧葛洪。

痛飲狂歌空度日，飛揚跋扈為誰雄。

有此「飛揚跋扈」而不知「為誰雄」的無名大志，中國人遂有人世蕩蕩的風景。人生於天地之間，有英雄之意志，有英雄之氣概，有英雄之胸襟，一開始並不是就有什麼一定的使命，一開始並不是就有什麼確定要你做的事情，而是你總想要做點什麼，尤其總想要做點驚天動地的大事。

浙江省紹興市上虞區白馬湖畔春暉中學《畢業歌》如此歌詠：

碧梧何蔭鬱，綠滿庭宇。羽毛猶未豐，飛向何處？

乘車戴笠，求無愧於生。清歌一曲，行色匆匆。

此「羽毛未豐」尚不知「飛向何處」的「行色匆匆」，有無名大志的支撐。正所謂：「隻字未提民族大義，卻深深地透露出一種為夢想而生的崇高信仰，無論乘車或戴笠，只求無愧於天地。」這是中國人的歷史生成之理，這是中國人的民族之德，這是中國人具風景生動姿態的王風。

胡蘭成如是說：

沒有名目的大志才真是大志，沒有名目的大事才真是大事。（《山河歲月》）

沒有名目的人生旅途，是徐霞客晚年西南探險似的「萬里遐征」（《徐霞客遊記・例言》）。心有遐，足信行，一步一景，步步生蓮，天福天幸，喜從天降。

正如《徐霞客遊記・潘序》所說：

夫唯無所為而為，故志專；志專，故行獨；行獨，故去來自如，無所不達。

木心以《馬太福音》耶穌行海故事，引出有關大信的一系列言說：

傳道散了，耶穌獨自在海面走。門徒驚異，耶穌說勿驚。彼得也從水面走去，怕落水，呼救，耶穌拉他的手近攏，說，你這小信的人，為什麼不信我。

我定決心在幼年。人生如海，磨難如風浪，但太多人行於海，怕沉沒。害怕了，有人沉沒，有人時浮時沉。一路多小信的人。我不比人慧，不比人強，但自來認識的精英分子六批，凡五十人，有大才，甚至天才，至今剩我一人。如果他們成，文藝復興。下了海，要走下去。

一個人能否成大器，主觀因素最重要，被人忽略的是，信心，就是信念。

天才幼年只有信心，沒有計劃。天才第一特徵，乃信心。信心就是快樂。傍晚闊人遛名狗，我傍晚也散步，是遛哲學。狗沿途撒尿，遛哲學的人，巧思警句回報，回家寫，比想的時候更佳，大幸福。

信心到底哪裡來？信心其實就是忠誠。立志，容易。忠誠其志，太難。許多人立志，隨立隨毀，不如不立。藝術，愛情，政治，商業，都要忠誠。求道，堅定忠誠無疑，雖蹈海，也走下去。

木心說「快樂」，胡蘭成說「莫愁」。木心所說只有信心沒有計劃的青年，快樂無憂。胡蘭成所說有無名大志的青年，所向莫愁。

願言躡清風，高舉尋吾契。

＊　＊　＊　＊　＊　＊　＊　＊　＊　＊　＊

（陶淵明《桃花源詩》）

木心說：

「只有天才能受人影響，我穿我的鞋，我走我的路，跟你一陣子。」

一般以為個性不強的人容易受人影響。非。個性強的人才受影響。個性強，敏感大，才會受人影響。天才的個性流露，開始都借別人作品來表現，爬在巨人身上的孩子，將來就是巨人。臨摹，臨得最好的人，就是個性強的。

文中子有言：

德不在年，道不在位。

學生于師，唯道是從。道之所存，是為我師。師若棄道，我亦棄師。道存于師，親師近師即是親道近道。師之於道，若有缺失，學生毋寧遠師離師而趨道赴道。

師有絕對，此絕對是當下唯一，空前絕後。學生亦可自有當下絕對，空前絕後。學生於師，當有知過於師的大志。學生於師，當有自求絕對，橫決滄海的雄心。況且，天地萬物日新月異，師之所知，除天道自然的自理、公理之外，當有學生格物致知的寬天廣地，瀚海浩水。

知過於師。乃是天才虛懷若谷與出新創造之兩級對立而成之中庸。

英雄惺惺相惜。唯天才才能學習天才。「天才能受人影響」，這是天才的虛懷若谷。「我穿我的鞋，我走我的路，跟你一陣子」，而不是「跟你一輩子」，這是天才不可遏制的出新創造。

即事如已高，何必昇華嵩。

（陶淵明《五月旦作和戴主簿》）

尼采曾說：

宗師只有一大弟子，而此子將背其師，蓋渠亦必自成大宗師也。（轉引自錢鍾書《談藝錄》）

天才與其師，臨了，會相忘於江湖。

今之學生能與老師「相忘者乎」？（一九六三年三月十五日胡蘭成《致黎華標信》）

知過於師，不是好勝的私心，不是「損彼顯此」（胡蘭成《中國的禮樂風景》），不是「折人以立己」，而是求真的誠意，而是與天地同造化。

胡蘭成如是說：

莊子在做學問上皆與人為親，皆與人為敵，把對方批駁了，而又歡喜稱讚。這又是有似孔子的于管仲，非其餘戰國諸子之折人立己者所能及其風光。（《革命要詩與學問》）

知過於師，乃是深契師理，乃是深知師理之所窮。

于此，木心為文，處處可鑒。木心以往古來今之東西哲人文人為師，師從而不馴從，知過於師，臻於獨立天地的絕對之境。

＊　＊　＊　＊　＊　＊　＊　＊　＊　＊

木心說：

人類愛自己，瞭解自己。人愛照鏡子，捨不得離開自己。

映照印證，致使日月光華，旦復旦兮，彪炳了一部華夏文化史。滔滔泛泛間，「魏晉風度」寧是最令人三唱九歎的了；所謂雄漢盛唐，不免臭髒之譏；六朝舊事，但寒煙衰草凝綠而已；韓愈李白，何足與竹林中人論氣節。宋元以還，藝文人士大抵骨頭都軟了，軟之又軟，雖具鬚眉，個個柔若無骨，是故一部華夏文化史，唯魏晉高士列傳擲地猶作金石聲。（《遺狂篇》）

《世說新語·品藻第三十五》有言：

桓公少與殷侯齊名，常有競心。桓問殷：「卿何如我？」殷云：「我與我周旋久，寧作我。」

寧作我，不易。

甯作我不易，但饒有興味。

朱天心說：

天地這麼大，總會容得下一兩個想法不同的、看法不同的。古人也是不與時人同調。大家做一樣的事兒，追尋同樣的東西，好單調噢。湯湯人潮逆向而行，和大家完全不一樣的方向，這個風景好迷人。文學藝術家在當代應該是這個樣子，而不是在人群追尋一樣的東西，那不是創造的人。（臧繼賢《專訪朱天心》）

真識我，實難。

木心曾說：

希臘人說：「認識你自己。」我看是對一般人講的。對藝術家，還有一句潛臺詞：認識你自己的風格。……有人或在心裡說，認識自己的風格有何難？希臘人知道，認識自己最難。畢卡索完成黑色紅色時期，認識自己了嗎？等他看到黑人木雕，才醒過來。貝多芬到第三交響樂，才是自己。

雨果說：

世界上最寬闊的是海洋，比海洋更寬闊的是天空，比天空更寬闊的是人的心靈。（《悲慘世界》）

「認識你自己」，不僅要認識心靈的廣闊，也要認識生理的深邃。

我們剛剛覺悟：

我們並不瞭解自己。通過測量與自身相關的數據揭露我們隱秘的天性，是一項只有短暫歷史的不凡工作。（凱文・凱利《必然》）

我們依賴數字時而不是文字時，將構建出一個量化自我。（《必然》）

在生物測量學領域（追蹤你身體信息的感測器背後的科學領域）有一個反復出現的令人驚奇的現象，那就是幾乎我們所測量的每種生物特徵信息就個體層面而言都是獨一無二的。你的心跳模式是獨一無二的，你的步態是獨一無二的，你在鍵盤上敲擊的節奏是與眾不同的。另外，你使用最頻繁的詞彙，你坐下時的姿勢，你眨眼的頻率，以及你的聲音，這些都是與他人不同的。（《必然》）

無論是心靈還是身體，你自己的獨特性，都遠遠超過你對它的認識，遠遠超過你對它的想像。

＊　＊　＊　＊　＊　＊　＊　＊　＊　＊

胡蘭成說：

昔人說：「長嘯激清風，志若無東吳。」（左思《詠史》）我是身在東吳而看得東吳無人，連那日本軍在內。（《今生今世》）

英雄所見略同，木心詩也曾用左思《詠史》之典：

大風吹南冠，投簪別洪流。

嘹唳在四海，志若無神州。

（《西班牙三棵樹》之《三輯．其十九》）

「志若無神州」，已經不是在地球上平視，而是如上帝般俯瞰。

＊　＊　＊　＊　＊　＊　＊　＊　＊　＊　＊　＊

木心詩云：

一智立誅。（《詩經演．壽眉》）

木心又說：

廣陵散之不祥，古今如斯。

過多的才華是一種危險的病，害死很多人，差點兒害死李白。（《瓊美卡隨想錄．嗻語》）

《列子．說符》所引周諺云：

察見淵魚者不祥，智料隱匿者有殃。

智慧並不是只能給人帶來幸福，它也會給人帶來災難。

傳說亞當、夏娃因為吃了分別善惡樹上的禁果而承擔原罪的重負；普羅米修士因為盜竊天火而遭受殘酷的刑罰；倉頡造字而天雨粟，夜鬼哭；伯益作井而龍登玄雲，神棲昆侖。

莊子有言：

人而無以先人，無人道也。人而無人道，謂之陳人。

先知先覺者，先行於陳腐之人，前進義無反顧，昇華永無止境，遙遙領先陳人而常在無人之境。先知先覺者，於無人之境領先陳人，其道超前，遂為陳人之天下不容。

顏淵因故而說：

夫子之道至大，故天下莫能容。雖然夫子推而行之，不容何病？不容然後見君子。（《史記・孔子世家》）

＊　＊　＊　＊　＊　＊　＊　＊　＊　＊　＊　＊　＊

小人自齷齪，安知曠士懷。

（鮑照《代放歌行》）

《鶡冠子》有言：

夫亂世者，以粗智為造意，以中險為道，以利為情，若不相與同惡，則不能相親，相與同惡，則有相憎。說者言仁，則以為誣，發於義，則以為誇，平心而直告之，則有弗信。故賢者之於亂世也，絕豫而無由通，異類而無以告，苦乎哉。

王充感喟：

歌曲妙者，和者則寡；言得實者，然者則鮮。（王充《論衡》）

曹雪芹嗟歎：

才高人愈妒，過潔世同嫌。（《紅樓夢》）

鄭板橋深知：

才雄頗為世所忌，口雖讚歎心不然。（《飲李複堂宅賦贈》）

木心因故而詠：

人之多言，不我畏也。（《詩經演・將騏》）

無忌人言，人實妒汝。（《詩經演・束薪》）

異端貴異，端異貴逞。（《詩經演・仰之》）

君子徽猷，小人與屬。（《詩經演・反駒》）

顏延之說：

物尚孤生，人固介立。（《陶征士誄》）

人當待友至誠，但須「不累於俗，不飾於物，不苟於人，不忮於眾」（《莊子・天下》），「昭然獨思，忻然獨喜」（《鶡冠子》）。

佛說：

寂寞難堪，孤身可畏。

元遺山《論詩絕句》云：

朱弦一拂遺音在，卻是當年寂寞心。

後稷之廟《今人銘》曰：

人皆趨彼，我獨守此。（《孔子家語》）

《鶡冠子》有言：

聖人貴夜行。

獨守此道，而不趨彼，總會感到寂寞。然此寂寞之境，才是創造園地。

正如《鶡冠子》所說：

往無與俱，來無與偕，希備寡屬，孤而不伴，所以無疵，保然獨至。

誠如羅素所說：

一切重要的知識進步，都靠獨立思考，不受外界意見的影響。（《為什麼我不是基督教徒》）

木心詩云：

窮不失義，達不離道。故士得己，故人不失。（《詩經演・子好》）

維彼佞人，謂我宣驕。不我宣驕，詩旨恆騷。（《詩經演・恆騷》）

如木心《詩經演・子湑》所說：於學問之道，是要從「求其友聲」，到「猶求友聲」，最終到達「不求友聲」的獨絕之境。

先知先覺者求仁得仁，自知自明，無悔無怨，無怨無悔。（朧菲《也說孤獨》）

＊　＊　＊　＊　＊　＊　＊　＊　＊　＊

《洪範》有言：

無偏無黨，王道蕩蕩。無黨無偏，王道平平。

孔子也說：

君子矜而不爭，群而不黨。（《論語・衛靈公》）

天下英雄，不黨，不偏，無黨，無偏。

木心如是說：

大哲無侶。（《詩經演・無侶》）

我向來認為文學藝術家是個體的。所謂個體，就是自在，所謂藝術，就是自為。團體，總是二流。

我從小不參加任何派，任何黨，以後也如此。當時敬重林風眠，就為他始終無黨無派。國民黨委任他當院長，他也袒護共產黨，不舉報，但卻無黨無派，不投靠任何一方。香港人喜歡說「人在江湖，身不由己」。我說，人在江湖，身可由己。因為到了江湖嘛，這才可以自由。

凡能搞起主義運動的，大致是二流角色。走獸飛禽中，可以找到例證：鷹、虎、獅，都是孤獨的、不合群的，牛、馬、羊、蟻，一大群，還哇哇叫。最合群是蛆蟲。

莫扎特，既自覺，又不自覺。從來沒有「莫扎特主義」。最高的藝術，不但自己不會成主義，別人要拿他作成主義，也作不成。

文學的黃金時代，是十九世紀。那時的大作家都不合群，那時沒有作家協會。十九世紀是個光榮的世紀。

正如李劼所說：

木心不團夥，木心的寫作不作協。（《木心論》）

＊　＊　＊　＊　＊　＊　＊　＊　＊　＊　＊　＊

木心斷言：

大哲無侶。

而且放言：

樂其無後（《詩經演・其蘇》）。

「樂其無後」，比「大哲無侶」更狠。

「大哲無侶」，不過是說大哲沒有友朋行侶。

「樂其無後」，則是希望甚至樂得後繼無人，以免狗尾續貂。

錢鍾書曾說：

竊謂末流累及始祖，有二端焉：確出師承，而歷久傳訛，乖本加厲，如父殺人則子行劫，韓非、李斯之于荀卿是也；初無授受，而私借高名，僭居法嗣，如暴發戶、新貴人之攀附強宗華胄，亦猶虎威狐假然，五斗米之於五千言是矣。（《談藝錄》）

錢鍾書又引德・桑克提斯而言：

宗師腐潰，斯成宗派。宗師才大力雄，雖有敗缺處，抑斂不致橫絕。流輩認嫫為豔，相率效尤而結習落套。（《談藝錄》）

顧隨也說：

凡一種學說成為一種學說時，已即其衰落時期。……凡成一種學說即一種口號——有了口號就不成。……凡一種名義皆可作偽。（《中國古典詩詞感發》）

木心說：

文化遺產的繼承，最佳法，是任其自然，不可自覺繼承。一自覺，就模仿、搬弄，反而敗壞家風。近代人筆下沒有古人光彩，最最自然地浸淫其中，自然有成。道理和老子的『無為而無不為』一樣，繼承也無為繼承。

「樂其無後」，不僅是怕龍種生出跳蚤，也怕滋生強制和服從。

以天下英雄自居的木心厭惡組織，是因為一有組織便有了強制和服從。

舉凡歷史上的天下英雄，都如同胡適說陳獨秀一樣，乃是「終生的反對者」（《我的根本意見》序）。陳獨秀就是這樣一個終生的反對者。創建共產黨，促成民進黨，以致於造就兩個國民黨之反對黨的陳獨秀，不但從一開始就沒有參加他的朋友們組建的同盟會，也為他所創建的共產黨所不容。他要是活到現在，也一定視民進黨為不肖子孫。

固然，人是群居的社會生物。固然，個人不能脫離群體。固然，在一定的群體中生活，個人必須遵守一定的契約、法律、規章、制度。

儘管如此，以賽亞·伯林《自由及其背叛》依然意味深長地發問：

為什麼任何人都要服從別人？

集體的律令，並不一定就是人類的福音，無論其如何冠冕堂皇。

任何一種「彌賽亞」式的普世觀念，都無權誘使或者強迫人們服從。服從無論是自願還是被迫，都意味著個人自由的喪失，都意味著其他機會的不復存在，都意味著其他選擇的強制剝奪。

這種服從，在以往的資產階級革命中，還不具有特別的道義內涵。而在無產階級革命中，服從對於知識份子和文化人，卻似乎有了一種特別的道義內涵。

投身無產階級革命之中，面對「平等」的主張，面對社會的不公，面對下層的赤貧，面對對社會不公的校正（無論其多麼偏激），面對對下層赤貧的救助（無論其多麼偽善），特別是面對無產階級社會地位的提高（無論其名實不符），面對無產階級物質生活的改善（無論其代價慘重），知識份子和文化人對文明的珍愛、惜重，成了難言之隱而羞於言表。

知識份子和文化人在無產階級革命中的集體服從，成為人類歷史的一大奇觀。奇之又奇的是：不少被暴風驟雨蹂躪了的「寧靜的花朵」，誠心服膺黑格爾冷酷無情的歷史哲學，如同捨身獻祭的古代僧侶。

在這樣的道義氛圍中，很長一個時期中，思想改造往往並非被迫，反而相當積極主動。

時至今日，革命方興未艾，科技君臨天下，生產力持續增長，專門家制定程式。當今社會弊端，已經不單是服從與否，而是一切被他者操縱。

＊　＊　＊　＊　＊　＊　＊　＊　＊　＊　＊　＊

屈原《涉江》云：

苟余心其端直兮，雖僻遠之何傷！

……

吾不能變心而從俗兮，固將愁苦而終窮。

……

與前世而皆然兮，吾又何怨乎今之人！

余將董道而不豫兮，固將重昏而終身。

李贄有言：

論至德者不和于俗，成大功者不謀於眾。（《史綱評要》）

木心說：

我獨異己，不爾同槽。（《詩經演・方難》）

我之為我，只在異人處。

個人主義慘遭滅頂的當下，木心擺出了個人主義的姿態，尤其是在沒有個人主義生態的大陸中國。

木心深知：

歐羅巴是憑個人主義來與各種災禍作周旋抗衡的，媚俗的潮流使個人主義慘遭滅頂，其他的主義死了，會有哀樂挽歌，唯個人主義之死一片沉寂。（《素履之往》）

於一片沉寂之中，木心手中的金鐸，發出了個人主義的雷鳴：

素履之往，獨行願也。（《素履之往》）

木心的素履之往，是個人主義的獨行。

木心的姿態如鷹，「實在不習慣於地上走」（《素履之往》）。

木心如鷹的姿態，很容易使人聯想斯湯達《紅與黑》中于連的感慨：

于連站在那塊巨大的懸岩上，凝視著被八月的太陽烤得冒火的天空。蟬在懸岩下面的田野上鳴叫，當叫聲停止的時候，周圍一片寂靜。方圓二十法里的地方展現在他的腳下，宛然在目。于連看見一隻鷹從頭頂上那些大塊的山岩中飛出，靜靜地盤旋，不時畫出一個個巨大的圓圈。于連的眼睛不由自主地跟著這只猛禽。這只猛禽的動作安詳寧靜，渾厚有力，深深地打動了他，他羨慕這種力量，他羨慕這種孤獨。「這曾經是拿破崙的命運，有一天這也會是他的命運嗎？」

矯情的人們嚷嚷：「這太不平易近人了！」

木心反問：

平易近人，近什麼人？如果所近非人。（《素履之往》）

木心並不諱言：

除了極少數人中的個別者，其餘的，我是當做景物看的。景物一直欠佳，看只是呆看。（《素履之往》）

木心對世人的「呆看」，很容易使人聯想左拉《金錢》中俾斯麥對突然發跡之短命金融巨頭薩加爾「好奇地望」。「當勝利者的薩加爾，手臂挽著（價值20萬法郎一夜的）熱夢夫人，後面跟著她的丈夫，穿過廳內的時候，俾斯麥伯爵一時停止了笑，以一種最善於取樂的巨人態度，好奇地望著他們走過去。」

真正的貴族都有這種「最善於取樂的、巨人態度的、好奇的望」。

當代，貴族已經趨於絕滅。「玩世甚恭的野生貴族——的確見過幾個，就只幾個。」（《素履之往》）

就這幾個僅有的野生貴族，也早已被訓師盯上。

木心如此形容訓師伎倆：「新逮到野馬，訓師拍拍它的汗頸：你要入世呀！」（《素履之往》）

木心的回答是：我不入世，我且玩世：

蓋玩世各有玩法，唯恭，恭甚，庶幾為玩家。吾從恭，澹蕩追琢以至今日，否則又何必要文

學。（《素履之往》）

因為「玩」，所以肌體很放鬆；因為「玩世甚恭」，所以思想有張力。

木心的姿態，如此而執其兩端。

「只在異人處」的木心，在《詩經演》最後一首《其蘇》中極而言之：「始作俑者，樂其無後。」木心《詩經演》以此為最後之結語，既有「天上地下，唯我獨尊」的驕傲，也有對人生社會的感慨。儘管他也留了一條光明的尾巴：「徯我後兮，後來其蘇。」

「始作俑者，樂其無後。」是木心金貴、自尊的一面。

「徯我後兮，後來其蘇。」（「徯」是「等待」。「蘇」是「死而蘇生」。）是木心入世、度人的一面。

這自愛、愛人，自尊、尊人，自救、救人，出世、入世的兩端，法門不二，本元為一。

* * * * * * * * * * * *

孟子有言：

窮則獨善其身，達則兼濟天下。（《盡心上》）

木心反其道而言：

獨善匪獨，兼善莫兼。（《詩經演・子好》）

孔子有言：

德不孤，必有鄰。（《論語・里仁》）

章太炎也說：

大獨必群，群必以獨成。（《訄書・明獨》）

以西人信息理論信源、信道、信宿之說視之：孤獨，乃是信源領域中前無古人後無來者的獨創。對孤獨的超越，乃是信道、信宿領域中江河共鳴天地和聲的回應。

真孤獨者，其於信道、信宿之中，必得俗和，必有眾謀，假以時日，必成古典。

真孤獨者，「獨謳己見，思力絕人」（劉熙載《藝概》），「定跡深棲，於是乎遠」（顏延之《陶征士誄》）。「獨行之道，夫幾者不晚，成而不抱，久而化成。」（《鬼谷子・揣篇》）

古來守獨善之道者，最終或可眾和，可眾謀，可成群。

大獨必群，群則魚龍。播下龍種，可能生下跳蚤。獅豹後裔，可能變成綿羊。

古來存兼善之心者，最終反倒未必能結善果。心存兼善者，有時反而貽害無窮。「法久弊生」。「凡是對後來發生影響的詩人，是功之首亦罪之魁。」（顧隨《中國古典詩詞感發》）

顧隨說：

意在救人尚不免於害人，況意在害人。（《中國古典詩詞感發》）

* * * * * * * * * * *

木心說：

最好是得道，其次是聞道，沒奈何才是殉道。古人是朝聞道，夕死可矣，今我是朝聞道，焉甘夕死。

一個真有達則兼濟天下胸懷的君子，一朝聞道，應布其道，而不是自得夕死。否則，只能認為「這樣的知識份子倫理，對於廣大群眾的意義必然是有限的」（馬克斯・韋伯《儒教與道教》）。

顧隨曾說：

宗教都是想為別人做事，只道家是為自己享福，真該活埋。長生不老，住在洞天福地，吃龍肝鳳髓，飲瓊漿玉液，這樣的神仙要他何用？不如打死活埋。

顧隨一言以蔽之：

這是精神的自殺。

顧隨說：

釋迦穆尼，眾生有一不成佛，我誓不成佛。

路見不平，「便是活佛也忍不得。」（《水滸傳》）

「你便是如來佛，也惱下了七寶樓臺。」（《元曲》）（參顧隨《中國古典詩詞感發》）

＊＊＊＊＊＊＊＊＊＊＊＊

《詩經・碩鼠》歌曰：

碩鼠碩鼠，無食我黍！三歲貫汝，莫我肯顧。

逝將去汝，適彼樂土。樂土樂土，爰得我所。

碩鼠當道，明哲者，逝（誓）將離它而去，去那理想的淨界樂土。

木心詩云：

此邦之人，不可與明。（《詩經演・維昔》）

邦族之人，不可與處。（《詩經演・白鳥》）

何日挽子，脫此輻轂？（《詩經演・繁露》）

無罪殺士，則士遠引。（《詩經演・人異》）

踧踧自葆，再赴西戎。（《詩經演・何草》）

木心說：

《馬太福音》十四章……希律王殺施洗約翰，耶穌知道了，立刻逃。……耶穌是準備奉獻的，為什麼逃？因為他知道獻身還不是時候。他逃過好幾次。不到時候，他不會獻身。

天才的第一特徵，就是逃。天才是脆弱的，易受攻擊的，為了天才的成熟，只有逃。我認為逃是以退為進，大天才的標誌就是逃。馬雅可夫斯基如果逃出蘇聯，在歐洲寫詩，多好，他無疑是個天才。

屈原詩云：

悲時俗之迫阨兮，願輕舉而遠遊。

（《遠遊》）

天才如老子、孔子、胡蘭成、木心，都是輕舉遠遊落荒而逃的高手。

老子說：

君子得其時則駕，不得其時則蓬累而行。（《史記・老子韓非列傳》）

老子「居周久之，見周之衰，乃遂去。至關，關令尹喜曰：『子將隱矣，強為我著書。』於是老子乃著書上下篇，言道德之意五千餘言而去，莫知其所終」（《史記・老子韓非列傳》）。

和老子一樣，孔子也說：

道不行，乘桴浮於海。（《論語‧公冶長》）

孟子有言：

無罪而殺士，則大夫可以去；無罪而戮民，則士可以徙。（《離婁下》）

知命者不立乎岩牆之下。盡其道而死者，正命也；梏桎死者，非正命也。（《盡心上》）

於正命，人可以殉道。于非命，于危牆之下，則可以去，可以徙，可以逃，三十六計，走為上計。

魯迅曾說：

外國許多文學家，在本國站不住腳，相率亡命到別個國度去，這個方法，就是「逃」。要是逃不掉，那就被殺掉，割掉他的頭。（《文藝與政治的歧途》）

按照木心標準，馬雅可夫斯基還不能算大天才，他並沒有逃出蘇聯，在歐洲寫詩。商鞅最後倒是想逃，卻因自己制定頒佈的嚴刑酷法，逃不掉。

孔子曾說：

危邦不入，亂邦不居。天下有道則見，無道則隱。（《論語‧泰伯》）

無道則隱。時逢無道，英雄庶民不隱于山林，則隱於朝市，國家因之無良相、良將、良士、良民、良工、良匠、良商、良農，甚至無良偷、良盜。

本來中國古賢「不能為報韓之子房，則當法避秦之楚客」（董說《書桃花源記後》）。到了一九四九年之後，國人卻避無可避，隱無可隱。

以往中國，邦無道，民尚有可隱之所。即使殺人越貨，一旦覺悟，放下屠刀，立地成佛，便可出家做方外之人。道觀寺廟，更是復仇雪恨觸犯刑律之俠士的最後歸宿。

現如今，民已隱無可隱。即使陶潛再世，也沒有可歸之園。即使魯提轄再世，也不可能去大相國寺當花和尚。即使林冲再世，也沒有水泊梁山可投奔。

文革中，不少女知青被凌辱，除了烈性之女以死抗爭，大多只能逆來順受。電影《天浴》，八〇後、九〇後不懂，他們不解地發問：「怎麼不跑？」真像一部中國電影的臺詞所說：「全國都解放了，你往哪裡跑？」普天之下，莫非王土。黨國到處都有派出所、街道辦事處、居民委員會。任何地方，都要有戶口，才能有購糧證，才能有工資，才能有處住。不給你返城證明，跑就是死路一條。

高爾泰被流放到甘肅河西走廊夾邊溝新添墩作業站勞改時，正當一九六〇年到一九六二年「三年困難時期」。飢餓難捱，一天收工時，悄悄離開隊列，去摘沙漠裡孤零零的一顆沙棗樹上的沙棗充饑。不料，往回跑時迷了路。「想到一些迷路者死在戈壁沙漠裡的故事，想到生命的脆弱和無機世界的強大」，「面對這宇宙洪荒，一陣恐怖襲來」。儘管，「想到在集體中聽任擺佈，我早已沒了自我，而此刻，居然能自己掌握自己，忽然有一份感動，一種驚奇、一絲幸福的感覺掠過心頭」。最終，還是不得不回到勞改隊伍中間。因是而有如下名句：

月冷龍沙，星垂大荒。一個自由人，在追趕監獄。

木心感此而言：

這黑暗能扼殺任何天才。古來，最後一條路是隱退，或做和尚，或進修道院。中外皇帝不約而同都給你一條退路，但共產黨不給你退路。

＊＊＊＊＊＊＊＊＊＊＊＊

木心對孫悟空盛讚有加：

孫悟空的成功，是寫了一個異端，一個猴子中的拜倫。中國文學中史從來沒有像孫悟空這麼一個皮大王，一個搗蛋搗上天的角色，也沒有人這樣以大規模以動物擬人化，以人擬動物化。吳承恩靈感洋溢，他不知道，不僅中國，全世界寫神話童話的作家看了大鬧天宮，都要佩服的。

林庚曾說，孫悟空與《三俠五義》中陷空島五鼠一樣，他之所以要大鬧天宮，並非有什麼政治訴求。錦毛鼠白玉堂等五鼠進京，無非是想與御貓展昭過招，看看究竟「是貓兒捕了耗子，還是耗子咬了貓？」（參《西遊記漫話》）美國動畫片《米老鼠和唐老鴨》中的米老鼠，也是因為耗子咬了貓而大快人心。

木心對哪吒也是盛讚有加，而且格外褒譽。

木心還從《封神榜》裡特別拈出哪吒鬧海的故事。木心說：

其中寫「哪吒鬧海」一段，寫出了中國的第二號異端，他比孫行者還任性，大鬧龍宮，把龍王的太子打死，而且抽筋剝皮，弄得他父親下不了臺，訓斥兒子，哪吒便把骨肉拆下來還給父母。觀世音菩薩可憐這倔強的孩子，用藕為肢，荷葉為衣，蓮花為頭面，復活哪吒，傳說中，哪吒穿著紅肚兜，腳踏風火輪，手拿乾坤圈，是我童年時的偶像。在忠孝至上的仁義之邦，哪吒是徹頭徹尾的叛逆者，有極深的象徵意義在。簡言之，世界荒謬、庸俗、卑污，因此天才必然是叛逆者，是異端，一生註定孤獨強昂。尼采說，天才的一生，是無數次死亡與無數次復活，以死亡告終的，不如最後復活的偉大天才。《封神傳》由姜子牙仲裁，封了許許多多大小角色，依我看，應推哪吒第一。他是尼采的先驅，是藝術家，是武功上的莫扎特，是永遠的孤兒。當耶穌說：不像小孩子，就不能進天國，可能是指哪吒。

大鬧天宮，太上老君煉丹爐中練出火眼金睛的孫悟空，大鬧龍宮，削肉還母剔骨還父的哪吒，是中國文明異數中的異數，是中國華學反者道之動的精神象徵。

＊　＊　＊　＊　＊　＊　＊　＊　＊　＊

木心說：

（《紅樓夢》）作者絕對冷酷，不寵人物。當死者死，當病者病，當侮者侮。妙玉被奸，殘忍。黛玉最後為老母所厭，殘忍。他一點不可憐書中人，始終堅持反功利，反世俗，以寶玉黛玉來反。

為什麼不寫惡人呢，司馬遷善寫，也喜歡寫惡人。惡人有一種美，司馬遷把他列入「本傳」。張飛在劇中是黑臉，但在頰邊添些粉紅，看去很嫵媚。梅裡美愛寫惡人、強盜、流氓。卡門多惡，做愛時蒼蠅多，擊蛋於墻，移蒼蠅叮蛋，自己脫身——有本事，拿自己作模特，寫出一個惡人，惡得美麗。

剛從睡夢中醒來的人，是「人之初」。際此一瞬間，不是性本善也非性本惡，是空白、荏弱、軟性的脫節。

人的寬厚、澆薄、慷慨、吝嗇，都是後天的刻意造作。從睡夢中倏然醒來時，義士惡徒君子小人多情種負心郎全差不多，稍過一會兒，區別就明明顯顯的了。

莎士比亞的作品是無為的。他也有好人壞人，但他關心怎麼個好法，怎麼個壞法，所以他偉大。人性，近看是看不清的，遠看才能看清。人間百態，莎士比亞退得很開。退得最遠最開，是上帝，莎士比亞是僅次於上帝的人。莎士比亞為什麼退得開，退得遠？因為他有他的宇宙觀、世界觀，人生觀。莎士比亞，能退開是非善惡，故能惡中有善，善中有惡。他晚年，靠哈姆雷特露了一點點自己。

超越是非，是要有上帝一般天地不仁、聖人無親的胸襟視界。超越是非，是要有惡意不生、善心無存之嬰孩的純潔。超越是非，是要有如夢初醒、渾然無覺的懵懂。

＊　＊　＊　＊　＊　＊　＊　＊　＊　＊　＊

木心說：

宗教教主，有高的智慧。作為人，負載不了，而搖晃。以後我要寫這種偉大的搖晃：毛澤東，尼采。釋迦大悟後，起身作獅子吼：「天上地下，唯我獨尊。」。搖晃。

儘管這「偉大的搖晃」，既造成了天翻地覆的大功大業，也造成了天崩地裂的大災大難，但畢竟是「偉大的搖晃」。

人常說怨天尤人。其實，人們不會怨天，只會尤人。人不會怨天之地震、洪水，只會尤人之偷盜、劫殺。一代梟雄，人做徹底了，昇華到天的境界，當代人親受其苦，尤人之意，一時難以消解，後世之人，沒有切膚仇恨，就能看出歷史大略。秦始皇、拿破崙、孫中山、毛澤東皆如此。

譚嗣同詩云：

少年雖亦薄湯武，不薄秦皇與武皇。

設想英雄垂暮日，溫柔不住住何鄉？（《己亥雜詩》）

胡蘭成也說：

（毛澤東的）失敗中也包藏著中華民族的偉大。因有那種偉大，我在想起他時，亦總是不可跨越「止於禮」這一限度。（《毛澤東論》）

毛澤東，他亦不是可以被簡單地批評得。劉邦與項羽觀察秦始皇帝出巡，這兩人就是知道而且喜愛秦始皇的好處的。（《蔣介石論》）

錢鍾書曾說：

夫面諛而背毀，生則諛而死則毀，未成名時諂諛以求奬借，已得名後詆毀以掩攀憑，人事之常，不足多怪。（《談藝錄》）

非常遺憾，我們已經永遠不可能知道，木心將如何非諛非毀地「寫這種偉大的搖晃」。

＊ ＊ ＊ ＊ ＊ ＊ ＊ ＊ ＊ ＊

木心說：

不仁得國，有之者矣。不仁命世，未之有也。（《詩經演．為關》）

不仁不義，或可攻城掠地，奪取天下，但以此為長久基業者，未之有也。

孔子有言：

舜之為君也，其政好生而惡殺。（《孔子家語》）

好生惡死，是人之常情。死的意義，除了生之完成，還在於反襯生的無常，生的珍貴。孔子「未知生，焉知死？」之語，於此可以一反：「未知死，焉知生？」

木心講希臘神話時說：

巴庫斯因阿裡安死，更知其可貴。

親歷死亡，尤其是毫無道理，毫無前兆，突如其來的意外死亡，更能使人體悟生命的無常，生命的珍貴。與死遭遇，才更能體悟生的諸多遺憾與彌足珍貴，才可能確立好生惡殺的德性。

佛說：

放下屠刀，立地成佛。

菩薩亦度罪人。網開一面，只張其三，為眾生預留活路。

秦末漢初，項羽、劉邦等人相繼攻秦。項羽殺人如麻，先是擊敗齊王田榮之後，「皆坑田榮降卒」，又在新安城下，一夜之間「坑秦卒二十餘萬」。與此截然相反，劉邦首入關中，諸將勸殺秦王子嬰，他卻說：「人已服降，又殺之，不祥。」劉邦之所以得人心，得天下，此其一也。

誠如老子所說：

夫樂殺人者，則不可得志於天下矣。

誠如孟子所說：

不嗜殺人者能一之。（《梁惠王上》）

誠如邱處機所說：

欲一天下者，必在乎不嗜殺人。（《元史・邱處機傳》）

張獻忠《七殺碑》云：「天生萬物以養人，人無一德而報天，殺殺殺殺殺殺殺。」如此喪心病狂，豈是「報天」之德？

＊＊＊＊＊＊＊＊＊＊＊＊

木心詩云：

枝葉未害，本實先拔。（木心《詩經演・方虐》）

木心說：

當時他們的「現代」，就是工業革命大禍臨頭的時代，是我們現在這出大壞戲的開場，也是現代文明走向不歸路的開場。

他們歌頌機械文明，進取性的運動，歌頌速度，描寫大都市，朝拜都市文明，盲目歌頌戰爭，從都市和戰爭中發現美：機械美、速度美。後來呢，我們親眼看到生態破壞，二次大戰，一句話，人性破滅。機械美？速度美？那是醜的，當時他們不知道。

馬克思、恩格斯一八四八年《共產黨宣言》，天才的預言了資產階級大工業、大商業導致的古今大變：

工業建立了由美洲新發現準備好了的世界市場。世界市場引起了商業、航海事業和陸路交通工具大規模的發展。

生產中經常不斷的變革，一切社會關係接連不斷的震盪，恆久的不安定與變動，——這便是資產階級時代與先前所有一切時代不同的特徵。

資產階級在凡是它已達到統治的地方，都把所有封建的、宗法的和淳樸的關係一一破壞了。它無情地斬斷了那些把人們系纏于其「天然尊長」的複雜封建羈絆，它使人與人之間除了赤條條的利害關係之外，除了冷酷無情的「現金交易」之外，再也找不出什麼別的聯繫了。它把高尚激發的宗教虔誠、義俠血性和俗人溫情一概淹沒在利己主義計較的冰水之中，它把人底資格變成了交換價值，它把無數特許和幾經掙得的自由都用一個沒心肝的貿易自由來代替了。總而言之，它用公開無恥直接殘酷的剝削代替了由宗教幻想和政治幻想掩蓋著的剝削。

資產階級抹去了所有一切素被尊崇景仰的職業上面的神聖光彩。它把醫生、律師、牧師、詩人和學者變成了它拿錢雇傭的僕役。

資產階級撕破了家庭關係上面所籠罩的溫情脈脈的紗幕，並把這種關係化成了單純金錢的關係。

一切陳舊凝固的關係，都連同那些與其相當的歷來被尊崇的見解與觀點破壞下去；而一切新產生的關係，也是等不到凝結就成為陳舊的了。一切等級制的和凝固的東西盡行消散，一切神聖的東西概被褻瀆，於是人們到底也就只好用冷靜的眼光來看待他們自己的生活境遇和他們彼此間的相互關係了。

資產階級既已榨取著全世界市場，於是就使所有一切國度的生產和消費都成為世界性的了。它——不管反動派怎樣傷心——抽掉了工業藉以立足的民族基礎。舊有的民族工業部門已被消滅，並且每天還在繼續被消滅下去。它們被新的工業部門擠倒下去，採用這種新的工業部門已成

> 為一切文明民族生命攸關的問題，這些部門加工製造的已經不是本地的原料而是從地球上最遙遠的地區運來的原料，它們所出產的製造品已經不只是供本國內部消費而且是供世界各處消費了。舊時的需要是專用國貨就能滿足的，而新有的需要卻一定要仰給於距離極遠國度和氣候懸殊地帶所出產的貨物來滿足了。先前那種地方的和民族的閉塞狀態以及單靠本地出產品來維持生存的狀態已經消逝，現時各個民族都已經是在各方面互相往來和在各方面互相依賴了。物質的生產如此，精神的生產也是如此。各個民族底精神活動成果已成為共同的享受物。民族的片面性日益失去立足的地位，於是從許多民族的和地方的文學中便形成出一個全世界的文學。
>
> 資產階級既將一切生產工具迅速改進，並使交通工具極臻便利，於是就把所有一切以至最野蠻的民族都捲進文明底漩渦了。它那種商品的低廉價格，便是它用於摧毀一切萬里長城，征服野蠻人最頑強仇外心理的重炮。它迫使一切民族都在滅亡的恐怖下採用資產階級的生產方式，它迫使一切民族都在自己那裡施行所謂文明制度，即變為資產者。一句話，它按照自己的形象來為自己創造出一個世界。
>
> 資產階級已使鄉村屈服於城市的統治。它創立了巨大的城市，它使城市人口比農村人口大大增加了起來，因而使頗大一部分居民脫離了愚昧的鄉村生活。正好像它已使鄉村屈服於城市一樣，它同樣又已使野蠻的和半開化的國度屈服于文明的國度，使農民的民族屈服於資產階級的民族，使東方屈服於西方。

「共產主義革命」，並不能改變這個天命。共產國家、資產國家帶給現代社會的這些弊病不但繼續，而且變本加厲。

於此，托克維爾曾有如下鞭辟入裡的分析：

觀察中令人震驚的第一樁事是無限量的人，既平等相像，不斷的努力尋求雞毛蒜皮式的享樂，以之填塞生命。他們每一個單獨自處，與其他任何人的運命漠不相關。……在這群人之上則屹立著一個無邊的守護神，它全憑了自己來滿足他們的要求，照顧他們的命運。這個力量是絕對的、微細的、常在的、深慮而遠謀的……在它有效的將社區的每個成員緊緊掌握並隨心塑造之後，這個超絕的力量把臂膀伸向了全社會；它以微小複雜的規章之網覆蓋了社會的表層，微細、一致……。（《論美國的民主》）

＊　＊　＊　＊　＊　＊　＊　＊　＊　＊

木心詩云：

雨我心田，遂及我私。（《詩經演‧祁祁》）

此語，由《詩經》化來。《詩經‧小雅‧大田》有言：

雨我公田，遂及我私。

《孟子‧滕文公上》載：

方里而井，井九百畝。其中為公田，八家皆私百畝，同養公田。公事畢，然後敢治私事。

井田制度，不是大公無私，也不是私而無公，而是公而有私，私而有公。公田、私田，有一定比例，各得其所，相互補益。

有了私田，耕者有其田，民自有恆心，士自有恆心。而有了一定比例的公田，自可以「老吾老，以及人之老。幼吾幼，以及人之幼」。（《孟子・梁惠王上》）私田之外，有一定比例的公田，就可以如《禮記・禮運》所說，使「鰥寡孤獨廢疾者皆有所養」。

孟子說：

> 民之為道也，有恆產者有恆心，無恆產者無恆心；苟無恆心，放僻邪侈，無不為己。
>
> 無恆產而有恆心者，惟士為能。若民，則無恆產，因無恆心。苟無恆心，放辟邪侈，無不為己。及陷於罪，然後從而刑之，是罔民也。

高士大德，可以無恆產而有恆心。一般文士，一般庶民，無私產根基，大多無恆心，無品格，無境界，無修行，無安定，無自在，無生機，無創造。中國現代，沒有了井田制度，也就沒有了幾千年立足於井田制度的士農工商，沒有了隱士，沒有了方外之民。中國現代，再也沒有歷來以井田制度、民間社會為根基的世事深穩，歲月靜好。

中國歷代君王，雖宣稱「普天之下，莫非王土」，但從未真正實現。有井田制傳統之中國，士農工商歷來有私產作為根基。「井田制廢後，士亦失了士田，大體是耕以助讀，或收學生教之，然而自戰國下曆秦漢，以至清末民國，仍一直以士為政。」（胡蘭成《革命要詩與學問》）何況，古代交通不便，天高皇帝遠，普天之下的士，王根本無暇一一顧及。

一九四九年以來，中國共產黨徹底實現了這個幾千年也沒有實現的「普天之下，莫非王土」。

真如木心《詩經演・人有》所說：

> 人有土田，厥反沒之。人有生權，厥覆奪之。

從此，只有公田，而無私田。

有根有底的家國，就此被無根無底的國家取代，中國幾千年的鄉村民間，就此消失。以至於農民不得不冒殺頭坐牢危險，秘密承包曾經分給自己原本屬於自己的土地。

儘管如此，井田制的傳統，在農村還是以自留地、承包田（林、塘）的不同形式頑強延綿至今。不過，那只是使用權，而不是地產權，性質畢竟不同。

胡蘭成說：

民生主義的平均地權，是從井田制與均田制而來的發想，日本敗戰後行之而賴以復興農村，我政府亦在臺灣行之而收大效，而今時都市土地價格之成了問題，則因只把孫先生的平均地權行一半，沒有亦行之於都市之故。（《革命要詩與學問》）

大陸於此，一直「摸著石頭過河」。

在城市，一開始，還保留不少私產，其中房地產，也稀裡糊塗保留了幾年。五十年代被迫自願，敲鑼打鼓公私合營之後不久，城市不動產特別是房地產，便由所謂的「經租房」為過渡，逐漸姓了公。（經租房，是經由國家出租的原城市私人房產，一開始還像付給資本家定息一樣付給房主一定比例的租金，但如當初文件規定，「對私有房產的社會主義改造，總的要求是加強國家控制，首先使私有房出租完全服從國家的政策，進而逐步改變其所有制」。後來，就連這一定比例的房租也不再支付給原先房主。）

一九八二年新《憲法》（二〇〇四年修訂版）規定：「城市的土地屬於國家所有。農村和城市郊區的土地，除由法律規定屬於國家所有的以外，屬於集體所有；宅基地和自留地、自留山，也屬於集體所有。國家為了公共利益的需要，可以依照法律規定對土地實行徵收或者徵用並給予補償。任何組織或者個人不得侵佔、買賣或者以其他形式非法轉讓土地。土地的使用權可以依照法律的規定轉讓。」

胡耀邦曾說：

> 害怕破除那個實際上並不存在的全民所有，反而落得個全民皆無，或者全民皆困；丟掉那個把人們頭腦縛得死死的空空洞洞的全民所有，倒反而能夠實實在在地比較迅速地使全民皆有，全民皆富。（胡德平《中國為什麼要改革——思憶父親胡耀邦》）

在一黨執政的中國，所謂國有，等於黨有。所謂國產，等於黨產。所謂公有，等於官有。所謂公產，等於官產。所謂集體所有，等於士農工商沒有。如今農村所謂小產權房屋不能買賣，以及集體所有個人承包之土地流轉困難，都是因為產權名義在集體和農民，實際在在公、在黨，在國家、在政府。

自此以後，中國有井田制傳統之幾千年士農工商，被徹底斬草除根。時到如今，即使那些名義上農民集體所有，尚存一線歷史文脈的的鄉間村落，也被建設社會主義新農村名義的圈地拆遷運動徹底掃蕩而不復存在。中華文脈被徹底連根斬斷，大陸民氣徹底沒有了根基。

如此，不是藏富於民，而是蓄財於國。不是國富民富，而是國富民窮。甚至大鱷盜國，隱富於市，恆產于百姓無緣無關。二次大戰中，如電影《海狼》《敦克爾克》中英國公民以民間之力參戰之事，是有藏富於民、民有恆產為其基底。如果平民無產，或有產無恆，即使有心報國，也無力奉獻。

一九四九年之後，大陸人沒了根基，像幽靈一樣，遊蕩在一個莫名其妙之國家的虛空之中。人是公家人，房是公家房，職業、工作、戶口、工資、口糧，都由公家說了算。改革開放以後，房產用地由政府拍賣，公墓用地由政府審批。當代大陸人，生前為天價房所困，死後又為天價墓犯難，生為房奴，死為墓隸。這才真是上無片瓦、下無立錐之地，死無葬身之所。你不折腰，怎麼可能？到了現在，就算你傾其所有，買下一套房子，那也僅僅只是地上附著物。由於土地國有，你買下的房子，最多只有七十年使用權，而沒有永久產權。

人們不理解，國家為什麼那麼富而百姓卻富不起來？人們不理解，中國的房價怎麼會如此之高，完全與一般國民收入不成比例？根源所在，是國家擁有土地，而百姓沒有土地。

人們不理解，每年春運，中國怎麼會有如此之多的人在路上奔波？除了中國人的傳統家庭觀念，特別是幾世同堂的大家庭傳統觀念之外，是民無根基、人無家業的現實，使得那麼多的人奔波在春運途中。如果民有根基，人有家業，百姓自會安居樂土，春節自會安閒靜好，自然不會有如此之多的遊魂野魄在國有土地的虛空中漂蕩浮游，在鐵路公路上熬煎奔波。

人們不理解，山西煤礦為何國進民退？其實，礦難不過是由頭，產權國有才是實質。如果產權私有，國進不會如此順當方便，民退不會如此波瀾不驚。

如今大陸，拆遷、拒拆悲劇頻頻發生，有些人之所以有恃無恐，根本原因在於所拆房屋的地權在國不在民。拒拆之民之所以白白犧牲，還被誣以抗法，根本原因也在於所持房屋的地權不在民而在國。日本人把中國稱作「支那」，憤青憤老往往憤憤不平。網上有人把China譯為「拆那」，國人只能會心苦笑。因此根本，拆遷之至善，也不過是地上附著物之一定數額的補償，而不是永久地權的贖買。房價居高難下，與開發商利慾薰心不無關係，但關鍵要害是國家以拍賣土地增加稅收，官商勾結狼狽為奸。

中國大陸改革多年，但就承認私產而言，沒有根本觸動。所謂物權法，並沒有涉及物權要害之地權。普天之下，莫非王土。普天之下，莫非王民。如此王民，沒有個人恆產根基，談何自由，談何自在？即使倡言自由之人，其言其行，也是被格式化之黨論、官話、黨風、官性。如此，普天之下，莫非黨論。普天之下，莫非官話。普天之下，莫非黨範。普天之下，莫非官樣。

勃萊士所謂「基本人權」之「第一公民權」，即是「每個人的人格和財產不受社會的支配」。

J.F.斯蒂芬《自由、平等、博愛——一個法學家對約翰・密爾的批判》一書曾說：

> 在各項自由之中，最重要、得到最普遍承認的自由，莫過於獲得財產的自由。如果你在這件事上限制一個人，那就很難看出你給他留下了其他什麼自由。

《人權宣言》明確宣佈：

> 一切政治結構均旨在維護人類自然的和不受時效約束的權利。這些權利是自由、財產、安全與反抗壓迫。

繼承《人權宣言》的傳統，美國德克薩斯州共和黨眾議員羅恩・保羅說：

> 私權（privacy）是自由之精髓。沒有它，個人權利無從談起。私權與財產權緊密相連。如果二者都得到保護，那麼其他民事自由（civil liberty）就不用多提了。如果某人的家、教堂或企業是他的城堡，而他的人身、文件和財產之私權也受到嚴格保護，那麼，自由社會中所有值得期待的權利都有了保障。對私權和財產權細緻徹底的保護能保障宗教自由、新聞自由和政治行動的自由，以及自由的市場經濟和穩健的貨幣。一旦出現對尊重私權漫不經心的態度，那麼其他權利都岌岌可危。

說修行自在，根本一步，是爭產權特別是地權私有，確立產權地權私有法統。民有私產，則有根基。士有私產，則有恆心。如此，民可修行，士可修行，百姓可修行。如此，民可自在，士可自在，百姓可自在。

木心《詩經演・縢問》因之慼慨：

民之為道，恆產恆心。茍無產恆，焉有心恆？

茍無恆心，放辟邪侈，無不為己。及陷於罪，從而刑之，是罔民也。

時至今日，中國沒有了井田制度、沒有了民間社會，所有人都成了飄搖不定的浮萍。

有人說：「中國當代，出現了奇特的精英浮萍化趨勢，縣官子女居於市，省官子女居於京畿，國首子女居於外國，不僅發生於官家，民間精英一併如此。」

其實，不僅是所謂的精英，士農工商無一不是如此飄搖不定的浮萍，只是不能都浮槎於海，移居國外。

私田既無，天公賜雨，只可能「雨彼公田」，不可能「遂及我私」。

唯有心田，是吾人最後一片不能被強奪的淨土。

唯有心田，是吾人靈魂的最後庇護之所。

如此心田，唯有心雨可及。

心雨，是滋潤心田的唯一甘露。

因故，木心《詩經演》於《大田》易之一字曰：

雨我心田，遂及我私。

＊ ＊ ＊ ＊ ＊ ＊ ＊ ＊ ＊ ＊ ＊ ＊

木心詩云：

木心說：

我相此邦，無不潰癰。（木心《詩經演・維昔》）

往蹇來連，劫後生劫。（木心《詩經演・瞻烏》）

今之中國，國不像國，人不像人，死者冤死，活者惡活——只想出國。當代中國人的最高理想，是亡國。最好幼稚園也出來留學，牛奶是外國的好。如果可能，泰山桂林也想移民。洋人游桂林，稱：「你真美麗！」山水說：「我可嫁你！」屈原李白杜甫曹雪芹活到當代，只能出國，自費出國。

此，是木心極沉痛之語！當此國在山河破之際，有些中國人巴不得美國來滅了中國，巴不得中國被西洋人甚至日本人殖民！等而下之者，更是怪像迭出，陋風時襲。

中國近日之亂，不僅是中國文明的自信未立，也是中國文明的基礎被毀。

* * * * * * * * * * * *

木心說：

觀光，觀光，從一開始就不光彩。

以無趣味之人，充塞有意味之景觀，是當代消費主義災難。

難怪有人戲言：「上車睡覺，下車尿尿，景點拍照，回家啥也不知道。」

旅遊旅遊，不在親臨山水，而在消費金錢、殺死時間。

景觀景觀，無意人文內涵，意在靠水吃水、靠山吃山。

觀光，觀光，已無光可觀。

恨芳菲世界，遊人未賞，都付與鶯和燕。

（陳亮《水龍吟》）

老子有言：

人，法地地，法天天、法道道，法自然。

人要法地之所以為地，法天之所以為天，法道之所以為道，法自然所以為自然。人，法地之厚載養育，法天之健行創生，法道之日月變易陽陰造化，法自然之無善無惡無是無非無為而為自然而然。

地之所以為地，有幽遠歷史。山川河海，鳥獸魚蟲，樹木花草，都非一日之功，而曆億萬兆年。現在的九寨溝，曾經是遠古的堰塞湖。如此等等，這就是《易經》所說的厚載、總攝，佛教所說的集。如此之厚載、總攝，如此之集，才成就了人類生息繁衍的地母。地厚載而總攝，集其大成，遂成千姿百態之地貌風景。

當代許多所謂旅遊景點，都違背了「法地地」，「法地之所以為地」的自然，而成惡俗之「人文景觀」。這便是惡集。凡人事，都應該合於義，如此才是善集。所謂「富潤屋，德潤身」，都是合於義的善集。不過，即使善集，也要有所節制。

葉嘉瑩先生說：

王氏《蘭亭集序》所提到的「會稽山陰之蘭亭」是一個名勝之地，而陶氏《時運》詩中開端所寫的「邁邁時運，穆穆良朋，襲我春服，薄言東郊」也只是鄉野田間尋常的景物，並沒有用力去追求什麼名山勝水的用心。至於王氏之《蘭亭集序》，如我們在前文所曾敘及，他既曾提出了人世間交感相生的生活之樂趣，也點出了人生苦短想要在文學中求得不朽的嚮往。而陶氏《停雲詩》中所點出的，他對於孔子和曾晳所提出的「遊春之樂」的嚮往，實在卻只有極為簡單的兩句，那就是「我愛其靜，寤寐交揮」。私以為陶氏所提出的「靜」字實在極堪玩味。記得少年時看《三國演義》寫到劉玄德三顧茅廬時曾提到諸葛亮住處所懸掛的一副聯語，那就是「淡泊以明志，寧靜而致遠」，孔子與諸弟子談話時之所以獨獨稱許曾晳之所言，應該也正是由於曾氏所言乃是不外慕的平靜淡泊的一種精神境界，否則如果只是提倡春日出遊，則今日假期中各名勝地點之亂象就是一個最好的警惕。（甲午《海棠雅集・序》）

＊＊＊＊＊＊＊＊＊＊＊

木心說：

唐文學是「經濟起飛」後的「文化起飛」？非也。我以為沒有必然性。當時，一夜之間，遍地文學。李世民以詩取官，執政者是內行，通詩，擅書法，武則天也通文學，這是第一原因。出了一大批天才，第二原因。老太童子能讀，連賣漿牢頭也讀詩——不是詩好，是人文水準高。

戰國、春秋、魏晉時期，文藝復興……波蘭全被瓜分。這些時期，偏偏文學文藝最昌盛。亂世，有天才降生，文藝就燦爛光華。這是我的論點，反歷史唯物論。亂世激起人的深思，慷慨，激情。亂世一定出文藝嗎？也不。指望天才，不是指望亂世。

按理十七世紀整個歐洲文學是停頓的，但照樣有天才降生。天才降生在哪裡，哪裡就產生藝術。

所謂文化全盛期，就是天才紛紛降生的時代，拉丁美洲那時不少天才，有得了諾貝爾獎的，不得獎的也非常好，也該得獎的。

李長之也說：

物質的進化是漸漸而至的，精神的最高活動的成就則往往突然而來。楚辭以前並沒有什麼好作品，但是屈原一登場就很好。古詩十九首以前並沒有好的五言詩，但是十九首一出場就很精彩。（《論如何談中國文化》）

真的創造，是天才所為。

《史記・孔子世家》說：

孔子為《春秋》，筆則筆，削則削，子夏之徒不能贊一詞。

這「子夏之徒不能贊一詞」的絕對之知，是天才的獨立創獲，中國人將此稱之為神明。

漢樂府歌辭《秋胡行》有言：

大人先天，而天弗違。

桓譚《新論》也說：

夫聖人乃千載一出，賢人君子所想思而不可得見者也。

天才揭櫫之不證自明的天道之理，天才發明之根本智、明明德、明明道，是止於至善不可超越前無古人後無來者的當下絕對，簡易易行，至善至美，自證自明，不可抗拒，不可抵禦。

劉劭《人物志》有言：

草之精秀者為英，獸之特群者為雄。

以此喻人則說：

聰明秀出謂之英，膽力過人謂之雄。

英雄者，乃人群中之豪傑。其一言一行，皆為天下先。故眾人稱之為頭目、頭腦、頭頭、頭人。頭目者，先天下之敏目；頭腦者，先天下之睿智；頭頭者，先天下之首領；頭人者，先天下之英雄。

先者，其所面對，乃一未知、未覺、未行、未為之世界。凡先天下者，先知、先覺、先行、先為是也。「先知其幾於神」（揚雄《法言》），先覺其幾於神，先行其幾於神，先為其幾於神。中國人演義人傑為神仙者，皆因其先天下之勳業。

先知、先覺、先行、先為，其所相對，乃後知、後覺、後行、後為。人群之中，創新、模仿，先行、後效，開業、守成之別明矣。先天下者，「舉趾為世人所則，動唇為天下所傳」（葛洪《抱樸子・內篇・塞難》）。英雄趟開的大道，是世人前行的坦途。英雄振臂的高呼，得天下百姓的回應。

人群之中，舉趾為先、動唇為先者，非一人之專利，乃眾人之天性。人群之中，此一時之先行者，或為彼一時之後效者；此一時之後效者，或為彼一時之先行者。

人群之中，創新、先行、開業者寡，人謂之英雄；模仿、後效、守成者眾，人謂之群眾。

西人說：

英雄為一，群眾為零。零若無一，值不過零。

反之可說：

創新為一，模仿為零。一後零多，其值大增。

那些零，並非可有可無。

所謂英雄與群眾、所謂一與零二者，互為其根，互為其本，角色易位，身分轉化，此起彼伏，反饋互動；所謂創新、模仿，所謂先行、後效，所謂開業、守成，皆相對而言，非絕對不變；猶變易與不易，互為其根，互為其本，終坤複乾，循環無窮。

先知覺後知，先覺啟後覺，後知變先知，後覺變先覺，太極無極，陰陽循環，互為其根，互為其本。文明如此而不斷創生，如此而不斷延綿，如此而不斷更新，如此而不斷富麗。

拜倫《恰爾德・哈羅爾德遊記》曾說：

> 世上每年會誕生千千萬萬人口，
> 但人海中要產生一個你似的巨匠，
> 卻不知還需要過多少代，多少年頭，
> 即使芸芸眾生把他們的暗淡光芒
> 聚集起來，恐怕也還是不能成為一個太陽。
>
> （《第四章，第三十九節》，詩中的「你」指義大利詩人托桂多。）

西方個人主義，視庶民百姓為無物，天才如拜倫也不能例外。

中國的英雄，與民同心，「上結英雄願，下與百姓親」。

中國並無西洋式的貴族，中國有的，是「富貴不能淫，貧賤不能移，威武不能屈」的士，是「知人者智，自知者明」的士，是「格物致知，修身齊家，治國平天下」的天下之士。此天下之士，與民同位，與民相親而不隔。

中國人無論信與不信佛教，都喜歡觀音菩薩。那原因，就在於觀音菩薩有「德以道樹，禮以仁清」的品格（王僧達《祭顏光祿文》），有「人之齊聖，如酒克溫」的品格（木心《詩經演・鳩鳴》）。

中國人的民位，無需誰來承認。中國人常說：「國家興亡，匹夫有責。」這所謂責，即是民位的自覺。

中國之民眾，自有其民位。平時像那無面積的抽象之點，無寬度的抽象之線，無厚度的抽象之面，仿佛不存在似的。一旦英雄看輕了庶民百姓，庶民百姓會立刻會給你顏色看。

孟子說：

> 民為貴，社稷次之，君為輕。
>
> 君之視臣如草芥，則臣視君為寇仇。

水可載舟，亦可覆舟。歷來的獨夫民賊，歷來的貴族精英，都自以為高明，都想安排設計庶民百姓的人生命運，但從來沒有真正成功過，專制不會成功，民主也不會成功。

時至今日，社會日益網絡化，信息通訊日益暢通，所謂蝴蝶效應已經不再是偶然現象，而成為生活常態。在某個地方不經意間煽動翅膀的蝴蝶，往往引起連鎖反應，激發社會的滔天巨浪。突尼斯南部西迪布吉德一名水果小販被羞辱後的自焚事件，就是如此引起了茉莉花革命，並擴散到更廣大空間，迄今依然餘波蕩漾。

不過，不經意間煽動翅膀的蝴蝶，雖可能引起連鎖反應，激發社會滔天巨浪，卻不能明天地之明德，不能知天命之所在，不能啟千年之愚，不能明萬年之暗，不能照亮人類修行前程，不能指引革命方向。佔領華爾街，畢竟只是佔領，而不是真的革命。不過如《失控》作者凱文・凱利所說：是「徹底的分散式管理」。此一類「民主制度的真髓」，無非是「由白癡選舉白癡」，由「一群大呼小叫的群氓」的集體行為而湧現之「驚人的效果」。

中國復興，中華文明復興，中國復活新生，中華文明復活新生，只能寄希望於天機，只能寄希望於民氣，只能寄希望于文化英雄與庶民群眾之反饋互動。

庶民之靜沙，乃是英雄之浪濤的基底。庶民並不像時髦兒與一般文化人一樣，完全跟著英雄之浪濤沉浮，庶民只是靜靜地托著英雄的浪濤。有此庶民基底，英雄才能掀起拍天怒浪。

文化英雄，不是取而代之奪人江山的梟雄，而是高標獨步創造革新的先鋒。文化英雄，不是封建王朝孤家寡人的國師，而是天地之心萬世楷模的聖賢。文化英雄，有尊崇個性張揚自我之志，無沽名釣譽鼠竊狗偷之行。

中國歷史，文化英雄輩出。黃帝造車，嫘祖養蠶，神農稼穡，有巢築屋……中國神話，神雄精壯，浩氣長存。女媧補天，精衛填海，夸父追日，嫦娥奔月，愚公移山，大禹治水，燧人鑽火，后羿射日，刑天舞干戚，共工觸不周，孫悟空大鬧天宮，哪吒女大鬧龍宮。當此國運、族運或有轉機之際，中國人之要，是先覺醒了自己，先尊嚴了自己，且抖擻精神，做一回文化英雄，創一首大音神曲。

中國目前，是要有天馬行地、群龍無首的生氣，才能有新思想、新學問、大思想、大學問出，才能有應對當下危機的根本智、明明德。

＊＊＊＊＊＊＊＊＊＊

杜甫有詩：

會當臨絕頂，一覽眾山小。

木心則說：

會當身由己，婉轉入江湖。

木心「婉轉入江湖」而隨波逐流，但始終不失蓋天蓋地、截斷眾流一以貫之的綱領。木心人入江湖，身由自己。身由自己，江湖可婉轉入之。身不由己，山野也不得舒心。

＊＊＊＊＊＊＊＊＊＊＊＊

木心說：

正面看，歷史上幾次文藝復興，包括中國的貞觀開元，俄國普希金到托爾斯泰，都是自己弄自己一套，不搞打倒別人那一套。

歷來一個新主張新潮流出來，往往殺氣騰騰。當年江豐他們接管浙江美院，還得了，說潘天壽什麼畫家？畫個挑公糧，不如三歲小孩，一時弄得浙美像地獄……當時青年人也可憐：沒有靠山。思想上也沒有靠山。又不能到外國去，只能被牽著鼻子走。政治上要革命，文藝上為什麼每次革新打出革命招牌？新文化運動，五四運動，拿個孔子做靶子，提倡白話文，白話文早就有了。《紅樓夢》《水滸》，現在也沒人寫得過。俄國象徵主義出來時，也是全盤否定，叫囂「把托爾斯泰扔到海裡去」。真是俄國江豐。我想，你要走新路，請便。但走以前，不要把別人打死。藝術上從來沒有你死我活，只有你活我活。

馮友蘭說：

張載把辯證法的規律歸納為四句話：「有像斯有對，對必反其為；有反斯有仇，仇必和而解。」（《正蒙・太和篇》）這四句中的前三句是馬克思主義辯證法思想也同意的，但第四句馬克思主義就不會這樣說了。它怎麼說呢？我還沒有看到現成的話可以引用。照我的推測，它可能會說：「仇必仇到底」。

張載有言：

兩不立則一不可見，一不可見則兩之用息。

馮友蘭據此而言：

人是最聰明，最有理性的動物，不會永遠走「仇必仇到底」那樣的道路。（《中國哲學史》第七冊《中國現代哲學史》）

與「仇必仇到底」的「你死我話」不同，木心「你活我活」的意思是「仇必和而解」，是革天之命，是普度眾生，是招降納叛，是王者無敵，是王者無對於天下，如此，才能文藝復興。

胡蘭成說：

馬克思說一切都在鬥爭中存在，在鬥爭中成長。這也只是從人事的底子出發的話，它是理性的，不是藝術。倘就人生來說，就不這樣。人生不是存在的，而是永生的。不是發展的，而是完成的。鬥爭是一個打倒另一個，好的代替壞的，可是藝術裡沒有這種對立，好像太陽，它把甚麼都燃燒起來，連灰塵也成了火焰。一個藝術家，他把甚麼都變成了藝術品，使最壞的人也聖潔了，不是光明的東西打倒黑暗的東西，也不是好人打倒壞人，而是使黑暗的東西也成為光明的，使壞人也變成好人。這層道理，不是宗教徒的叫人懺悔說明，只有藝術的作品可以說明。我們不

能忍受一個壞人，然而在藝術的作品裡卻會叫你忍受他，對他不是快樂或苦痛，而是歡喜或悲哀。（《中國文明的傳統》）

佛說：

有容乃大。

老子說：

江海所以能為百谷王者，以其善下之，故能為百谷王。

氣度大小、胸襟大小、器局大小，高下立見。凡無此大度者，不是真革命家。革天之命，不是可以一蹴而成。風氣之變，樂舞之變，功在一時。制度確立，文物鼎盛，效觀長久。民國以來，新華初立，臺灣推陳，大陸履新，真正新的中華，還有待時日。

木心詩云：

不愚于愚，庶人莫知。盡入其彀，哲人優優。（木心《詩經演・入彀》）

＊　＊　＊　＊　＊　＊　＊　＊　＊　＊　＊　＊

「貞觀初放榜日，上私幸端門，見進士於榜下綴行而出，喜謂侍臣曰：『天下英雄，入吾彀中矣。』」（《唐摭言》）

當年太宗神武，開科取士，亦開科囚士，延攬俊傑，亦牢籠英彥。難怪趙嘏詩云：「太宗皇帝真長策，賺得英雄盡白頭。」

當今世界，不僅政治制度、社會組織如是，即如教育體制、醫療體制、法律體制、經濟體制，也已全盤異化，全部無間。如此全盤異化、全部無間的當世，單做透網金鱗，單單入地獄救母，已無濟於事，得根本破了此網，根本廢了地獄。

以天神眼光俯瞰，科舉及第的文人武士，高考中榜的莘莘學子，無非是像曹植《野田黃雀行》所說：「不見籬間雀，見鷂自投羅。」於此「羅家得雀喜，少年見雀悲」的情景，是要有「拔劍捎羅網，黃雀得飛飛」的悲憫和氣概。羅網捎毀，黃雀才能飛摩蒼天。

＊＊＊＊＊＊＊＊＊＊

木心說：

孟子文學才能極高，這就是他們占的優勢。墨子吃點虧，文學才能不及其餘。老莊是不折不扣的藝術家，故贏得世界聲譽。藝術家，佔便宜的（別占小便宜）。要留名，一定要「文采風流」。

文學的偉大，在於某種思想過時了，某種觀點荒謬錯誤，如果文學性強，就不會消失。當時之人聽（耶穌）講（道），半懂不懂，然而為文句之美所感動。這些高妙的言辭、比喻（如鹽的鹹味）只有十九世紀紀德、托爾斯泰能懂。

他（帕斯卡）的思想都是通過文學留下來的。神學家不理會他的文學，放過了。文學家也只注意他的文學，名言警句，不在乎他的神學思想——那些句子夾在神學思想中，才能留下來，要沙裡淘金。

哲學會過去，文學可以長在。宗教可以變化，廟宇可以留下來。孔孟老莊荀子墨子司馬遷，他們的哲學思想，留下來的純粹是文學。

除去「留下來的純粹是文學」一語稍過，木心此言不差。

《左傳》有言：

太上有立德，其次有立功，其次有立言。

立言和立德、立功一樣，是聖賢功在千秋的大德。

孔子有言：

言之无文，行而不远。（《左傳‧襄公二十年》）

王夫之亦有言：

動人以聲不以言。（《古詩評選》）

章學誠也說：

諸子百家，悖於理而傳者有之矣，未有鄙於辭而傳者也。（《文史通義》卷四《內篇‧說林》）

言之重要如此，言之神聖如此，言之貴氣如此，言之法力如此，君子學士不得不慎。

顧隨說：

說得好能使別人相信，能蠱惑人。希特利講演能煽動人，然欲能煽動，必先能蠱惑。（希氏半生成就便在講演。）文學尤其如此，要說得好。（《中國古典詩詞感發》）

陳丹青說：

胡蘭成主張載道言志，但胡懂修辭，好文采，他的《今生今世》是五四及今罕見的好文學，不過現在的小說家很少認同他。（《歸國逾十載》）

丹青深知章之於文的重要，丹青之說，道出了中國文章精髓。

屈原《離騷》有言：

> 理弱而媒拙兮，恐導言之不固。

言說之難，導言不固，「理弱」固然是其根本，「媒拙」也是重要原因。

《荀子・非相》早已言及：

> 凡說之難：以至高遇至卑，以至治接至亂，未可直至也。遠舉則病繆，近世則病傭。善者於是間也，亦必遠舉而不繆，近世而不傭，與時遷徙，與世偃仰，緩急嬴絀，府然若渠匽檃括之於己也，曲得所謂焉，然而不折傷。
>
> 談說之術：矜莊以蒞之，端誠以處之，堅強以持之，譬稱以喻之，分別以明之，欣驩芬薌以送之，寶之、珍之、貴之、神之，如是則說常無不受。雖不說人，人莫不貴，夫是之謂為能貴其所貴。

在荀子看來，聖人之辯，不僅要言仁，而且要與時遷徙，與世偃仰，應變不窮，故其說常無不受。

木心於此，也有相關言說：

> 為什麼先知、宗教家，哲學家，要用比喻？從西方史詩到中國詩經，充滿比喻，幾乎是靠比喻架構完成的。從前的政治家，大臣，縱橫家，勸君，為使其聽，用比喻；對下民說，知其不懂，也用比喻。
>
> 寫作是面對上帝（藝術），講課是面對學生（朋友），演講是面對群眾（愚民）。耶穌天然知道這層次。對上帝說的話，絕不對門徒講，對門徒講的話，不對群眾講。「該懂的懂，不該懂

的就讓他不懂。」蕭邦的音樂，就是對上帝說的，獨自彈琴，點上蠟燭，眾文豪只能偷偷躲在窗下院中聽。

對上帝說，不必注。對學生講，可以注此一注。

木心為達「應機悟俗」目的，必得設定「張喉則變態無窮」的高標。（參《高僧傳》卷十四《序錄》《高僧傳．經師篇．論曰》）

木心《文學回憶錄》，是對門徒講演，不是與上帝對話，因此而巽言紛至，比喻曾疊，頗有佛教高僧擊爐慷慨，含吐抑揚，辯出不窮，言應無盡之風。此，正如《高僧傳．經師篇．論曰》所說：

爰及中宵後夜，鐘漏將罷，則言星河易轉，勝集難留，又使人懷抱載盈戀慕。當爾之時，導師之為用也。

有人說：「木心講文學史，嚴格說來幾乎都不是自己的東西，他主要依據的是鄭振鐸的《文學大綱》。」（唐小林《陳丹青推崇的木心到底是誰？》）如果說鄭振鐸的《文學大綱》是經典，那麼木心的《文學回憶錄》就是經典之變文，經典之演義。木心講文學史如《春秋》，「無通辭，從變而移」（《春秋繁露》卷二《竹林第三》）。

＊　＊　＊　＊　＊　＊　＊　＊　＊　＊　＊　＊

木心說：

近代人筆下沒有古人光彩。

中華，古者詩之大國，誥謨、詔策、奏章、簡劄、契約、判款、酒令、謎語、醫訣、藥方，莫不孜孜詞藻韻節，婺婦善哭，獄卒能吟，旗亭粉壁，青樓紅箋，皆揮抉風雲，咳唾珠玉——猗歟偉歟，盛世難再，神州大地已不知詩為何物矣。

純正漢語，所謂文章，究極天人，通變古今，賦體詩心，華聲漢韻，有天道的窮究，有歷史的通變，有人世的喜慶，有超拔的詩情，並非僅僅載道的工具，並非僅僅言志的說辭。

純正漢語，結婚證書文章華美：

兩姓聯姻，一堂締約，良緣永結，匹配同稱。看此日桃花灼灼，宜室宜家，卜他年瓜瓞綿綿，爾昌爾熾。謹以白頭之約，書向鴻箋，好將紅葉之盟，載明鴛譜。此證。（《民國結婚證書》）

純正漢語，離婚證書亦是文章：

凡為夫婦之因，前世三年結緣，始配今生夫婦。若結緣不合，比是宿世冤家，故來相對，既以二心不同，難歸一意，快會及諸親，各還本道。願娘子相離之後，重梳嬋鬢，美掃蛾眉，巧呈窈窕之姿，選聘高官之主。解怨釋結，更莫相憎。一別兩寬，各生歡喜。（敦煌出土《放妻書》）

* * * * * * * * * * * * *

胡蘭成于文，講求風致，不喜宋明以來的語錄體，也不喜晚清西學東漸以來的演說體、講義體、論文體，特別不喜新八股的套話。

張愛玲於此，早有敏感。《異鄉記》中，可見於此相關心跡。

《異鄉記》記錄了當時中國鄉下婚禮證婚人的講話：

「……今天，採取的，儀式，既是，合乎，所謂，現代，潮流，而且，又是，簡單，而且，大方……現代，所謂，婚姻……」末了說了聲「完了」。

《異鄉記》還記錄了來賓演說：

「今天是菊生先生和秀珠女士結婚的日期，兄弟只有兩個字贈送給他們。哪兩個字呢？這兩個字就是『合作』。合作有幾種不同的合作。哪幾種呢？第一種，是精神上的合作。怎麼樣是精神上的合作呢？……又有心理上的合作……」滔滔不絕地，但最後，說到「此外還有勞力上的合作」，彷佛有些避諱似的，三言兩語便結束了。

木心《塔下讀書處》，則記錄了一段他拜訪茅盾先生的對話：

「為什麼沈先生在臺上講演時，總是『兄弟，兄弟』？而且完全是烏鎮話？聽起來我感到難為情！」「我不善講演，真叫沒有辦法，硬了頭皮上臺，國語學不好，只有烏鎮話，否則發不了聲音呀。」「那末『兄弟，兄弟』可以不講？」我像是有所要求。「是的，也不知什麼時候惹上了這個習氣，真的，不要再『兄弟，兄弟』了。」我忽然想到下次還是可能在什麼文藝集會上聽到他的「兄弟——」便提前笑起來。

諸如：「兄弟我，兄弟此來，兄弟以為，兄弟所獨創，兄弟願諸君，兄弟懇切期望，方今之際，時局維艱，凡我同志，務必勤勉，盡忠黨國，以期挽此危局」，這一套早在民國就已漸成風氣的新八股套話，一九四九年以來，在中國大陸政界、學界，又有登峰造極發展。半個多世紀以來，無數政客、學人久入鮑魚之肆而不聞其臭。

於此，木心曾有例示：

首先，我認為，我們認為，相當，主觀上，客觀上，片面，在一定的條件下，現實意義，歷史意義，不良影響，必須指出，消極的，積極地，實質上，原則上，基本上，眾所周知，反映了，揭露了，提供了，可以考慮，情況嚴重，問題不大，保證，徹底，全面，科學的，此致敬禮。

陳丹青發揮木心例示，其《眾所周知》集其大成極盡諷刺：

首先！首先必須指出，首先必須指出的是——眾所周知，顯而易見，毫無疑問，不難看出，不可否認，不但如此，恰恰相反，迄今為止——我認為，我個人認為，我們一貫認為——事實證明，如事實已經證明的，如事實一再證明的——必須指出，必須指出的是，特別需要指出的是——從某種程度上說，從某種意義上說，存在著某種現象，代表著某種意義——基本上，表面上，事實上，也就是說，進一步說，更進一步說，再進一步說——從這方面說，從另一方面說，請允許我說——作為一個文學家，作為一個藝術家，作為一個理論研究者，作為一個知識份子，作為一個文化人——在我們這樣一個時代，在我們這樣一個特殊的歷史時期，在這樣一種特定的情況下——我本人，我發現，我相信，我指出，我必須指出，我有必要指出——順便在這裡說一下，正如我所指出的，正如我早就已經指出的，正如我一再指出的，正如筆者在另一篇文章裡指出的——問題在於，關鍵的問題在於，僅僅從這一點上來說——正因為如此——從根本上說，從本質上說，從問題的實質性說，從問題的複雜性說，從問題的嚴重性說——在這種普遍的情況下，在這種特殊的情況下，在這個特殊的歷史時期，在這個特殊的場合——我想說的是，我的看法是，我的觀點是——請允許我打斷一下，請允許我介紹一下，請允許我在這裡補充一點——眾所周知！

＊＊＊＊＊＊＊＊＊＊＊＊＊

木心說：

每一宗教的創教者，都是坦蕩真誠的，所以他們是創造者，有創造性。凡教會就有功利性，然而又不能公開，故向上用經院哲學，向下是標語口號。任何一種意識形態，先要從語言入手，共產運動也如此。

當今大陸新華體、黨八股，源于毛體，但已無毛澤東風采。

王朔曾說：

我照貓畫虎學會了很多平時常說的話怎麼寫：桌子、椅子、吃飯、勞動什麼的。還有一些蠻抽象的字眼：社會主義、共產黨、國家、革命，因為總聽，習以為常，也當作有實物形狀的名詞不假思索地認識了。寫的時候腦中一概浮現出一尊高大魁梧的男人身影，以為這都是關於這男人的不同稱呼。（《看上去很美》）

時風所及，遍及中土。一個多世紀，白話文時髦。半個多世紀，新華體專橫。近三十餘年，文藝腔頗為風行，又有網絡語彙時髦。當今大陸，只要開口說話，只要提筆屬文，幾乎無一倖免，無人不受其害，無人不中其毒。

冉雲飛曾於二〇〇七年發表《四九年後意識形態特別詞庫》，計一百八十條。（略）

這些有意識形態之嫌的詞語，即是喬治・奧威爾《一九八四》所謂的「新話」（Newspeak）

《一九八四》之附錄《新話的原則》說：

新話的目的不僅是為英社擁護者提供一種表達世界觀和思想習慣的合適的手段，而且也是為了使得所有其他思想方式不可能再存在。這樣在大家採用了新話，忘掉了老話以後，異端的思想，也就是違背英社原則的思想，就根本無法思想，只要思想是依靠字句來進行的。

在老話完全被取代以後，同過去的最後聯繫就會切斷了。歷史已經重寫，但過去的文字仍有零星流傳，沒有徹底檢查，只要保持老話的知識仍能閱讀。但到將來即使這種片段得以保存也很難讀懂，很難翻譯了。

如果說思想能腐化語言，那麼語言也能夠腐化思想。粗製濫造的現成語言，由於在使用過程中頗為方便，很容易成為一種乏味的模式。現成的詞語，都可能使你的頭腦部分地變得麻木，失去思維活力。

警惕這些新話！警惕這些現成的詞語！

* * * * * * * * * *

改革開放以來，王朔異峰突起。

王朔拿新華體、黨八股尋開心，不把它當回事兒，開創了一個「一點兒正經沒有」，「千萬別把我當人」，「我是流氓我怕誰」的新紀元。

阿城說：

比如余華，當時說是先鋒作家，但是我看不太像，我覺得王朔是。因為余華是另開一桌，系統語言是一桌，我另開一桌，你開了這個小桌，但那個大桌還在正常吃，這個不叫顛覆。王朔的語言是大桌語言，但是大家吃菜時覺得「味道不對，是不是壞了？」這才是顛覆，原來的意義被顛覆了。所以我認為中國的現代小說家或者先鋒小說家是王朔，這個顛覆性非常大。後來有不少的播音員使用王朔的語法。大家對毛語言的東西一聽就笑，這是王朔造成的。九十年代這麼多先鋒作家沒有完成這件事，他們在主流的大桌上開了一個先鋒的小桌，大桌沒有被廢黜。（《中國世俗與中國文學》）

王朔對此頗有自覺。王朔參與編劇的電視連續劇《編輯部的故事》中牛大姐就曾說過：

「好好的話，怎麼到了他的嘴裡就變了味了？」

王朔的「過把癮就死」，「玩得就是心跳」，奠定了新時期俗語、巽言基調。

他的「愛你沒商量」與木心「我愛你與你何涉」異曲同工，成為中國人新語體、新語詞經典。

王朔：「告全國貪官書：你們還要卷多少錢才叫夠？才肯罷手？」是新世紀新中國讖語。

＊　＊　＊　＊　＊　＊　＊　＊　＊　＊　＊　＊

木心說：

《紅樓夢》有許多名字：1，《石頭記》。2，《情聖錄》。3，《風月寶鑒》（以現代講法，就是愛情百科全書，或愛情懺悔錄）。4，《金陵十二釵》（南京優秀女性傳記）。這些名稱都缺乏概括力，最後還是以《紅樓夢》傳世。曹雪芹也真有意思，都把這些名字說出來。《紅樓夢》這名字，放得寬，不著邊際，有藝術性。他說出這麼多名字，說明他展示多角度創作的意圖，有如畫家拿出創作的草圖。

定姓名。一大難關。曹雪芹先取賈（假）姓。名稱有關聯，又無關聯。如秦可卿（情可親），秦鐘（情種），探春、迎春、惜春，在家。元春則入宮。賈政，官也，王熙鳳，要弄權稱霸的。黛玉，是憂鬱的，寶釵，是實用的，妙玉，出家了。尤三姐，女中尤物也，柳湘蓮，浪子也。藝術家僅次於上帝。

《水滸》人物一百零八，名字全是作者起的。起名字容易嗎？可不是！一個小說家，不會起小說人物名字，先已完蛋了。你看看現代小說起的那些名字。吳用、魯智深、盧俊義、李逵、林冲……個性描寫已遊刃有餘，個個清楚，筆墨酣暢，元氣淋漓。

我不喜歡多情的詩，但她的才情一流，名字也起得好。原名是安娜・安德列耶夫娜・葛連科，可是她改成阿赫瑪托娃，構成印象。她真是好樣的。

老子說：

有物混成，先天地生。吾不知其名，強字之曰道，強為之名曰大。

先天地而生之自然原無名目，是文而化之之人、化而文之之人，強字之，強為之名。天地無識無覺，天地無心無口，天地不言不語，天地無須識萬物，天地無須名萬物。人為天地立心，為天地代言，萬物因人而識，萬物因此有名。

《公孫龍子・指物論》有言：

指也者，天下之所無也；物也者，天下之所有也。天下無指，物無可以謂物。物莫非指也。

指，作為征示指稱萬事萬物的名謂、符號，是人類之歷史建構，是天下原本沒有的東西。人以各式各樣的名謂符號，指稱征示萬事萬物。

指指者謂之指。指者，有能指、所指。所謂能指，是名謂符號。所謂所指，是能指所指之萬物萬事。能指之指，初為以物指物之「物指」。「伐柯伐柯，其則不遠。」（《詩經・伐柯》）「砍斧頭把呀，砍斧頭把，那斧頭把的樣子，就在你手中。」以斧柄喻斧柄之斧柄，即是指稱斧柄之物指。其所謂斧柄，已非實用之斧柄，而是能指之斧柄。指指者謂之指。指其所指之斧柄，已非斧柄，而是能指之物指。借此能指之物指，知識初始外化。

指指之指，後為以符指物之「符指」。斧柄之符號，其指為斧柄，其符已非斧柄，能指已非所指。

故，公孫龍子曰：

指固自為非指。（《公孫龍子・指物論》）

所謂能指者，無非物指、符指。

符指者，初為圖像。圖像者，猶為物象。待演圖為字，符指漸已脫離物象。符指至此，始可「意指」。意指者，乃超越物象憑心懸擬之能指。此所謂意指，不僅非其所指，亦非物指、符指。意指者，實乃人意所指之能指。

人意感於物而動於心，其指發乎意而指其指。其所指者，無非人所意會之外物，無非意會外物之心運，無非格物所致之知。

指者，指外、涉外之指也。西人所謂符號者，無非能指。能指者，既非指意，又非所指。其處之所，正在指意與所指之間。

此所謂：

物本自在，指非其指。物有其指，指即其名。

天人之際，指在其中。自指他指，萬法遂生。

人為天地立心，替天地代言，指謂萬物，賜萬物以名，萬物由此「謂物」，萬物由此「為物」，是人識天地萬物，明天地明德。

《文中子》因是而言：

天生之，地長之，聖人成之。

昂貝爾托・埃科《玫瑰之名》極而言之：

世界上天地萬物，留給人類的、歷史的，不過就是個名字罷了。人也好，事也好，再偉大的最後留下的都只是名字而已。

天不自名，由人稱名。人之稱名，華西不同，品位有異。

《聖經・舊約・創世紀》說：

上帝稱光為晝，稱暗為夜。

稱空氣為天。

稱旱地為地，稱水的聚處為海。

《創世紀》所說，其實是西洋人起初為萬物命名的故事。從這故事可以看出，西洋人為萬物命名之沒有品位。

光不僅白晝有，暗夜也有，如月光、星光。暗不僅夜間有，白晝也有，如暗室、暗道。天不僅是空氣，而且有日月、星辰、流雲、霧電，所謂日月麗於天，風雷激於空。地不僅是旱地，猶有水地，中國人種稻，就是耕作水地。水的聚處不僅有海，還有江、川、湖、泊。

從一開始，西洋人的命名就沒有品位，也沒有他們後來津津樂道的邏輯。西學不僅不知空無，不能有有無、陽陰、乾坤、太極等名目，就連實有的晝夜、天地、光暗、江河湖海之類，從一開始，也不能有其正名。

中國人替天行道，為天代言，明天地之明德，為天地命名，有品位，有韻致，知道行，曉物賾。

莊子說：

名者，實之賓也。（《逍遙遊》）

孔子曰：

必也正名乎！

子路曰：「有是哉？子之迂也，奚其正？」子曰：「野哉！由也。君子于其所不知，蓋缺如也。名不正，則言不順；言不順，則事不成。事不成，則禮樂不興；禮樂不興，則刑罰不中；刑罰不中，則民無所措手足。故君子名之必可言也，言之必可行也。君子于其言，無所苟而已矣。」（《論語・子路》）

人類一如上帝，藝術家一如上帝，命名是其第一要務。人類於名，「無所苟而已矣」。

藝術家是自己作品的上帝，是自己創造之藝術世界的上帝。藝術家之命名，不光是人物，乃是整個世界。非如此，不成其為藝術家。

不僅藝術家，哲學家、科學家也都是如此而為萬事萬物命名。

老子說：

無名天地之始，有名萬物之母。

道可道。

名可名。

太初有道。道則道（言說）也。天不自道，地不自道，唯人可以道天地道。是人為天地立心，人為萬物命名。

人為天地立心，為萬物命名，以人道明天道，以人之明明德、明明道，明天地之明德、明道。天地萬物，遂人而化之，人而名之。天地萬物，遂文而化之，文而明之。西方基督教所謂上帝為萬物賜名，那上帝就是與天地共在、與天地相通、與天地嬉戲、與天地同運的人。

名目有多種，姓氏、名稱、名詞、動詞、概念、術語、公式、定律、命題、定義、文學、藝術等等，都是廣義的名目，都是公孫龍子所謂的指，都是西人後來所說的符號。

《易經》之指，是陽陰、辟翕。鬼谷之指，是縱橫、捭闔。老子之指，是道。莊子之指，是天。孔子之指，是仁。孟子之指，是義。荀子之指，是偽。商鞅之指，是法。如此等等。

華學之指，歷來有形名、爻位之說。形名指稱萬事萬物，爻位指稱因緣際會。形名是範疇（洪範之疇，不是category），與之或有相應的西語是所謂「概念」（concept）。爻位是因緣，與之或有相應的西語是所謂「關係」（relation）。

* * * * * * * * * *

木心有言：

中華不見風度才調久矣！

新華體、黨八股的影響，不僅在日常用語，也在新生兒起名。最近落馬的中共高層人士，有名為令計畫、令政策的。據說令氏兄弟是山西平陸人，其家族原姓令狐，後為方便去狐字簡化成姓令。令計畫父親原為山西省處級幹部，育有四子一女，名字分別是令路線、令政策、令方針、令計畫、令完成，其中令方針為女兒，令計畫為三子，令政策是次子。

如此取名，政治正確，風致全無。

近讀王鼎鈞《回憶錄——昨天的雲》，說他父親名王毓瑤，伯父名王毓琪，含琪花瑤草之意。如此，猜測家父之名牛佩靈，當有佩靈戴玉之意。猜測家父給我起的名字隴菲，當有隴上芝蘭芳菲菲之意。

凡此，皆合古人男子名取則于《楚辭》之例。

瓊瑤小說，女主人公名字，符合女子名取則於《詩經》之例。瓊瑤原名陳喆，她的筆名，也出自《詩經》「投我與木桃，報之以瓊瑤」的佳句。

二〇一五年榮獲諾貝爾生理學或醫學獎的屠呦呦，是取名於《詩經・鹿鳴》：

呦呦鹿鳴，食野之蘋。我有嘉賓，鼓瑟吹笙。
吹笙鼓簧，承筐是將。人之好我，示我周行。
呦呦鹿鳴，食野之蒿。我有嘉賓，德音孔昭。
視民不恌，君子是則是效。我有旨酒，嘉賓式燕以敖。
呦呦鹿鳴，食野之芩。我有嘉賓，鼓瑟鼓琴。

鼓瑟鼓琴，和樂且湛。我有旨酒，以燕樂嘉賓之心。

「呦呦鹿鳴，食野之蒿。」似乎預示了日後屠呦呦以治瘧良藥青蒿素獲諾獎的非凡成就。

日出東南隅，照我秦氏樓。秦氏有好女，自名為羅敷。

（《陌上桑》）

人之自名，不可不慎。

* * * * * * * * * * *

木心說：

《紅樓夢》中的詩，如水草。取出水，即不好。放在水中，好看。

胡蘭成也曾說：

文章必要有場，可比磁場，素粒子場的場。又可比雨花臺的石子好看，是浸在盆水裡。

* * * * * * * * * * *

木心說：

中國是超級詩國。英國算是得天獨厚的詩國，詩人總量根本不能與中國比。

土，非中國。中國雅，雅之極也。世界四大古文明，中國最雅。（轉引自陳丹青《繪畫的異端》）

易經莊老究天地，詩經楚辭詠中國。《詩經》《楚辭》和《易經》《莊子》《老子》一樣，是華夏文明永恆的古典，亙古的絕對。

看慣了《詩經》，本來也不覺得有多麼超絕。與德國巴伐利亞州貝內迪先特小鎮伊倫修道院發現的中世紀《布蘭詩歌》（又名《卡爾米納・布拉那》*Carmina Burana*）比較，二者文明與無明的差異立顯。

難怪木心說：

> 任何各國古典抒情詩都不及《詩經》。

同樣的天地之道，同樣的大化流行，同樣的命運不測，同樣的悲苦境遇，在中國人和西方人，有截然不同的體認感觸。那區別，就在於文明和無明。

中國《詩經》真如華學詩教而言：「哀而無傷」，以禮樂昭明天地之道，以禮樂昭明大化流行，雖有命運不測之感觸，但無怨天尤人之惡語，「一言以蔽之，思無邪」。真個是：「經夫婦，成孝敬，厚人倫，美教化，移風俗。」

如《黍離》：

> 彼黍離離，彼稷之苗，行邁靡靡，中心搖搖。知我者，謂我心憂，不知我者，謂我何求。悠悠蒼天，此何人哉？
>
> 彼黍離離，彼稷之穗，行邁靡靡，中心如醉。知我者，謂我心憂，不知我者，謂我何求。悠悠蒼天，此何人哉？
>
> 彼黍離離，彼稷之實，行邁靡靡，中心如噎。知我者，謂我心憂，不知我者，謂我何求。悠悠蒼天，此何人哉？

如《兔爰》：

> 有兔爰爰，雉離於羅。我生之初尚無為，我生之後，逢此百罹，尚寐無吪。

有兔爰爰，雉離於罦。我生之初尚無造，我生之後，逢此百憂，尚寐無覺。
有兔爰爰，雉離於罿。我生之初尚無庸，我生之後，逢此百凶，尚寐無聰。

約千年之後，在無明的西方，在西歐中世紀的漫漫長夜，則產生了《布蘭詩歌》。卡爾・奧爾夫為此而譜之曲，音樂溢出歌詞，化腐朽為神奇，一九三七年法蘭克福首演之後，成為西方音樂經典，許多批判納粹、專制的影視都用其中《啊！命運女神》作為配樂。其實，它的歌詞原不過是西方文明的世俗之象，是奧爾夫的音樂使其昇華。

《布蘭之歌》篇首《啊！命運女神》以及《命運打擊的創傷》，是對命運的詛咒和悲歌泣號：

《啊！命運女神》

哦命運，
像月亮般
變化無常，
盈虛交替；
可惡的生活
把苦難
和幸福交織；
無論貧賤
與富貴
都如冰雪般融化消亡。

可怕而虛無的
命運之輪，
你無情地轉動，
你惡毒兇殘，
搗毀所有的幸福
和美好的企盼，
陰影籠罩
迷離莫辨
你也把我擊倒；
災難降臨
我赤裸的背脊
被你無情地碾壓。
命運摧殘著
我的健康
與意志，
無情地打擊
殘暴地壓迫，
使我終生受到奴役。

在此刻
切莫有一絲遲疑；
為那最無畏的勇士
也已被命運擊垮，
讓琴弦撥響，
一同與我悲歌泣號！
《命運打擊的創傷》
我在命運的痛擊下
慘呼痛哭，
你吝嗇地施捨
是為了貪婪地勒索。
看這確鑿的記載，
曾富饒如那滿頭的金髮，
那一刻卻被掠奪一空，
只剩下荒蕪一片。
昔日我曾飛黃騰達
高踞命運的寶座，
也曾頭戴五彩的皇冠

擁有無窮的財富；
享盡榮華
與富貴，
可如今我栽下高位
榮耀盡被剝奪。
命運之輪無情地轉動；
我被拋入深淵；
他人登上高位
雄踞榮耀的顛峰，
得意洋洋的人哪——
也難逃命運的劫難！
命運的輪軸早已記載一切興亡
如那王后赫古巴。

儘管《布蘭詩歌》也有《春天的笑容》《明媚溫和的太陽》等世俗歡樂場景，但那「靈魂早已麻木，只迷戀那肉體的快感」之粗鄙的動物性的歡樂，根本不足以驅散命運女神造成的無明陰影。就連修道院院長和他的朋友們，也都是無可救藥的酒鬼。當他們坐在酒店裡的時候，就「只顧狂飲豪賭」：

我們在這小店裡，
從不擔心生命消逝生死輪回，

我們只顧狂飲豪賭，
永遠地快活自在。
你要想知道這裡有何樂事，
為那至尊的金錢，
那就聽我來說：
有人豪賭，有人狂飲，
肆無忌憚地作樂。
那些賭徒，
要麼輸個精光，
要麼大撈一把，
光屁股的套個麻袋接著再賭。
這裡沒人愛惜生命，
來以酒神的名義下注吧。
先為酒販乾杯
放蕩的朋友們，
再為囚犯們，
三為活著的，
四為基督徒，

五為忠義的亡靈，
六為放蕩的娘們，
七為林中的土匪，
八為四海的兄弟，
九為雲遊的和尚，
十為水手們，
十一為吵架的，
十二為懺悔者，
十三為流浪漢，
為了教皇為了國王
盡情地喝吧。
太太喝，先生喝，
大兵喝，牧師喝，
男人喝，女人喝，
傭人陪著丫頭喝，
勤快人喝，懶傢夥喝，
白人喝，黑人喝，
成家立業的在喝，漂泊無依的在喝，

蠢東西在喝，聰明人在喝，
窮鬼同病夫喝，
流亡犯和外鄉人喝，
小孩喝，老頭喝，
主教隨著教士喝，
小妹妹喝，大哥哥喝，
老太婆喝，老媽子喝，
這個喝，那個喝，
成百的人在喝，上千個人在喝。
六百個太子怎夠開銷，
肆無忌憚毫無節制。
我們都是極樂的酒鬼
任人去辱罵
我們早已一貧如洗。
誹謗者會被詛咒
正義之書也不會記錄他們的名字。
喲喲喲喲喲喲喲喲喲喲！

同樣是飲酒，在《詩經・魚麗》則是：

魚麗於罶，鱨鯊。君子有酒，旨且多。
魚麗於罶，魴鱧。君子有酒，多且旨。
魚麗於罶，鰋鯉。君子有酒，旨且有。

同樣是飲酒，在《詩經・南有嘉魚》則是：

南有嘉魚，烝然罩罩。君子有酒，嘉賓式燕以樂。
南有嘉魚，烝然汕汕。君子有酒，嘉賓式燕以衎。
南有樛木，甘瓠累之。君子有酒，嘉賓式燕綏之。
翩翩者鵻，烝然來思。君子有酒，嘉賓式燕又思。

同樣是飲酒，在《詩經・瓠葉》則是：

幡幡瓠葉，采之亨之。君子有酒，酌言嘗之。
有兔斯首，炮之燔之。君子有酒，酌言獻之。
有兔斯首，燔之炙之。君子有酒，酌言酢之。
有兔斯首，燔之炮之。君子有酒，酌言酬之。

同樣是飲酒，在《詩經・叔于田》則是：

叔于狩，巷無飲酒。豈無飲酒，不如叔也，洵美且好。

同樣是飲酒，在《詩經・女曰雞鳴》則是：

弋言加之，與子宜之。宜言飲酒，與子偕老。琴瑟在禦，莫不靜好。

《布蘭詩歌・雜貨商給我胭脂》如此歌詠姑娘的章衣梳奩：

小販啊，快把胭脂賣給我，
臉蛋擦的紅撲撲，
小夥子們回心轉意，
愛上我。
看著我，
小夥子！
讓我令你快樂！
殷勤的小夥，
迷上可愛的姑娘！
愛情能使靈魂尊貴
給你帶來榮耀。
看著我，
小夥子！
讓我令你快樂！
歡呼吧，世界，
多麼地幸福！
為這愛情的歡樂
我永遠都要屬於你。

看著我，
小夥子！
讓我令你快樂！

而《詩經・出其東門》則是：

出其東門，有女如雲。雖則如雲，匪我思存。縞衣綦巾，聊樂我魂。
出其闉闍，有女如荼。雖則如荼，匪我思且。縞衣茹藘，聊可與娛。

《布蘭詩歌・我心中似火燃燒》如此歌詠戀愛之人的輾轉反側：

我的心中
怒火燃燒，
痛苦難熬
我自怨自艾：
如塵土般，
卑微低賤，
如那風中枯葉
任由命運擺佈。
聰明的人啊
在那岩石上
牢牢地

紮穩根基，
而我這蠢人
像那溪流，
曲折艱辛
永無安息停留，
我是無人掌舵的小船
去四處漂泊，
我是無處依歸的鳥兒
在空中飛翔；
自由自在無所依靠，
自由自在也無所羈絆，
加入流浪漢的隊伍
過這苦難而自由的生活。
沉重的心靈
令我鬱鬱寡歡；
尋歡作樂的生活
才會甘之如飴；
遵從維納斯的旨意

是甜蜜的苦工，
慵懶的心靈
她從不光顧。
我肆意地
揮霍青春，
沉溺於惡習，
將美德丟棄，
欲望的饑渴
令我無法自拔，
靈魂早已麻木，
只迷戀那肉體的快感。

而《詩經・關關雎鳩》則是：

關關雎鳩，在河之洲。窈窕淑女，君子好逑。
參差荇菜，左右流之。窈窕淑女，寤寐求之。
求之不得，寤寐思服。悠哉悠哉，輾轉反側。
參差荇菜，左右采之。窈窕淑女，琴瑟友之。
參差荇菜，左右芼之。窈窕淑女，鐘鼓樂之。

《詩經・月出》則是：

月出皎兮，佼人僚兮。舒窈糾兮，勞心悄兮。
月出皓兮，佼人懰兮。舒懮受兮，勞心慅兮。
月出照兮，佼人燎兮。舒夭紹兮，勞心慘兮。

《布蘭詩歌・我心中猶豫不決》如此歌詠愛情中的踟躕猶豫：

我心潮起伏彷徨猶豫
渴望和羞澀
令我無法自主。
讓命運來安排吧，
讓愛之軛把我牽引；
我服從這甜蜜的愛之軛。

而《詩經・將仲子》則是：

將仲子兮，無逾我裡，無折我樹杞。豈敢愛之，畏我父母。仲可懷也，父母之言，亦可畏也。
將仲子兮，無逾我牆，無折我樹桑。豈敢愛之，畏我諸兄。仲可懷也，諸兄之言，亦可畏也。
將仲子兮，無逾我園，無折我樹檀。豈敢愛之，畏人之多言。仲可懷也，人之多言，亦可畏也。

木心評說此詩而言：

多可愛的意思。此詩寫女性心理，好極，委婉之極。其實很愛小二哥，怕家人說話。她最要講的是「仲可懷也」，卻講了那麼多，不拘四言五言七言，都有，反復三段，形式成立。中國古文「子」指男。故知此詩為女子口氣。這樣的好東西去換大而無當的史詩，我不要。

在《詩經》中，一旦男女相悅，又有如此雋永深長的意境：

野有蔓草，零露漙兮。有美一人，清揚婉兮。邂逅相遇，適我願兮。

野有蔓草，零露瀼瀼。有美一人，婉如清揚。邂逅相遇，與子皆臧。（《詩經．野有蔓草》）

風雨淒淒，雞鳴喈喈。既見君子，云胡不夷。

風雨瀟瀟，雞鳴膠膠。既見君子，云胡不瘳。

風雨如晦，雞鳴不已。既見君子，云胡不喜。（《詩經．風雨》）

投我以木瓜，報之以瓊琚。匪報也，永以為好也。

投我以木桃，報之以瓊瑤。匪報也，永以為好也。

投我以木李，報之以瓊玖。匪報也，永以為好也。（《詩經．木瓜》）

桃之夭夭，灼灼其華。之子於歸，宜其室家。

桃之夭夭，有蕡其實。之子於歸，宜其家室。

桃之夭夭，其葉蓁蓁。之子於歸，宜其家人。（《詩經．桃夭》）

明其明德的文明，和昧其昏暗的無明，在中國和西方詩歌中，有如此鮮明的差異。

難怪伯恩斯坦說：馬勒《少年魔號》中「鄉巴佬調情的歌曲品位極差」（《鼓童——馬勒音樂猶太性的研究》）。

像《少年魔號》中「三隻鵝到水裡去，兩隻灰，一隻白」這樣的句子；像德國民謠《塵世生活》中「母親，母親，我餓了！給我麵包，不然我會死！」「當麵包烘熟了，那個小孩已躺在棺材裡！」這樣的句子；像德國民謠《天堂之歌》中「饑腸轆轆的小孩，憧憬著天堂的生活」，「天使都在烤麵包」，「我們跌回塵世的痛苦」這樣的句子，寫實則寫實矣，但只有卑賤、痛苦、殘酷，而無人生之喜樂、志氣、華美。

即便是巴赫的《哥德堡變奏曲》，其中第三十變奏依據的德國民歌的歌詞，也依然粗鄙不堪：「一聞到捲心菜我就想逃，要是母親煮肉，我就會留下來。」

錢鍾書說：

中國古詩人對於叫囂和吶喊素來視為低品的。我們最豪放的狂歌比了你們的還是斯文；中國詩人狂得不過有凌風出塵的仙意。我造過aeromantic一個英文字來指示這種心理。你們的詩人狂起來可了不得！有拔木轉石的獸力和驚天動地的神威，中國詩絕不是貴國惠特曼所謂「野蠻犬吠」，而是文明人話，並且是談話。不是演講，像良心的聲音又靜又細——但有良心的人全聽得見，除非耳朵太聽慣了麥克風和無線電或者……

據有幾個文學史家的意見，詩的發展是先有史詩，次有戲劇詩，最後有抒情詩。中國詩可不然。中國沒有史詩，中國人缺乏伏爾泰所謂「史詩頭腦」，中國最好的戲劇詩，產生遠在最完美的抒情詩以後。純粹的抒情詩的精髓和峰極，在中國詩裡出現得異常之早。

可惜，如錢鍾書所說：

最高尚的人物和東西是不容易出口的。

某一種語言裡產生的文學就給那語言限止了，封鎖了。（《談中國詩》）

真如一個外國詩人所說：「詩是什麼？詩就是翻譯過程中丟失的東西。」

中國的《詩經》《楚辭》，以至於湯顯祖的「臨川四夢」，被中文限止、封鎖，而難以為西人欣賞。難怪木心會說：

中國，可說是詩的泱泱大國。從未有一個國度詩的品質如此之高。歌德羨慕極了，陶詩翻譯成法文，法國人也知道偉大。真能體會中國詩的好，只有中國人。

如果中國有宏偉的史詩，好到可比希臘史詩，那麼不能有中國的三百零五首古代抒情詩。怎麼選擇呢？我寧可要那三百零五首《詩經》抒情詩。……我愛《詩經》之詩。任何各國古典抒情詩都不及《詩經》，可惜外文無法翻譯。

我對方塊字愛恨交加。偏偏我寫得最稱心的是詩，外國人無法懂。詩，無法翻。外國人學中文，學得再好，只夠讀小說、散文，對詩是絕望的。中國字，只能生在中國，死在中國。

如此種種，不過寧殺風景而不打誑語，並非妄談彼短而強說己長。難怪木心到了美國會說：

海涅是一隻羚羊，動作輕盈，在美國嬉躍了一陣就走了。王爾德是一隻孔雀，性喜開屏。他來美國的目的，是為了傳播他的美得不可開交的唯美主義。百多年過去後，如果此二位藝術家肉身復活，重遊美國，我想，還是會重複說出他倆當年說過的話。他們認為。對不起，在此所見所聞是太粗俗，有待深深的教養，高高的文化，盈盈欲滴的赤子之心。

以紐約五島而論，美國人的生活情趣，實實在在告訴你們，平均水準不是高明的，以其物質文明的程度來均衡，那是精神文化的程度很低落。

要談生活情趣之低落，那是一種先天的慢性病，花上個把世紀是治不好的。（《試問美國人》）

如此觀之，木心之去國歸國，是像海涅一樣，似「一隻羚羊，動作輕盈，在美國嬉躍了一陣就走了」。

＊＊＊＊＊＊＊＊＊＊＊＊＊＊

木心說：

中國人的民族性，很善說故事。小時候家中傭人、長短工，都會講故事，看去很笨，講起來，完全沉浸在故事裡，滔滔不絕。

《三言》《兩拍》屬於、限於民間社會，士大夫階層不關心，以為不登大雅之堂，也許幸虧不被關心，所以這些短篇小說自有民間的活氣，從中可見那時代的風俗習慣、生活情調。我很有耐心看這類書，好比吃帶殼的花生、毛豆、吃田螺、螃蟹，品賞大地的滋味、河泊的滋味。人要看點壞書。哥德叫人去看壞戲，說是看了壞戲，才知好戲的好。

小時候聽說書，是文化生活一大享受。當時再蹩腳的說書先生也比茅盾、巴金高明多多。《家》《子夜》，要是讓評話家改編、講，必定大妙。說書人懂藝術，茅盾、巴金未必懂。說書先生有所師承，五四沒有了師承。

年長的中國人，必定熟知岳飛、楊六郎、薛剛、狄青、秦瓊、孫悟空……這些姓名就是那三百年間流傳開來，整個中國，家喻戶曉，一直流傳到二十世紀。到了六十年代，雷鋒同志王傑同志的名聲，蓋過了一切。

評話名著是講史，是那時最流行的小說體裁。《五代史平話》，因從開天闢地講起，至周初，叫做「開闢演義」。《東周列國志》敘周室東遷到秦滅六國。《前漢演義》《後漢演義》，述三國前的史實。《西晉演義》《東晉演義》繼三國後史實，與《隋唐志傳》並傳於世。亦有《說唐前傳》《說唐後傳》，再下來是《五代殘唐》《飛龍傳》。

舊時一般有知識的家庭，家中東一堆西一疊這類評話本，實在是中國民間的歷史教科書。我家的男傭人講得眉飛色舞，不識字的老實人聽得久了，記住了，也講得鑿鑿有據。從小野史看得多了，後來讀正史，就容易讀進去，記得住。

春夏秋冬，每天晚上聽。這間屋裡在講薛仁貴大戰蓋蘇文，那間房裡在講楊宗保臨陣私配穆桂英，走廊一角正在講岳飛出世，水漫湯陰縣，再加上看京劇，全是這些傳奇故事。我清晰記得上輩都為英雄們憂的憂，喜的喜。……這些英雄故事的感人力量，近乎西方的史詩。

陳丹青曾引《今生今世》中說《斬韓信》這齣戲的文字：

斬韓信的戲也了不起。那韓信，取趙收齊滅楚，開漢朝四百年天下，有十大功勞，封為三齊王，呂后卻把他騙到未央宮，使丞相蕭何數其罪。是時陳豨反，韓信密書教以用兵形勢，書被截獲，蕭何示以韓信。韓信見了證物，他但說：「天下何事都可成可敗，惟惜陳豨無謀。至於寡人，若不帶有幾分反叛，便不是韓信了！」他起行數步，上下四方觀看，蕭何問他，他道：「我仰觀天，天不殺韓信，俯觀地，地不殺韓信，中觀世人，世人不殺韓信。」當初韓信不肯下山，師傅許他封過天下的刀槍，都說不殺韓信，惟叮嚀他衣裳不可穿桃紅。但現在卻出來了一個年青的廚娘，向他擲廚刀於地，叫聲三齊王，你識得天下的刀槍，可知道這是什麼！韓信一呆，便是這廚刀沒有封過。他問廚娘姓名，廚娘道：「我叫桃紅。」當下他想起師傅的叮囑，就拾起那廚刀自刎了。

陳丹青如是評說：

這一節，可說是戲文，可說是故事，也可說是「話本」——所有這些，既來自口語，又還原為口語——其中小半史實作底，大半卻是演義，因韓信不是那麼死法，然而活靈活現，又如本傑明所說，滿含教誨，使你識世知命。

我在想，本傑明要是瞭解一點中國歷史，讀過「唐宋傳奇」或「三言兩拍」，聽過中國千年不衰的種種「漁樵閒話」，他該怎樣地驚異于中國悠久的故事傳統，並發現古代中國人從未有過所謂「小說」。（《當代中國電視劇漫談——王安憶對話陳丹青》）

木心說：

人同此心，心同此理。不僅中國，不僅古代，世界各地之人，都會說故事。

賈西亞・馬爾克斯，一九二八年生於太平洋海岸一小鎮。父醫生。小時候跟外公外婆聽了許多民間傳說（很正常。現在的小孩哪有外公外婆講故事——小時候，一點雨露陽光很重要啊），馬爾克斯因為這影響，愛好文學。

鄭板橋《題畫》詩曰：

千秋征戰誰將去，都入漁家破網羅。

「商周秦漢，商周秦漢，隋唐宋，隋唐宋。元明清Republic，元明清Republic，毛澤東，毛澤東。」（兩個美國哈佛教授用《兩隻老虎》的調子唱的中國歷史，Republic指中華民國）

秦楚齊燕韓趙魏，秦漢隋唐元明清，三皇五帝、堯舜桀紂、秦皇漢武、劉備、曹操、諸葛亮、司馬懿、岳飛、楊六郎、薛剛、狄青、秦瓊、孫悟空、哪吒等等，中國人都是從漁樵閒話的故事裡聽來。

中國不僅是戲曲，民間說唱多是漁樵閒話，就連西北山野的花兒，也有與散花不同的《三國》《西遊》之類的本子花。

青天白日，不可指東畫西。

只談風月，莫談國事。

如此漁樵閒話，是中國人對歷史的反省。既是無奈，也是智慧。漁樵閒話裡，常見歷史之天機、天運，人世之民情、民意。

如王鼎鈞所說：

京劇《罵殿》唱詞堆砌稀奇古怪的官銜，渲染荒唐不經的特權，來調理我們的心肝脾肺腎，消積化氣，知足樂天。它反映了中國農民的善良願望，它也是對以往歷史的批判，未來歷史（歷史發展）的規劃。倘若歷史可以修改，可以規劃——可惜不能！這就顯出戲劇的迷人之處，它可以修改，可以重新排演，甚至可以更換演員。（《怒目少年》）

王鼎鈞《昨天的雲》，宕開如椽之筆，記述了不少當時民歌、民謠。如：

奴在房中悶沉沉，
忽聽得門外來調軍，
不知道調哪軍。
依兒呀兒喂兒喂，

不知調哪軍。
好啊，齊步走的調子。
南軍北軍都不調，
單單調我八路軍，
上前打日本。
依兒呀兒喂兒喂，
上前打日本。

再如：

天昏昏，地昏昏，遍地都是抗日軍，
日本鬼子他不打，專門踢蹬莊戶孫。

還有：

日本鬼子抱窩，國民黨吃喝，八路軍唱歌。

王鼎鈞解釋：

日本軍閥在中國的戰場不斷擴大，兵力分散，只有儘量抽調淪陷區的佔領軍使用。佔領軍不但數目減少，而且多半新兵抵充，戰鬥力弱，銳氣盡失，每天在據點內閉關自守，像母雞抱窩孵蛋一樣。

所謂國民黨吃喝，當然是指國民政府領導下的一部分部隊，一般印象，這些人比較注意飲食。有些景象太突出了，例如，一群人到你家裡來抓雞，雞疾走，高飛、大叫，抓雞的人跟著橫衝直撞。最後安靜下來，地上剩下零落的羽毛和踢翻打碎的盆盆罐罐。還有，一群人上刺刀，把狗圍在中間劈刺，這就更恐怖。狗肚子破了洞，肚腸流出來，鑽到你床底下躲死，再拖出來，到處鮮血淋漓。

烤熟一隻狗要多少蔥，多少蒜，多少薑，要燒多少木柴，這對「一天省一口」的農人又是多大的刺激。農人聞香味，流眼淚，收拾狗骨頭和灰燼，永遠永遠追憶他和那只狗的友誼。

八路軍的特徵是唱歌，像原始民族一樣愛唱，像傳教士一樣教人家唱，到處留下歌聲。

最後：

唱歌的八路軍，打敗了吃喝的國民黨和抱窩的日本鬼子。

《昨天的雲》還記述了這樣一件小事：

大早晨，一個老太太，左手拄著拐杖，右手提著一罐清水，瓦罐很小很小。早晨是家家戶戶挑水的時候，老太太沒力氣，只能站在井口央求別人順便替她提上小小一罐水來，瓦罐太小，看上去好像是老太太在打油。

雖然瓦罐很小，老太太的步履仍然有些艱難，我就上前一步把水接過來替她提著。她端詳我，「以前沒見過，你是八路軍吧。」

不知怎麼，我受到很大的刺激，內心震動。連這麼一件小事也得八路軍才做得出來，（國民政府屬下的）十二支隊還能混得下去嗎？

《昨天的雲》下面還有另外一番說道，另是一段漁樵閒話，另是一番微言大義，兼聽則明，有興趣者，不妨仔細傾聽，仔細琢磨。

劉克莊詩云：

斜陽古柳趙家莊，負鼓盲翁正作場。
死後是非誰管得，滿村聽說蔡中郎。

生前是非，不容議論，死後是非，自有漁樵閒話。表面上，是歷史成了故事，有了布萊希特所說的間離效果，似乎是無關於價值、無關於公論的閒話。實則閒話不閑，公論自在，價值自在人心。

那像當代大陸，沒有了安徒生童話，沒有了姥姥講的古今，只有《聽媽媽講那過去的事情》，一派片面之論，滿口謊話連篇。只有民間，還有漁樵閒話。

如陳丹青所說：到了現在，「我們沒有真的新聞」，「沒有話題」，「只能亂傳八卦」。「今日中國的『故事傳統』，恐怕只剩『小道消息』和手機裡傳不完的葷段子。」所以，只能任民間段子以及小道消息散佈。所以，只能有感而遂通的漁樵閒話。

正所謂：

野哭幾家聞戰伐，夷歌數處起漁樵。
（杜甫《閣夜》）

＊＊＊＊＊＊＊＊＊＊＊＊

木心說：

我們要講人物。
世界是一個沒有回音的空穀，面壁與面世何異，可以觀可以興可以悅可以怨的還是「人」，

單個的人。（《醉舟之覆——蘭波逝世百年祭》）

西方史學，旨在探尋並不存在的歷史規律。中國史家則早已覺悟，天地之間，有了人，就沒有什麼先定的宿命，也沒有什麼歷史的規律。所謂歷史，乃是已經遠逝的人世風景。在此人世風景之中，最最重要的角色，是與時遷移應物變化的人，是人的命運，人的遭遇，人的修行，人的功業，人的情懷，人的思緒。不過，不是什麼「單個的人」，而是「與斯人之徒與」，處於一定時代、一定國度、一定民族的人，哪怕已然超然其上，亦然還在其中。

王鼎鈞說：

我一向認為，大人物屬於歷史，小人物屬於文學。（《東鳴西應集・文學不死》）

無論是「歷史」，還是「文學」，「人物」是其中之精、之氣、之神。

子曰：

道不遠人。人之為道而遠人，不可以為道。（《中庸》）

中國史學、文學，親自然，反功利，應天道，富人情。即使是《爾雅》之中的「蟲魚鳥獸草木之名，亦可以是科學的，但為詩人所識，竟是另有一種可喜愛了。懂得這個，才可明白《楚辭》裡寫的草木與漢賦裡寫的動植飛走之物與山川地理城郭宮室之名，可以是文章，而不是大辭書或字典。即如《水經注》，亦是頗得此意。」（一九六一年十二月七日《胡蘭成致黎華標信》）中國的人世風景，真是「掬水月在手，弄花香滿衣」。「覺得一個世界都在身邊，叫一聲會應，觸動了會搖曳。」（一九五〇年十二月廿四日《胡蘭成致唐君毅信》）

因此自覺，《尚書・皋陶》說：

在知人。

因此自覺，《孟子》說：

> 頌其詩，讀其書，不知其人，可乎？是以論其世也，是尚友也。（《萬章》）

因此自覺，司馬遷之《史記》，開《列傳》之體，為各色人物立傳。其《屈原傳贊》「悲其志」，而「未嘗不垂涕想見其為人」。

在此尤重人物的傳統中，中國文史大家，「不以成敗論英雄」，「對各種人物都深具同情，在同情之中而復很深入地論其短長」。而在所有人物之中，又特別重失敗的英雄、任俠的義士以及落難的男女，多寫其「寂寞和不平」（參李長之《司馬遷的風格和人格》）。《史記》列傳之中，多有此類人物，如荊軻、項羽、范蠡、蘇武、李陵。中國戲曲《荊軻刺秦》《霸王別姬》《四郎探母》《蘇三起解》所唱，也多是此類人物。

朱天心說：

> 井上靖《天平之甍》裡的「業行」，「是個悄悄走過歷史一生甚至沒半點功過可言的人，喜歡成敗論英雄或急究現世造形如我的人，或輕易一棒就可打落掉他，但是為什麼，為什麼也像普照一樣對他念念不忘啊！或許他們所處時代的人世背景如此深厚，以致所思所想所怨所怒所歡欣所終身企求的，不論值與不值，皆是擲地可作金石聲的有分量，我真慶幸一千兩百年後，有位井上靖能懂得他們，且如此寫下。」（《時移事往——天平之甍》）

中國文學，不是單純的寫事件情節，而是「事件背境裡都有世運悠悠之思。」甚至「斷絕是非議論」（胡蘭成　一九七九年九月十九日《致朱天文信》），「恩怨都盡，而徘徊不能自已」（胡蘭成一九六一年十一月十七日《致唐君毅信》）。那是中國人人皆有的「對於歷史之思」，而不單純是「事件的記憶」。

古王業與新霸圖，急弦未可話樵漁。

（胡蘭成詩句）

清代晚期，民國之末，社會板蕩，生靈塗炭，似應有相應的史學、文學巨著面世，卻只有魯迅所謂的諷刺小說、譴責小說一類泛濫。

這些小說，「以抉摘社會弊惡自命」，又「極想知其所以然」。雖也「秉持公心，指擿時弊」，「揭發伏藏，顯其弊惡，而於時政，嚴加糾彈，或更擴充，並及風俗」，但它們「描寫社會的黑暗面，常常誇大其詞，又不能穿入隱微，但照例的慷慨激昂」，都不如道出魯迅所謂「悲涼之霧，遍被華林，然呼吸而領會之者，獨寶玉而已」的《紅樓夢》，都不如胡蘭成所謂「曹雪芹於其一生的反省」的《紅樓夢》。

其故，皆因沒有天道人事中的悠悠之思，又「沒有什麼線索和主角」，尤其沒有使人輾轉反側思念不已的靈性人物。（參魯迅《中國小說史略》《中國小說的歷史的變遷》）

中國人於哲學、歷史、文學、音樂之中所求，不是思想的邏輯，不是歷史的規律，不是事件的記憶，不是感情的跌宕，而是人物的言語行止，而是人物的情意品性。

司馬遷說得好：

讀其書，想見其為人。

學要想見其人，如不見其人，學又有何益？文也要想見其人，如不見其人，文又有何益？

中國人所謂的「世界」，是人的世界，充滿了人的情思詩意。即如霸王別姬那樣的悲劇，也是如此。

中國人的風花雪夜，中國人的情思詩意，是因有荊軻、項羽、虞姬、范蠡、蘇武、李陵、趙雲一類人的命運、遭遇、修行、功業、情懷、思緒，而具人世風景。中國史學、文學，因之尤重人物，尤重隱逸、俠客等高士俊傑和叛徒、貳臣等悲劇英雄。

《紅樓夢》第二回《賈夫人仙逝揚州城　冷子興言說榮國府》有一段借賈雨村之口而發的長篇宏論：

> 天地生人，除大仁大惡，餘者皆無大異；若大仁者則應運而生，大惡者則應劫而生。運生世治，劫生世危。堯、舜、禹、湯、文、武、周、召、孔、孟、董、韓、周、程、朱、張，皆應運而生者；蚩尤、共工、桀、紂、始皇、王莽、曹操、桓溫、安祿山、秦檜等，皆應劫而生者。大仁者修治天下，大惡者擾亂天下。清明靈秀，天地之正氣，仁者之所秉也；殘忍乖僻，天地之邪氣，惡者之所秉也。今當祚永運隆之日，太平無為之世，清明靈秀之氣所秉者，上自朝廷，下至草野，比比皆是。所餘之秀氣，漫無所歸，遂為甘露，為和風，洽然溉及四海；彼殘忍乖僻之氣，不能蕩溢於光天化日之下，遂凝結充塞於深溝大壑之中，偶因風蕩，或被雲催，略有搖動感發之意，一絲半縷，誤而逸出者，值靈秀之氣適過，正不容邪，邪複妒正，兩不相下，如風水雷電，地中既遇，既不能消，又不能讓，必致搏擊掀發；既然發洩，那邪氣亦必賦之於人，假使或男或女，偶秉此氣而生者，上則不能為仁人君子，下亦不能為大凶大惡；置之於千萬人之中，其聰俊靈秀之氣，則在千萬人之上；其乖僻邪謬不近人情之態，又在千萬人之下。若生於公侯富貴之家，則為情癡情種；若生於詩書清貧之家，則為逸士高人；縱然生於薄祚寒門，甚至為奇優，為名娼，亦斷不至於為走卒健僕，甘遭庸夫驅制——如前之徐由、陶潛、阮籍、嵇康、劉伶、王謝二族、顧虎頭、陳後主、唐明皇、宋徽宗、劉庭芝、溫飛卿、米南宮、石曼卿、柳耆卿、秦

少游，近日倪雲林、唐伯虎、祝枝山，再如李龜年、黃幡綽、敬新磨、卓文君、紅拂、薛濤、崔鶯、朝雲之流，此皆異地則同之人也。

「賈雨村言」（假語村言）之《紅樓夢》正話反說，反話正說，法言翻作巽語，巽語翻作法言。假言假語，真心真意。其所謂大仁之人，未必個個大仁。其所謂大惡之人，未必個個大惡。其所謂「其聰俊靈秀之氣，則在千萬人之上；其乖僻邪謬不近人情之態，又在千萬人之下。若生於公侯富貴之家，則為情癡情種；若生於詩書清貧之家，則為逸士高人；縱然生於薄祚寒門，甚至為奇優，為名娼，亦斷不至於為走卒健僕，甘遭庸夫驅制」之人，個個諸般不宜，而無一不是奇花異卉，無一不是珍希物種，無一不是人中龍鳳，無一不是江湖逸俊。宋代以後，黃老生氣，儒家生氣，都賴他們得以一息尚存，不絕如縷。比起那些漂亮相宜而於人乃至於己欠親欠真的佞人，這些諸般不宜的人，才是黃老之元氣，華夏之精靈。

《紅樓夢》所寫賈寶玉、林黛玉，皆是這一派人物。他們個個腦後生反骨，不宜室家，心存叛逆，義無反顧，懸崖撒手，是中國黃老一派，是中國禮樂之學生氣所在。

胡蘭成說：

> 中國不斷有外侮，動不動說要臥薪嚐膽，引越王勾踐做例子。其實這例子並不好。《越絕書》裡越女教劍的故事，是一個神話，那地方還出過西施，苧羅山的溪水明媚。有神話，有明媚的春天的國家，是有餘裕，有生命的飛揚的，所以有作為。勾踐長頸鳥喙，看樣子就知道他是個吝刻的人，他的臥薪嚐膽是沒有氣象的。范蠡才是個人物，過後他一離開越國，越國從此就沒有了聲音與顏色。（《中國文明的傳統》）

正所謂：「雖仁義亦要稍稍有驚險違反，仁該可以如『桃花紅到人心裡』，似靜似動；義該可以如『柳影池波豈安份』，似反似正。」（胡蘭成一九六四年六月廿二日《致黎華標信》）

永嘉南昆有《釵釧記》和《琵琶記》。《釵釧記》裡，有兩個摺子戲《相約》《相罵》，那真是嬉鬧笑罵，俏從中來，真個是敢說、敢笑、敢鬧、敢怒、敢罵、敢打，實在是痛快解氣！與此相比，《琵琶記》裡的《吃飯》《吃糠》則理學氣十足，令人生厭。《琵琶記》裡，散發著宋儒的酸腐臭味。《釵釧記》裡，洋溢著民間的健朗生氣。

也許正是因為聖儒與英雄之別，許多人讀《三國演義》，並不喜歡丹鳳眼，臥蠶眉，面如重棗，頷下美髯，手中一把青龍偃月刀，胯下一匹追風赤兔馬，人在曹營心在漢，掛印封金，千里走單騎，過五關，斬六將，刮骨療毒，封神成聖的河東關羽——關雲長，而心儀白馬銀槍，武藝超群，舉手投足皆有度，放馬出槍必封喉，一身是膽，勇冠三軍，出死入生，轉敗為功，心貫金石，義薄雲天，律己也嚴，接人也慎，見理也明，去私也力，明大義，斷大策，智勇雙全，大臣局量之常山趙雲——趙子龍。

＊　＊　＊　＊　＊　＊　＊　＊　＊　＊

畫家木心，作文寫人物，宛若素描。考其本事，參觀木心，如見其人。

一日，忽聞木鐸之聲，「感心動耳，回腸傷氣」（宋玉《高唐賦》），那是《遺狂篇》。

當年讀《離騷》，自以為會心「吾不能變心而從俗兮，固將愁苦而終窮」。卻未曾經意「與前世而皆然兮，吾又何怨乎今人？」

木心《遺狂篇》，歷數前世遺狂，屈平此道不孤。

莊子曾說：

> 人而無以先人，無人道也。人而無人道，謂之陳人。（《雜篇・寓言》）

先者，領先；先人者，超越陳人之行（動詞）、超越陳人之人（名詞）。

陳者，陳舊；陳人者，滯後先人之行（動詞）、滯後先人之人（名詞）。

人道即先人，陳人無人道。

陳人世界，沒有先人立足之地！

正所謂：

> 不容，然後見君子。（《史記・孔子世家》）

此乃歷代遺狂宿命。

先人高蹈，陳人形穢。

位高權重者，起殺心而欲誅先人。

那是在波斯，木心道破天機，「波斯王詭譎謙卑地一笑」，木心「當然知道他的心意是什麼」。於是，「離開了波斯」。（《哥倫比亞的倒影》，下同。）

天下烏鴉一般黑。天下鴉巢一般黑。

在羅馬，不能像木心一般神遊的培德路尼阿斯自覺無可逃遁。

於是淡然自問：「到哪裡去呢？」

於是沒有出走。於是自絕塵世。

盛宴中途，「培德路尼阿斯示意醫士近來，切斷腕上的脈管，浸在雕琢玲瓏的水盆裡」。

過一會兒「又示意醫士近去：『我有點倦，想睡一會兒，請將脈管紮住。』」

他在等，等他早已料定的時刻。

「隨著倉皇的馬蹄聲而猝至的是暴君尼祿賜死宰相的密旨。培德路尼阿斯閑閑笑道：『他遲了一步——快去回覆皇上，說，培德路尼阿斯最後的一句話：尼祿是世界上最蹩腳的詩人。』」

「脈管又放開，盆中淡絳的液體徐徐轉為深紅。靈魂遠去，剩下白如雲石的絕代韶美的胴體。」

培德路尼阿斯無疑步先陳人。

此先人之步，蹀躞從容！

先人高蹈，陳人形穢。

品劣相歪者，起妒心而欲讒先人。

鍾會主張「才性同」，嵇康主張「才性異」；鍾會主張「才性合」，嵇康主張「才性離」。這是當年學案。

鍾會草成《四本論》，很想知道嵇康反應，又自知難以招架駁難，稿「置懷中」而「不敢出」。好不容易下決心登門，到了地方，卻一陣心虛，「於戶外遙擲，便回急走」（《世說新語・文學》）。

這是楔子，下面才是正本大戲：

「康居貧，嘗與向秀共鍛於大樹之下，以自贍給。潁川鍾會，貴公子也，精練有才辯，故往造焉。康不為之禮，而鍛不輟。良久會去，康謂曰：『何所聞而來？何所聞而去？』會曰：『聞所聞而來，見所見而去。』會以此憾之。及是言于文帝曰：『嵇康，臥龍也，不可起。公無憂天下，顧以康為慮耳。』因譖：『……昔齊戮華士，魯誅少正卯，誠以害時亂教，故聖賢去之。康、安等言論放蕩，非毀

典謨，帝王者所不宜容，宜因釁除之，以淳風俗。』帝既昵聽信會，遂並害之。」（《晉書・嵇康傳》）

「擇善而固執」（《中庸》）的嵇康早知必死。

其師孫登，也早有先見之明。

「嵇康遊於汲郡山中，遇道士孫登，遂與之遊。康臨去，登曰：『君才則高矣，保身之道不足。』」（《世說新語・棲逸》）

嵇康何嘗不知「保身之道」！

其《家誡》可為之證。

「若行寡言，慎備自守，則怨責之路解矣。」

如是云云，如是云云。

不過，那是對家人、後輩。

於自己，則是痛快決絕的《與山巨源絕交書》，則是對鐘會的「非禮」。

如是等等，如是等等。

木心說得好：

嵇康的自知之明和知人之明其實是足夠的，是他的風骨，他的「最高原則」，使他不能不走這條窄路，進這個窄門。（《哥倫比亞的倒影》，下同。）

嵇康末路，更是風流絕代：

「康將刑東市，太學生三千人請以為師，弗許。康顧視日影，索琴彈之，曰：『昔袁孝尼嘗從吾學《廣陵散》，吾每靳固之，《廣陵散》於今絕矣。』」（《晉書・嵇康傳》）

稽康無疑品高陳人。

此臨界之品，分晝天壤。

木心最心儀的，是那些「巧智交作，勞憂若狂」的高士。

在木心筆下，魏晉高士，「風氣是大家好『比』，一比，再比，比出了懍懍千古的自知之明與知人之明。」

《遺狂篇》說：

我沒料到嵇康忽然止錘昂首，問道：「何所聞而來，何所見而去？」「聞所聞而來，見所見而去。」鍾士季哪裡就示弱了。

因為「好比」，「超然獨達，遂放世事，縱意於塵埃之表」（《魏志・王粲傳》裴注引嵇喜撰《嵇康傳》）的嵇康也竟然按捺不住，這是木心「沒料到」的。

也因為「好比」，「精練有才辯」（《晉書・嵇康傳》）的鐘會，自然不甘「示弱」。

這些文字，足見木心「知人之明」的敏銳與周至。

晉・皇甫謐《高士傳》有言：

一世之人，不足以掛其意；四海之廣，不能以回其顧。

高蹈風塵、超然獨達之遺狂，向來與木鐸金聲、宣教布政之夫子對立。

其實，「少有道契，終與俗違」（司空圖《詩品・超詣》）的高士遺狂，正是「天將以夫子為木鐸」的另類夫子。

此道已久違。

木心、木心，乃「天將以夫子為木鐸」之「心」。

品讀木心，木鐸聲聲入耳，我心隨之搖曳。

＊ ＊ ＊ ＊ ＊ ＊ ＊ ＊ ＊ ＊ ＊ ＊ ＊

木心說：

藝術家是什麼呢？是現實生活中用不完用不了的熱情，用到藝術中去。藝術家都是熱情家，熱情過盛，情種如歌德、華格納，也還是把最濃的情用到藝術中去。湯顯祖自己在書信中有言：「智極成聖，情極成佛。」中國古代是知道的：佛比聖高。「聖」是現世的，「佛」是超脫的。歷來所謂紅學家都沒有以湯顯祖這句話觸及《紅樓夢》研究。湯劇的意義是，情真，可以只是夢見，情癡，死人可以復活。

賈寶玉的用情，超尊卑，破倫常，忘性別。

用情無論男女，無論老少，可忘年，可忘性，可超尊卑，可破倫常，唯不可不識其美，不衷此情，唯不可忘其情，而又不可不忘其情，長情而不溺情。人之于情，尤為不可割捨，又每每不得不割捨。

賦云：

長情有心，短情無義。長情生死，短情遊戲。

長情山海，短情丘壑。長情默默，短情赫赫。

發乎情，緣於情的《詩經》云：

有美一人，清揚宛兮，邂逅相遇，適我願兮。（《詩經‧野有蔓草》）

美之於情，不可分離。情不異美，美不異情，情即是美，美即是情。人在世間，於天地有情，於萬物有情，於行事有情，甚至於敵手有情，識其美，愛其美，生命才能豐潤。

＊＊＊＊＊＊＊＊＊＊＊＊＊＊＊

《楚辭‧九歌》云：

滿堂兮美人，忽獨與余兮目成。入不言兮出不辭，乘回風兮載雲旗。

儘管「入不言兮出不辭」，依然像木心所說：

你在爱了，我怎会不知。（《醍醐》）

＊＊＊＊＊＊＊＊＊＊＊＊＊＊＊

藝術家的木心曾說：

哲學嘛總是次要的，但我也下過功夫，讀黑格爾的《小邏輯》，我把袖子擼起，心想要把你啃下來，還有康德的《純粹理性批判》，也讀過馬克思的《資本論》，我是把哲學當作訓練肌肉的啞鈴，練好了就把啞鈴扔掉，你看見哪個身體健美的人帶著啞鈴到處走呢。

詩句是珍珠，珠子裡面的線是哲學。哲學不能露出來，露出來，詩就完了，可是沒有線不行，沒線，珠子就散掉了。（曹立偉《木心片斷追思》）

木心的哲思而不是哲理，化成了名目尖新比擬慧黠的靈言妙語，這是他不同凡響之處。

如：

> 天鵝談飛行術，麻雀說哪有這麼多講究。
>
> 螞蟻說大象驕傲，那意思是說要縮小到像螞蟻，才算謙虛。

如此靈言妙語，一經道出，是謂卓見。

木心卓見，獨到不凡，道理稍欠。

中國古典，有許多運用比喻，以眼見事喻所不見，舉事體示，以用顯體，化空洞為坐實，使廓落有著落，而又不涉唇吻，不落思維，雖不言道，而道不離之，成為造形有象，生色增華之至理名言。（參錢鍾書《談藝錄》）

如：

> 伐柯伐柯，其則不遠。（砍斧頭把啊，砍斧頭把，那式樣就在你的手中。）（《詩經》）

這已不僅是比喻，而有信息模範器物成形、文脈指導文象複製的至理。

又如：

> 三十輻共一轂，當其無，有車之用。埏埴以為器，當其無，有器之用。鑿戶牖以為室，當其無，有室之用。（《老子》）

這也不僅是比喻，而有「有之以為利，無之以為用」的至理。

諸如：

> 治大國，若烹小鮮。

江海之所以能為百谷王者，以其善下之。

合抱之木，生於毫末；九層之台，起於累土；千里之行，始於足下。

等等，均由比喻昇華為天道至理。

木心「易易為恆」幾近。

也許是因為木心太過藝術，太過詩意，他的天才哲思，雖化作藝術的比喻，卻沒有都昇華為究極徹底、造形有象的道理。

溫子升〈搗衣篇〉云：

長安城中秋夜長，佳人錦石搗流黃。
香杵紋砧知遠近，傳聲遞響何淒涼。
七夕長河爛，中秋明月光。
蠮螉塞邊絕候雁，鴛鴦樓上望天狼。

王夫之《古詩評選》評曰：

結語可謂「麗以則」，「麗」可學，「則」不可至也。

「麗」者，詞語之華美。「則」者，道理之究極。「麗」可學，易得。「則」則難至，非究極天人，不可得也。

木心於此，有非常之自覺。他說：

蘭波又說「把思想與思想接通，以引出思想」，他是去踐約的，而啟動的思想大半是感覺，引出來的不可能是思想，仍然至多是感覺，一引再引，局面就凋疲不堪。（《醉舟之覆——蘭波逝

世百年祭》）

木心說：

你煽情，我煽智。

如若純以感覺「啟動」，或許會以詞害義，以權為實，綺文奪義，遊詞埋理，把假喻認作真質，煽滅了智慧之火。（參錢鍾書《管錐編》）

讀木心，如果僅以感覺入，僅以感覺出，恐怕「局面就凋敝不堪」。

明白於此，才能理解木心的遺憾：

我總得正面寫一部哲學著作，才算坦白交代、重新做人——重新做藝術家。

＊ ＊ ＊ ＊ ＊ ＊ ＊ ＊ ＊ ＊ ＊ ＊

反者道之動。

木心不僅經常化用典故俗語，化腐朽為神奇，而且常常反用典故俗語，是其所非，非其所是，顛倒衣裳，改換頭面，琢磨熨帖，滅跡刮痕，過而無留，運而無積，行而無滯，通多方而不守一隅，死蛇弄活，枯木再春，點化常識為獨見。（參錢鍾書《管錐編》）

俗語說：

達則兼濟天下，窮則獨善其身。

木心反其道而言：

獨善匪獨，兼善莫兼（《詩經演・子好》）。

俗語說：

視死如歸。

木心反其道而言：

視歸如死。

他明知「今之中國，國不像國，人不像人，死者冤死，活者惡活」，明知國破山河破，卻抱必死之心歸國，是有「私願未了」、「壯志未酬」。木心給尹大為信中如此坦白：「我臨老歸鄉並非自願，這是西方不可能給我製作壁畫的機會，只好回來經營『木心藝術館』，現在還是一個『夢想』。」

俗語說：

朝不保夕。

木心反其道而言：

以朝保夕。

木心諷刺上海人的精明：

朝不保夕，才努力於以朝保夕，事已至此，必是朝已不保夕亦不保。（《瓊美卡隨想錄》）

隨手過覽，還有如下反用典故俗語、點化常識為獨見之弄筆如丸的名言：

你不是省油的燈，我也不是省燈的油。

歲月不饒人，我亦未曾饒過歲月。

半個世紀以來我急，命運不急，這是命運的脾氣。而今，眼看命運急了，我不急，這是我的脾氣。

時間不是藥，藥在時間裡。

半部《論語》治天下，是的，還有半部亂天下。

不是藝術家為時代作見證，是時代為藝術家見證。

柳暗花明又一蠢。

有口蜜腹劍者，但也有口劍腹蜜者。

凡此種種典故俗語，一經木心反其道而用之，神光所聚，便得風流靈妙。

木心風流靈妙之語，被人稱作「金句」。可惜，「金句」者，褒義明，空靈蘊藉質性未明。

＊　＊　＊　＊　＊　＊　＊　＊　＊　＊　＊　＊　＊

木心說：

音樂是飛翔的。但音樂沒有兩隻腳，停不下來，一停就死。

管仲說：

無翼而飛者，聲也。（《管子・戒》）

這本是常識。但這常識，卻有微言大義。

一、「音樂是飛翔的」，「音樂停不下來」，關係天行健之根本。

《禮記・樂記》有言：

大樂與天地同和。

《無能子》解說此言：

樂者本乎和。和，行也。

古代漢語，和與行聲義相通。和，朱駿聲《說文通訓定聲》說「讀曰恆」。行，朱駿聲《說文通訓定聲》也說「讀如恆也」。行者，彳亍通達，天下周行。《無能子》以行所訓之和，並非音律之協和，而是道通天下的萬物一行。

直到今天，江西一些地方（如彭澤縣），依然保守正月十五「和龍」（又叫「遊龍」）習俗。江西老表說的和龍，即是行龍，即是神龍之遊行。

胡蘭成《今生今世》中，曾說及嶀浦天王的出巡神行：

菩薩有三尊，一尊白臉，一尊紅臉，一尊黑臉，也許就是桃園結義起兵的劉關張三兄弟，但是叫嶀浦天王。出巡時三乘神轎，緩緩而行。轎前鼓吹手，旗牌銃傘，又前面是盤龍舞獅子，耍流星拋菜瓶，最前面是十幾封大銅鑼，五六對號筒，還有是串十番的人，此外神轎前後手執油柴火把及燈籠的有千人以上，一路鳴鑼放銃，真是逢山開路，遇水搭橋。

如此「和龍」，真是神與樂同行，樂與神同行。

《呂氏春秋》有言：

聲出於和，和出於適，和、適，先王定樂由此而生。

和者，行也。適者，去也、往也。古語無所適從，正是無所去從、無所往從。適，古字為逿，《說文解字》曰：「疾也。」桂馥《注》曰：「或借活字。」《長笛賦》有「汩活澎濞」之語，李善《注》曰：「活，疾貌。」《呂氏春秋》所謂「聲出於和，和出於適」，是說，聲因物事行運（和）而生，物事行運（和），因物事疾速去往（適）而動。

此所謂行運之和，疾速去往之適，是先王定樂根本。

《禮記》有言：

喜怒哀樂之未發，謂之中。發而皆中節，謂之和。

《禮記》「大樂與天地同和」，是說大樂皆中天地行運疾速去往之節。此皆中天地行運疾速去往之節的大樂，是時間、節律、過程、動態、勢能之象。

中國古典樂道之和，是行運節奏相和，正所謂「發而皆中節謂之和」；中國古典樂道之協，才是音聲律呂調協，正所謂「聲律相協而八音生」（揚雄《太玄》）。

徐鉉《說文解字注》說：

和，此言其音同而已。

和，乃同聲同音天地行運疾速去往之相和，非異聲異音律呂相應調諧共鳴之相協。皆中天地行運疾速去往之節的「樂」，華學常與「禮」並舉對稱。

《禮記》有言：

樂者，天地之和也；禮者，天地之序也。和，故百物皆化；序，故群物皆別。

生生不息，天地一行，謂之和。厚載總攝，各歸其位，謂之序。樂之同，樂之和，皆與天地之節關聯，皆與宙宇之行同運。禮之異，禮之序，皆與萬事之別相屬，皆與萬物之位關聯。宙宇行運，造化生生不息。天地有節，無有空色反復。

西學外語說存在，華學漢語說生存。存在重空間靜態，生存重時間動態。

英文之「existence」，中譯為「存在」。中譯以「存」與「在」兩個意義相近之字的組合，傳達了「existence」——「事物持續佔據時間空間」之義。而漢語之「生存」，則是「生」與「存」兩個有不同內涵之單字的組合。「生」是「創生」；「存」是「保存」。所謂「生存」，乃是乾與坤，陽與陰、辟與翕、捭與闔、動與靜、造與化、擾動與放大、健行與厚載、道生與德蓄、開物與成務、變易與不易、正反饋自生與負反饋自穩不斷向對方轉化的往復循環（recycle）。

天之大道曰生，地之大德曰存。樂之吟詠在生，禮之規範在存。

樂為天，禮為地。樂為陽，禮為陰。樂為動，禮為靜。樂為辟，禮為翕。樂為捭，禮為闔。樂為生機，禮為緣會。樂為道生，禮為德畜。樂為行健，禮為厚載。樂為開來，禮為藏往。樂為開物，禮為成務。樂為發動，禮為完成。樂生生不已，禮厚載總攝。「大風起兮雲飛揚」，樂是風動不息，雲水詭譎。「安得猛士兮守四方」，禮是歲月靜好，世事安穩。

《禮記》有言：

> 樂文同，則上下和矣。

此所謂樂文同的上下和，乃宇宙萬象各歸其位，行事有序之大道同行，並非無差別、無等級的同而不和。

中國華樂之和，實乃萬物一行之行和。中國華樂之行和，乃一人倡，萬人和，樂文同的齊聲吶喊。

歐美西樂之協和，乃不同聲部之樂文異的相互協調。

中國華樂樂文同的打和聲，是英雄舉義後庶民動者必隨，唱者必和的風起雲湧。

歐美西樂樂文異的眾讚歌，是教堂中聖徒對上帝的頂禮膜拜。

英雄揭竿，庶民風起，一人呼號，萬眾引吭，和之應之，山搖地動，此乃樂文同、上下和的精義所在。

中國華學樂道之和，乃天地一行之大道同運。此中生與死，成與毀，喜樂與凶劫，福祉與禍端，同在並生，隨機而運。中國華樂乃人與造化小兒相嬉戲之象，而非歐美西樂人有原罪唯獨上帝完美和諧之象。

《史記》有言：

（音樂）比終始之序，以象事行。

音樂，以樂象、樂式表徵天地行運疾速去往之節，以音樂比擬世間事行終始循環之序，與天地同和、同行、同運、同逝。

中國古典音樂，「以類相動」（《禮記》），「比類以成其行」（《禮記》）。以類相動，比類以成其行，相關物事演進之時空、因緣、機制、程式、關係、中介、反饋、互動、運行、變化、過程、發展、模態、情勢、條件、機會。

中國古典藝術，向以琴、棋、書、畫四藝並稱。

《玄玄棋經序》說：

夫棋之制也，有天地方圓之象，有陰陽動靜之理，有星辰分佈之序，有風雷變化之機，有春秋生殺之權，有山河表裡之勢。世道之升降，人事之盛衰，莫不寓是。

中國古典琴棋書畫四藝，雖然各具特質特構，皆與萬事萬物同態、同行、同運、同逝，都是行象藝術（參隴菲《行象簡論》）。此種種特異的體道之象，質料、結構千差萬別，行運、動態指歸不二。

此種種特異的體道之象，行運、動態是第一位的，質料、結構是第二位的。音樂之中，節奏是第一位的，音調是第二位的。中國戲曲音樂之中，板式是第一位的，聲腔是第二位的。即使在所謂聲腔之中，也有微觀的行運、動態。此，正如胡蘭成所說：中國華樂「悠揚頓挫先在於聲韻與音律」（《中國禮樂風景》）。

以行運、動態為其根性之中國古典琴棋書畫四藝，以有限的質料、結構，生發出無窮的行運、動態。此種種異質、異構之行運動態具象，擬萬類而象示之，與世間萬事萬物同態、同行、同運、同逝。異質、異構之琴棋書畫四藝之間，也因同態、同行、同運、同逝而相互交通。

《左傳》有言：

如樂之和，無所不諧。

佛典《金剛經》有言：

若世界實有者，即是一合相（象）。

莫里茨・石里克《自然哲學》曾說：

世上一切事件都已被解釋為運動了。

與西學不同，中國古典琴棋書畫四藝，不是把世上一切事件解釋為運動，而是以某種具象的特殊運動，顯現抽象的一般運動。此「剎剎那那，念念之間，不得停住」（《楞嚴經》），天地一行，法門不二之象，正是《金剛經》所說之「合象」。

二、「音樂是飛翔的」，「音樂停不下來」，關係認識論根本。

格物致知。

當代認知心理學的最新成果之一，就是人們發現：「任何一種認識都與動作有關」；「認識一個客體意味著把它合併到動作圖式中」。（皮亞傑《生物學與認識》）

當代自然科學、科學哲學業已指出：所有對實體的「測量操作都是由剛體之間的比較所組成，並通過觀察重合關係而完成。所有空間性的命題僅僅只涉及物體的行為」（莫里茨·石里克《自然哲學》）。在當代自然科學、科學哲學的文獻中，時間已經取代空間，運動已經取代實體而成為關鍵詞匯。正如莫里茨·石里克所說：「世上一切事件都已被解釋為運動了。」（莫里茨·石里克《自然哲學》）

極而言之，人類的一切思維形式，都是格物致知，操行動作的衍化、抽象。操演、實踐、行為、動作，乃是人類一切智慧、一切認知能力的發生之源。人類的認知圖式，並不僅僅是一般意義上的對物質客體的靜觀反映，而是在實踐活動過程中能動的施加於客體之上的主體自身動作的抽象。此，正所謂格物致知。

舉例來說：1＋1＝2，起初不過是人們把一頭牛和另一頭牛牽到一起之後，發現它們比單獨的一頭牛要多。在這裡，把一頭牛和另一頭牛牽到一起的動作，起到了關鍵作用。

當代，人們對於操作、行為、實踐、動作的認識又有新的飛躍。

《失控》作者凱文·凱利說：

要想洞悉一個系統所蘊藏的湧現結構，最快捷、最直接也是唯一可靠的方法就是運行它。」

「流程重於資源，行為最有發言權。」

凱文·凱利引用十九世紀五十年代控制論啟蒙者海因茲·馮·福爾斯特的話又說：

沒有運動就沒有生命。

思考即行動，行動即思考。

這是本世紀以來，西方學術「名詞向動詞轉移」（《失控》）之新的動向，也是西方學術對華學格物致知的禮拜。

音樂一直沒有抽象人的操作、實踐、行為、動作。所有古典藝術之中，唯「不能停」的音樂，以及不能脫離音樂之歌舞、戲劇，行之，動之，往之，適之，飛翔之，健行之，流逝之，生滅之，操作之，踐行之。

三、「音樂是飛翔的」，「音樂停不下來」，顯現為音樂節奏。

《禮記・樂記》有言：

> 屈伸俯仰，綴兆舒疾，樂之文也。
> 文采節奏，聲之飾也。
> 故樂者，審一以定和，比物以飾節，節奏合以成文。

一，乃萬物一行之一。

和，乃天地行運之和。

比物之物，乃格物致知，感物遂通，觀物取類，以類相動之物。

比物之比，乃排比倫類之比。

節，乃天地行運疾速去往之節。

音樂「審一以定和」，須「節奏合以成文」。節者，止也，靜也；奏者，進也，動也。節奏者，有進有止，有動有靜，以成音樂之文。

欣賞音樂，研究音樂，很容易被音樂之音調吸引，而小看了音樂之節奏。其實，音樂之音調是音樂之色，音樂之節奏，則是音樂之空；音樂之音調是音樂之有，音樂之節奏則是音樂之無；音樂之音調，是音樂之實，音樂之節奏則是音樂之虛。音樂以空為色之本，以有為無之本，以虛為實之本。

使音調之色、之有、之實進而動者，是節奏之空、之無、之虛。節奏之空、之無、之虛，是法，是神，是形。

《春秋繁露》因故而說：

神者，不可得而視也，不可得而聽也。是故視而不見其形，聽而不聞其聲。……所謂不見其形者，非不見其進止之形也，言其所以進止不可得而見也；所謂不聞其聲者，非不聞其號令之聲也，言其所以號令不可得而聞也。

《春秋繁露》之「聲」，是指音調；《春秋繁露》之「進止之形」者，是指節奏。《列子》把音調稱之為「聲」，把使音調運動之「進止之形」稱之為「聲聲者」。「有聲者，有聲聲者。」「聲之所聲者聞矣，而聲聲者未嘗發。」「聲聲者」，正是音調運動之節奏。「聲聲者」之節奏「未嘗發」，而「不聞其聲」，只能感而遂通。

節奏之奏，是音樂音調時間中的進，時間中的動；節奏之節，則是音樂音調時間中的止，時間中的靜。有奏有節，有進有止，有動有靜，音樂之音調才成之為行象，才成之為形象（道、形、器之形象，非物象之形象），才成之為旋律，才成之為曲調。旋律者，音律在時間中的迴旋。曲調者，音調在時間中的曲折。凡此種種，都是音調之動。音調之動，是虛空之動，是空無之動。動之音調，是虛空之著色，是空無之幻有。

人耳聽到的音調是著色的幻有，人耳聽不到的節奏，則是虛空中無的如如之動。所以老子才說「聽之不足聞」。所以莊子才說「無聽之以耳，而聽之以心」。所以淮南王才說「聽有音之音者聾，聽無音之音者聰」。

以歌舞言之，歌之動，是虛空之動，是空無之動。舞之動，是實有之動，是色相之動。色相之動的舞蹈、戲劇可以「亮相」，音樂則只有聲與聲之間的「暫歇」（錢鍾書語），而不可能有真的靜默。

文學、詩歌、書法、繪畫、雕塑，是動態之靜態的結果。音樂，是動態本身。音樂「停不下來，一停就死」。動態本身不能靜止，靜止了，就不再是動態。

《禮記・樂記》有言：

> 樂者，心之動也。

音樂之動，乃人心格物致知之動。

《禮記・樂記》說：

> 凡音之起，由人心生也。人心之動，物使之然也。感於物而動，故形於聲。聲相應。故生變；變成方，謂之音。比音而樂之，及干戚羽旄，謂之樂。

中國音樂恪守這個法則，依心而動樂，阿炳因之稱其所操之曲為《依心曲》。依心而動之樂，是自組織、自演化、自創造、自生長的活系統。依心而動之樂，其本質乃是即興。

西方古代音樂，特別是中世紀以前的音樂，大多也是依心而動。中世紀以後，因西方靜態之物理、數學等所謂科學發達，西方音樂開始注重邏輯結構，並逐漸演變為數理運演的符號代碼。自組織、自進化、自創造、自生長、活系統的即興音樂，逐漸蛻變為被邏輯結構、符號代碼規定的定量的死系統。只有所謂的二度創作，才能戴著樂譜的鐐銬跳舞，呈現音樂的生氣。

西方古典音樂，一開始還像中國古典音樂一樣，是人心之動的行象。經過巴赫以來幾代作曲家的殫精竭慮，到了所謂現代，西方音樂，已經由心動之行象，蛻變為腦動之代碼。

心動之行象直指人心，無須理知辨識而哀感頑豔。腦動之代碼訴諸理知，欲求邏輯運演而遠離人心。西方當代先鋒、實驗音樂，逐漸喪失聽眾，是西學非格物致知、非操行感悟之科學的原罪所致。冰凍三日，非一日之寒。病入膏肓，無起死回生之藥。

＊　＊　＊　＊　＊　＊　＊　＊　＊　＊　＊　＊

木心說：

鳥叫著，叫錯一音，牠立即改正。

藝術真是最大的魔術。音樂，奇怪，什麼都不像的。一個音符不對了，怎麼不對呢？無法說的。對了，也無法說的。

音樂與書法，其運演之動態，其爻位之錯綜，法藏圓滿，法象具足，無可移易，不容錯亂。所謂音樂，並不是形象，而是行象。行象之樂象，並不是離散的音聲，而是比音而樂之，排比音聲以之為樂的動態關聯。樂象中的個別音聲必須根據它在樂象中的爻位，以及它與其他音聲、它與樂象整體的動態關聯來定義。整體的樂象，也必須根據全部人文系統各組成部分的動態關聯來定義。

樂象之中，各個組成部分及其動態的關聯，可借用維特根斯坦《邏輯哲學論》所謂「命題記號」

和「邏輯座標」加以說明。樂象之各個組成部分，相當於命題記號。這些命題記號只有在一定的邏輯座標之中，才有確定意義。結構要素必須被建構成為系統結構。系統結構的實質，乃是結構要素的動態關聯。

信息，並非物質實體自身的屬性，而是物質和能量的動態關聯。系統之中，物質和能量，是羅素所說的「邏輯變項」，動態關聯才是「邏輯常項」。邏輯常項即動態關聯不變，邏輯變項即組成要素的某些替換，並不改變系統各組成要素的動態關聯。

音樂之所以能夠與天地同和，是因為音樂與天地之間，只有物質能量一類邏輯變項的差異，而沒有運行態勢一類邏輯常項的差異。一旦結構要素、組成部分、卦象爻位分解重組、序列易位，形成新的動態關聯，排比音聲之比音關係就會發生質的變化。

貝多芬曾說：

我的作品一經完成，就沒有再加修改的習慣。因為我深信部分的變換足以改易作品的性格。

樂象、樂式之任一組成部分的移易，都意味著全體樂象、全部樂式動態關聯的變化。現代音樂創作中對古典音樂之所謂改編、鑲嵌、引用、拼貼，都意味著古典音樂原先意義的喪失和變化。

＊＊＊＊＊＊＊＊＊＊＊

木心說：

最美的是數學和音樂，令人著迷，完全沒有比喻。繪畫就是比喻，繪畫和文學都脫不了比喻。畫家，音樂家，很直觀，更要擺脫觀點。

你看希臘雕刻，聽巴赫、莫扎特，全是直覺，什麼話也無法說，你有什麼好說？還有對美人的直覺。讀小說，雖然有種種詳盡的描寫，但你認識一個人物，也是直覺。

音樂，是不能諷刺任何東西的。沒有《他媽的進行曲》。音樂是純粹的，這是他的弱，也是他的崇高。

胡蘭成也說：

音樂與建築都是不著語言的，形式的旋律就是一切。

彈琴只是音節的參差排列，與幾何學的行狀有著共同之處，那就是沒有思想沒有感情，而只在於德性。這德性是琴的「器和故響逸，張急故聲清」。

劉熙載《藝概》有言：

藝者，道之形也。

音樂之形，本無需假借其他，本無需理論觀念而「原樣陳述事物即為一切」，「但一個個自有其無限的興發意」。

錢鍾書曾引莫禮茨而言：

藝之佳者，自身完足具備。

託寓則有所憑藉，故非藝之至也。（《談藝錄》）

藝之佳者藝之至也的音樂，作為音響、時間、動力、擬態、征勢、象行的行象藝術（非繪畫、雕塑之類的「形象藝術」，參朧菲《行象簡論》），以其聽覺可感的具象樂式，表徵形而上之道與形而下之器的法式。人類在音樂操行中憑虛構象，無依無傍，為自然立法，並營造各式各樣法式性質的樂式、樂象。此所謂法式，正是中國古典華學之「形」。

《周易》有言：

形而上者謂之道，形而下者謂之器。

例此可說：

征道範器謂之形。

道、形、器一元之音樂，介乎道器之間，乃征道範器之形。因其征道，與形而上相關；因其範器，與形而下相關。音樂以其形之層面的法式、樂式，貫通形而上之道與形而下之器。

《尚書・商書・說命》有言：

乃審厥象，俾以形旁求於天下。

道器之間的形，既象物事之道，又範物事之器。形基於器，又不拘泥於器，而在道的層面相通為一。此所謂形，的確是可以「旁求於天下」的鎖鑰。旁求，是「道通為一」的觸類旁通（《莊子》）。《易・繫辭上》說：「引而伸之，觸類而長之，天下之能事畢矣。」中國古典華學所謂的觸類旁通，其類，正是墨子達、類、私之類。

中國先哲早已了悟：旁通、旁求，必須觸其類形，循其象形，會其意形，想其虛形。與當代西方所謂橫斷科學比較，中國古典華學的觸類旁通，早已深入審象、循形、觸類、務虛之根本。對此可以「旁求於天下」的類形、象形、意形、虛形有所悟識，中國先哲格物致知，知天，知地，知人，知世，知情，知理，知學，知術，知文，知藝，知音，知樂。

形與類，老子稱之為法。老子所謂「人，法地地，法天天，法道道，法自然」之法，老子所謂「法地之所以為地，法天之所以為天，法道之所以為道，法自然之所以為自然」之法，因其所出之事類不同，而各有其式。某類物事因其法式的同一而同一。

墨子有言：

法取同。

法，是中國華學鑒別萬事萬物同異的標準。音樂之形，正是法式一類的樂式。形、類、法式、樂式，是樂道悟識關鍵。以樂式為鎖鑰，我們才能以樂道悟識，會心音樂玄妙，特別是中國古典音樂玄妙。樂道悟識的關鍵樞紐，在於音樂之形，而不在音樂的形而上之道，也不在音樂的形而下之器。樂道的悟識，是樂式的發明，而不是音響的直觀、曲式的圖解、文化的分析、功能的闡釋。所謂樂式，已經不再具有特定文明範式中的具體內涵，也不再具有特定樂人操行中的具體功能；所謂樂式，並不僅僅是耳官感知的音聲，也不僅僅是音聲和比的樂曲，而是比音以之為樂的行運動態。樂式，不是靜態的形象，而是動態的行象。

中國古典音樂，深諳形、類、法式、樂式、形象（道、形、器之形而非繪畫雕塑之形）、行象之道。中國古典音樂，其比音以之為樂的法象、法式、法行、法運、法姿、法色、法韻、法味、法意、法蘊，如此而有生生不已的消息、行運、靈性、生命。正因如此，以《春江花月夜》為其經典的中國古典音樂，即使千載之下，仍使人起天地悠悠、人世茫茫、江波渺渺、幽思綿綿之興。與西方人向死而生不同，中國人則樂生至死，而不知老之將至已至，而不知死之將至已至。如此，而與造化同運，生生不息，逝者如斯，流長水深。

中國古典音樂之樂式，與西方古典音樂各具特色。和西方古典音樂基本樂式的和聲終止式不同，中國古典音樂基本樂式多魚咬尾（項真、續麻、連珠）的連綿永續。和西方古典音樂從一開始就趨向最後的終止不同，中國古典音樂則不絕如縷引伸延展。以《春江花月夜》為例，其每一樂句的落音，即是後一樂句的起音。其旋律引伸延展之法，暗合漢字所謂「落」既有「葉落歸根」安息之意，又具「呱呱落地」生息之意的玄機。

天下之道，萬物之理，「可見者其象也，可循者其形也」（王夫之《周易外傳・繫辭上傳第五章》）。只有循音樂之類形、象形、意形、虛形，我們才能真正瞭解，音樂何以能指音樂之外的世間萬事萬物？音樂何以能上達天帝，下通鬼神？音樂何以能同和天地，合愛異文？

基督教說，上帝顯形為耶穌，「道成肉身」。

中國古典音樂，吹萬賦形，排比音聲以之為樂，道成音曲。

馬王堆出土帛書《物則有形》云：

物則有形，物則有名，物則有言。

物之形，先於名，先於言，先天先驗。「物成生理為之形」（《莊子・外篇・天地》）。天下之道，萬物之理，待人所言，已非斯道；待人所名，已非斯理。老子因之而言：「道可道，非常道；名可名，非常名。」（《道德經・第一章》）惟其有形，常道乃存。

吹萬賦形，道成音曲之樂，與語言不同。

所謂語言，是約定俗成符號。

嵇康曾說：

夫言，非自然一定之物。五方殊俗，同事異號，趣舉一名，以為標識耳。

布龍菲爾德《語言論》也說：

語言形式跟意義的聯繫完全是任意的。

黑格爾《美學》也說：

語言之中，意義和它們的表現的聯繫是一種完全任意構成的拼湊。

皮亞傑《結構主義》也說：

語言符號是約定俗成的，與它的意義不具有內在聯繫，因而，它的意義也是不穩定的。

語言的意義，乃是「一種本來外在於它的內容意義」。不同語言的互不相通，正是其約定俗成性質的明證。

與人類各民族約定俗成的不同言語相比，音樂比音而樂的關聯式結構、行運態勢，本身就具有表現的價值與意義。

丘瓊蓀說：

樂之所貴在乎音節，樂以音聲感人，不以文字說教。不以文字說教，即不言義理。（《歷代樂志律志校釋・序》）

蘇姍・朗格也說：

音樂的各組成部分並不具有意義，因而它也就沒有語言的基本特徵，即固定的聯想及單個明確的意義。（《情感與形式》）

皮亞傑《發生認識論原理》說：

（在音樂之中）結構不是表達手段的結構，而是被表達其意義的事物本身（相對於表達意義而言）的結構，也就是種種現實的結構，這些現實本身，就包含有它們的價值和正常的能力。

漢斯利克《論音樂的美》也說：

> 語言的音響只是一個符號，或一個手段，它被用來表達跟這個手段完全無關的東西；至於音樂的音響，它本身就是一個對象，即它本身作為目的出現。

例公孫龍子而言：「語言指非指，音樂指即指。」如不論其與其他事象的關係，僅就音樂自身內容與形式的統一而言，我們可以說音樂藝術之能指即所指。

指非指。白馬非馬，堅白非石。白馬是能指，馬是所指，能指非所指。堅白是能指，石是所指，能指非所指。

指即指。音樂即樂，美術即美。音樂是能指，也是所指，能指即所指。美術是能指，也是所指，能指即所指。

指非指者，能指可以替換。哲學、文學等等，皆可闡釋言說。

指即指者，能指只能自指。音樂不可闡釋言說。其他藝術如美術，也僅能闡釋言說其技術、其摹寫，而不能闡釋言說其美、其藝。

即如文學之詩詞，其藝、其美也不可闡釋言說。詩詞之美、之藝，能指亦即所指，亦只能自指，不能以它指指之。

蘇珊・朗格《情感與形式》有言：

> 音樂不是語言，因為音樂沒有詞彙。

儘管有不同文化模式的差異，能指自指、能指即所指的音樂卻無須社會共通《詞典》的事先約定，便可以直接從靈魂走向靈魂。

胡蘭成與木心，道出了藝術（詩文特別是音樂）直指人心的秘密。藝術之所以能直指人心，就在於「造形」。藝術所造之「形」，不是別的，就是中國華學所謂「道、形、器」之「形」。

道成音曲的音樂藝術之「形」，不是實體之「物形」，而是行運之「虛形」。音樂之「形」，在音聲之間，是音聲的比音關係。

老子《道德經・十一章》有言：

三十輻共一轂，當其無，有車之用；埏埴以為器，當其無，有器之用；鑿戶牖以為室，當其無，有室之用。故有之以為利，無之以為用。

依老子之說，「大音希聲」之大音並不等同於實體的樂音音響，而在於樂音音響之間的比音關係。正所謂：「當聲之無，有聲之用。」（馬融《長笛賦》）

實體的樂音音響是老子所說的有，存在於樂音音響之間出自虛中發自響際的比音關係，則是老子所說的無。它是一種耳官不能直接聽到的非實體性的東西。因此，老子才說：「聽之不足聞。」比音之際，有非實體性的關係，但並不是真的一無所有的空無。正如車軲轆（轂）輻條之間的空隔，正如陶罐（器）中間的空腔，正如天棚、地板、四壁之間的房屋空間一樣，無之以為用，空之以為用。

因此，《春秋繁露・立元神》才說：

是故視而不見其形，聽而不聞其聲。……所謂不見其形者，非不見其進止之形也，言其所以進止不可得而見也；所謂不聞其聲者，非不聞其號令之聲也，言其所以號令不可得而聞也。

因此，《列子・天瑞》才說：

有聲者，有聲聲者。

聲之所聲者聞矣，而聲聲者未嘗發。

因此，《淮南鴻烈‧說山訓》才說：

走不以手，縛手不能疾；飛不以尾，屈尾不能遠。物之用者，必待不用者。故所以見者，乃不見者也；使鼓鳴者，乃不鳴者也。

「空可空非真空，色可色非真色。」比音之樂乃無中之有，空中之色。「若言其明，杳杳冥冥。若言其味，朗照澈明。若言其生，無狀無形。……若言其空，萬用在中。若言其有，闃然無容。」（僧肇《寶藏論‧廣照空有品第一》）

這些只能以心神遇，而不能以五官感的無中之有、空中之色，正是中國華學格物致知的扼重。

＊＊＊＊＊＊＊＊＊＊

木心說：

人和宇宙是這樣一種關係。是最初與最後的關係。悲傷也沒有餘地，因為有情（人）無情（宇宙、上帝、神）沒有餘地。

胡蘭成也是從「感情之初的無情」出發，打通了哀樂兩極。

《禮記‧樂記》與嵇康《聲無哀樂論》，是華學樂道兩部經典。過去大陸音樂哲學界、音樂美學界，向來都以西方音樂美學他律論解說《樂記》，以西方音樂美學自律論解說《聲無哀樂》。其實，如木心、胡蘭成所說，「感於物」其「最初與最後的關係」，本來無情，哪有哀樂？

一九八五年春，曾在山西太行山腹地聽到送葬隊伍中嗩吶吹起《真是樂死人》。當時不僅不解，而且大為光火。心想：如此樂手，真是不辨哀樂，沒有心腸。現在再度尋思，方才了悟：如嵇康《聲無哀樂論》所說：音樂「夫唯無主於喜怒，無主於哀樂，故歡戚俱見」。在嗩吶手心中，《真是樂死人》，不過是隨機憶起的一個曲調，本無哀樂，又哪裡分別生死？何況，中國老百姓向來都有紅白喜事之說，把死看做生的前身，生的序曲，把死看做生的歸宿，生的完成。二〇一六年，山西一土豪出殯，六十四人抬棺，齊聲合唱他生前喜歡的《九九豔陽天》，是這種風俗的張揚。

當然，如此而輔之于嵇康「心之與聲，明為二物」，「至夫哀樂，自以事會，先遘於心，但因和聲以自顯發」之說，自然另有勝意。嵇康所謂「先遘於心」，無非是說「江州自有青衫恨，不聽琵琶亦淚流」（清・蓋鈺《擬琵琶亭懷古》）。嵇康的深意在於：聲無哀樂，心自有情。（參隴菲《樂道》）

正所謂：

豈是聲能感，人心自不平。（張九齡《聽箏》）

正所謂：

無善無惡心之體，有善有惡意之動。（王陽明四句教）

＊　＊　＊　＊　＊　＊　＊　＊　＊　＊

木心曾引杜甫詩「永夜角聲悲自語，中天月色好誰看」而言：

這是貝多芬交響樂慢板的境界。（音色豐厚，詩比起來，單薄了。）

木心還說：

勃拉姆斯、貝多芬交響樂慢板樂章，忼高臺多悲風之慨，哲思之因高而悲，悲而益高。

木心又說：

溯余少年，偏重高臺句之音樂，通悟後，曆半世滄桑，方歎朝日句之澄明虛靚，心性俱見。

（《西班牙三棵樹・三輯・之十》）

曹植《雜詩七首》之一云：

高臺多悲風，
朝日照北林。

中國古典音樂，與「高臺多悲風」相反相成的，是「朝日照北林」。

西洋人常說Society，中國人則愛說天上人間。Society，是上帝子民的城邦，全在人間。天上人間，是三才之人於天人之際。

因故，西洋音樂可大體分為兩類，一類是上帝的頌歌，一類是人事的詠歎。上帝的頌歌，是匍匐在地的罪人對全德全能之上帝的禮贊。人事的詠歎，是七情六欲之凡人對人事喜怒哀樂的感應。

中國音樂，則因究天人之際的宏闊，而有天上人間的優裕。中國人看人間，有天上的視角，自天而俯瞰。因故，再大的風波，也不過是在杯中，僅有微瀾，而無驚濤。

貝多芬的《命運》交響曲，那是被命運所制而又不甘的苦鬥，其中跌宕起伏，驚濤駭浪，是人生際遇的不平，是救贖原罪的努力。

中國古典《春江花月夜》，則是天上人間的往來還複，則是天上人間的迴旋喟歎。有此天上人間往來還複迴旋喟歎，胸廓為之一大，境界為之一展，人間之喜怒哀樂，不再使人糾結，不再令人憤懣。中國藝術，遂有超越古今的口吻，滔滔無盡的氣象。

葉嘉瑩先生說李煜《虞美人》：

這首詞開端「春花秋月何時了，往事知多少」二句，如果不以恆言視之，就會發現這真是把天下人全都「一網打盡」的兩句好詞。「春花秋月」僅僅四個字就同時寫出了宇宙的永恆與無常的兩種基本的形態。套一句蘇東坡的話，「自其變者而觀之」，則花之開落，月之圓缺，與夫春秋之來往，真是「不能以一瞬」的變化無常；可是「自其不變者而觀之」，則年年春至，歲歲秋來，年年有花開，歲歲有月圓，卻又是如此之長存無盡。（可以說）上一句之「春花秋月何時了」，乃是寫宇宙之運轉無盡，（而下一句之）「往事知多少」，乃是寫人生之短暫無常，是去者之不可複返。（《王國維及其文學批評・附錄》）

與貝多芬《第九（合唱）交響樂》之三樂章慢板比較，中國古典音樂《春江花月夜》不僅詩詞，即使音樂，也毫不遜色，而且更加纏綿悱惻，更有一唱三歎的悠長韻味。

《春江花月夜》比起貝九第三，更少我執，更多對人類、人生根本局限的自覺。

中國古代哲人、詩人、樂家，正是在此「天長地久有時盡，此恨綿綿無絕期」（白居易《長恨歌》）之刻骨銘心的人生體驗中，漸漸從憂患意識中超脫出來，自覺人類的局限，自覺人類局限之絕對的制約，昇華到達觀灑脫的崇高境界。

中國哲學、中國藝術的最高境界是，不僅知其局限，知其不可；而且深知其局限之不可超越，知其超越之企圖的定然不能實現。此深度的局限意識，便昇華成為達觀灑脫之崇高的藝術境界和人生哲理境界。

以「孤篇壓倒全唐」之張若虛《春江花月夜》為題的同名中國古曲，正如聞一多先生所說：

有的是強烈的宇宙意識，被宇宙意識昇華過的純潔的愛情，又由愛情輻射出來的同情心，這是詩中的詩，頂峰上的頂峰。（《宮體詩的自贖》）

中國聖哲、詩人、樂家懷抱一切，洞見一切，理解一切，同情一切；但沒有怨恨，沒有尖酸，沒有詛咒，甚至沒有傷感。

正如聞一多所說：

這是一個「更夐絕的宇宙意識，一個更深沉更寥廓更寧靜的境界！在神奇的永恆前面，作者只有錯愕，沒有憧憬，沒有悲傷。（同上）

二〇一六年十月廿三日初編
蘭州雁灘

二〇一七年一月十八日續編
京東燕郊

二〇一七年二月二十日續編
中山翠亨

二〇一七年二月廿一日續編
潯陽江頭

二〇一七年二月廿二日續編
鐘山之陰

二〇一七年四月九日續編
京東燕郊

二〇一七年四月十六日續編
蘭州雁灘

二〇一七年四月三十日續編
京東燕郊

二〇一七年九月十九日校訂
京東燕郊

木心談作文

《木心談木心》是一本非常特別的書。

木心夫子自道：

過去的音樂家，自己演奏自己的作品。蕭邦演奏自己的作品，最好。今天算是木心文字作品演奏會。

木心以自己的演奏、詮釋，展示了他深湛的文學內功。《木心談木心》，涉及作文之謀篇佈局、遣詞造句、焊接文白、應對採訪等諸多方面。我不知道這是否前無古人後無來者，但說它「非常特別」，恐怕沒有問題。

《木心談木心》本是師徒之間的私相授受。當初，「李全武、金高、章學林、曹立偉幾位懇請老先生以講課的方式定期談論自己的寫作」，他曾斷然拒絕：「那怎麼可以！」最後結業前，拗不過學生懇切，才把自己輕易不肯示人的武林秘笈一一披露。如木心說明：「我們兩三知己，可以這樣講。」

陳丹青說它是「私房話裡的私房話」，私房話公開，便增加了一個新的維度，讀者的維度，公眾的維度。從而，《木心談木心》成為瞭解木心作文的另外一個視窗，否則我們可能永遠不能窺見此中玄奧。

佛說：

如以空拳誘小兒，
示言有物令歡喜，
開手拳空無所見，
小兒於此複號啼。
如是諸佛難思議，
善巧調伏眾生類，
了知法性無所有，
假名安立示世間。

這是一切宗教的大秘密，只有佛教揭開了這個謎底。「空拳誑小兒」，是要「以此度眾生」。《文學回憶錄》，主旨關涉「以此度眾生」之道。《木心談木心》，揭秘如何「空拳誑小兒」之術。道術不二，相反相成，道統御術，術彰明道。這兩本書，恰成雙璧。

金末元初一代文宗元好問，曾有「問世間情為何物，直教生死相許」的名句傳世，他的《論詩》點化禪宗語「鴛鴦繡出從君看，不把金針度與人」而言：

暈碧裁紅點綴勻，
一回拈出一回新。
鴛鴦繡了從教看，

莫把金針度與人。

「不把金針度與人」，「莫把金針度與人」是貓教老虎要留一手的意思。《木心談木心》，卻是「要把金針度與人」。

木心曾說：

脫盡八股，才能回到漢文化。回到漢文化，才能現代化。

與絕大多數大陸文人迥然不同，木心從新八股、黨八股的泥沼中，一個字一個字地救出了自己，也一個字一個字地救出了漢語。

《木心談木心》，金針度人，把他的作文秘訣，毫無保留傳授給了學生，這是自救而救人。

人生、政治、文學、藝術，既有舞臺，也有後臺，後臺總是不如舞臺光鮮。《木心談木心》，把自己的「後臺公開」，或許有人會略感失望，那是把後臺當成了舞臺。其實，《木心談木心》顯豁的，是木心自救救人、自愛愛人的赤子之心。

《文學回憶錄》，是識見木心的一扇窗。

《木心談木心》，是識見木心的另一扇窗。

《文學回憶錄》，是教學生如何讀書。讀了《文學回憶錄》，如果不讀他講過的書，收穫到底有限。

《木心談木心》，是教學生如何作文。讀了《木心談木心》，如果不修煉文學內功，寫不出好作品，也終歸無益。

讀書難，作文更難。《木心談木心》，敞開了他的文學練功房，記錄了他作為文學家的心路軌跡。

西漢玄學家、辭賦大家、西蜀子雲揚雄曾說：

學以治之，思以精之，朋友以磨之，名譽以崇之，不倦以終之，可謂好學也已矣。

其中「名譽以崇之」，涉及「成就」與「聲名」的反饋互動關係。木心生前，此反饋互動關係，始終沒有進入理想的良性循環。

朱弦一拂遺音在，
卻是當年寂寞心。
老來留得詩千首，
卻被何人校短長。

這是木心的遺憾，也是中國文學的遺憾。

二〇一五年八月五日至七日京東燕郊
二〇一五年八月八日北京首都圖書館
《木心談木心》北京座談會實錄
《木心美術館特輯——木心研究專號》，廣西師範大學出版社，
二〇一六年八月第一版

木心轉印畫

二〇〇八年初，陳丹青攜木心八幅轉印畫「來京找機會展出」（陳丹青《繪畫的異端》）。十月，在北京陳丹青畫室，第一次有緣目睹，印象是「袖中短軸才半幅，慘澹百里山川橫」（蘇澈《書郭熙橫卷》）。

二〇一五年冬，在烏鎮木心美術館地下層九米長的放映牆前，觀賞三台放映機緩緩映現之放大了幾十倍的這些畫，再度被此咫尺千里的氣勢恢宏震撼。

陳丹青說：

木心那批很小很小，圖式極盡狹長的「轉印畫」（「Faottag」，亦稱「拓印畫」）。……大幅度省略了「繪事」。嚴格地說，轉印畫不全是畫出來的，而是作者審視滿紙痕跡之後的「臨時起意」和「當場判斷」，將水漬演成一

幅「畫」。（《繪畫的異端》）

木心轉印畫的玄奧究竟何在？

在「見幾見機」！在「機而會之」！在「因而緣之」！

聖人極深而研幾。（《易經》）

《易經》之精髓，在幾，在機。

胡蘭成說：

這個幾字真是漢文明的獨創。（《建國新書》）

有此幾字獨創，有此機字獨創，中國人機而會之，一派生機。天有機密，道有機要，物有機能，事有機制，國有機務，軍有機動，處處有機樞，每每逢機關，時有機會，境有機緣，行有機遇，人有機心，思有機智，腦有機靈，造形有機械，運轉有機具，談吐有機鋒，文章有機杼，遇事有機謀，處置有機巧，臨凶有機警，遇變有機敏。中國人伺機而動，待機而行，觸機神應，見機行事，相機權變，隨機應變，靈機一動，當機立斷，以不至於坐失良機。西洋人詬病機會主義，中國人參透天道機密，嫻熟大化機要，神機妙算之中國人且能權衡機宜，忘機無為，以不至於「機關算盡太聰明」。

佛學說因緣。華學說機會。因緣，乃事象之說。機會，乃道理之學。

所謂因緣，因而緣之是也，因乃生機之因，緣乃遇會之緣。所謂機會，機而會之是也，機乃生發之機，會乃遇合之會。

《大學・疏》云：

動於近，成於遠。

「動於近」者「機」也，「成於遠」者「會」也。機會，機會，機乃長宙之生機，生生不已；會乃廣宇之遇會，會會莫測。機會，機會，機者生機之微動，乃變易之端，變易之因；會者遇會之天幸、天災，使變易有緣，變易有成，或使變異無緣，變異滅失。

機因當下緣會中，天地萬有，世間人事，百遇千合，玄妙莫測，天幸、天吉、天福、天喜、天賜，天威、天怒、天譴、天罰、天災，機裡藏機，變外生變。

老子說：

無為而無不為。

凱文・凱利說：

去控。（Out of Control，有譯「失控」，鄙譯「去控」。）

無為、去控，是師造化，法自然，見幾見機，機而會之，因而緣之。

天機難測，因緣莫名。

蘿蔔菜籽結牡丹。汽車鑰匙開了房門鎖。所有這些，「不是設計好的可以預料的。」「結局是未知的，正如真正的人生。」（凱文・凱利《去控》）

木心不會說：「今天我來畫幅山水。」「他要等濕漉漉的紙面翻過來，當場尋找他的『畫』」。（陳丹青《繪畫的異端》）木心要想知道今天會「畫」出什麼，只能是把塗料和水刷到玻璃或者銅板上，再轉印到紙上，

不先慮，不早謀。（《荀子》）

不為事先，動而輒隨。（黃石公《三略》）

木心轉印畫，「巧在善留」，「圓因用閃」，（笪重光《畫筌》）「乘興得意」（郭熙《林泉高致》），信手拈來，暈染滲潤，天工自然。

其中玄奧，在幾，在機，在無為，在去控，在機而會之，在因而緣之。文章天授。自己事先不知道的東西，才是真正的神來之筆。當代草書大家藍玉崧先生將此「揮毫落墨，隨筆而生」（郭熙《林泉高致》）、「筆法佈置，更在臨時」（荊浩《山水賦》）、急中生智的天趣偶得戲稱為「狗急跳牆」。

此所謂幾，此所謂機，此所謂機會，此所謂因緣，乃生之初始，乃命之待孕，乃歷史之樞紐，乃人生之秘旨。

莊子曰：

> 萬物皆出於機，皆入於機。

見幾見機，機而會之，出機入機，因而緣之，去無入有，入有去無，無中生有，有複歸無，動動靜靜，靜靜動動，陽來陰往，陰往陽來，將起未起，將發未發，機裡藏機，變外生變，千變萬化，變化無窮。

無為，去控，法自然、師造化，與造物主嬉戲同行，與造物主共進並演。如此見幾見機機而會之的修行正果，乃前無古人後無來者的絕對，是超越生死超越時空的不朽。

木心「轉印」，與抱樸子「煉丹」、浮士德「造人」、物理學家「高能加速」等等，同屬一類，都是欲在某種格物致知的修行中，窺測造物秘密，探究自然道術。

凱文・凱利說：

> 每一個創造行為，不多不少，正是對造物的重演。（《去控》）

劉勰《文心雕龍》云：

真宰弗存，翩其反矣。

木心轉印畫，溢出藝術，與真宰同其沉浮，溯反其道，翩操其法，天地始創的法舞重演，萬物之初的法姿再現，生而孕命的法象肇顯，宇宙法海深淵之中，隱約窺見造物法身。

此其一也。

其二，木心轉印畫，以具象直觀無命之生的形上。

木心說：

拉斐爾叫做美，美到形而上！後來的寫實就不懂形上了。

林風眠先生有一時期畫風時露抽象風調，我托人傳言：「何不進入純抽象？」後來晤面時，先生說：「我只畫自己懂的東西，不懂的東西畫不來。這樣吧，你寫一篇《論純抽象》，我要是懂了，就一定要畫畫看。」我深感師生行誼懇切，滿口答允照辦，起稿未竟，風暴陡起，此願終未了也。（轉引自陳丹青《繪畫的異端》）

「風暴陡起」，木心沒有寫成《論純抽象》的文章。後來，則以自己的轉印畫，實踐了「純抽象」的形上理想。

木心夫子自道：

土，非中國。中國雅，雅之極也。世界四大古文明，中國最雅。（轉引自陳丹青《繪畫的異端》）

陳丹青說：

他是個嚮往希臘的紹興人，他的美學的神經，是在中國。（《繪畫的異端》）

木心意在「純抽象」的形上轉印畫，指向記憶深處的宋元山水。「林泉之志，煙霞之侶」的宋元山水「妙品」，可使人「不下堂筵，坐窮泉壑，猿聲鳥啼，依約在耳，山光水色，滉漾奪目」，「見青煙白道而思行，見平川落照而思望，見幽人山客而思居，見岩扃泉石而思遊」。（郭熙《林泉高致》）

郭熙所謂「可行」、「可望」、「可居」、「可遊」之「林泉高致」，有山，有水，有林，有木。郭熙說：

山無雲則不秀，無水則不媚，無道路則不活，無林木則不生。山以水為血脈，以草木為毛髮，以煙雲為神采，故，山得水而活，得草木而華，得煙雲而秀媚。水以山為面，以亭榭為眉目，以漁釣為精神。故，水得山而媚，得亭榭而明快，得漁釣而曠落。

（《林泉高致》）

此正所謂：

山本靜，水流則動。石本頑，樹活則靈。（笪重光《畫筌》）

郭熙《林泉高致》云：

畫見其大象，而不為斬刻之形。

畫見其大意，而不為刻畫之跡。

達於郭熙所謂「畫之景外意也」、「畫之意外妙也」之途，乃胡蘭成所謂「抽形」、「抽象」。

（《閒愁萬種》）

從兩漢畫像石，魏晉墓磚畫，中經隋唐寺塔石窟墓室壁畫，兩宋院體畫，到成熟的宋元山水，中國文人畫家，「抽形」、「抽象」，一路蕭瑟、枯寒，空寂、幽靜，一路高古、曠達、飄舉，隱逸，惜墨如金，洗淨鉛華，直至「空山無人」的倪瓚，一味返璞，卻未歸真，「竟尚高簡，變成空虛」（魯迅《且介亭雜文末編・記蘇聯版畫展覽會》）。

王希孟院體之《千里江山圖》，除了林泉高致之山水，也寫城郭、屋宇、花草、樹木、禽鳥、器物。千里江山，人間勝景，峰巒起伏，綿延奔騰，江河湖港，煙波浩淼，高崖飛瀑，曲徑通幽，房舍屋宇，綠柳紅花，長松修竹，野渡漁村，水榭樓臺，茅屋草舍，水磨長橋……此，可借用笪重光《畫筌》文形容：

> 雲裡帝城，山龍盤而虎踞；雨中春樹，屋鱗次而鴻冥。仙宮梵剎，協其龍沙；村舍茅堂，宜其風水。山門暢豁，松杉森列而成行；水閣幽奇，藤竹蕭疏而垂影。平沙渺渺，隱葭葦之蒼茫；村水溶溶，映垂楊之離亂。林帶泉而含響，石負竹以斜通。草媚芳郊，蒲綠幽溪；潮落沙交，水光百道；山寒石出，樹影千欖。愛落景之開江，值山巒之送晚。宿霧斂而猶舒，柔雲斷而含蓄。危峰障日，亂壑奔江；空水際天，斷山銜月。雪殘青岸，煙帶遙岑；日落川長，雲平野闊。地表千鐔，高標插漢；波間數點，遠黛浮空。匿秀嶺於重巒，立奇峰於側嶂。

張擇端《清明上河圖》，則描繪北宋京城汴梁及汴河兩岸清明時節風土人物，「宮觀舟車，器以類聚，犬馬禽魚，物以狀分」（王微《敘畫》）。

武宗元描繪道教眾神朝覲元始天尊之《朝元仙仗圖》，是以段成式《寺塔記》形容之「天衣飛揚，滿壁風動」之神仙狀寫人物。

五代南唐顧閎中的《韓熙載夜宴圖》，也以人物為主，眾多人物，宴聚宮廷。

後來的宋徽宗《聽琴圖》，雖然還是以人物為主，人已不在屋宇之中，而在室外樹下。

再後來，如劉松年《羅漢圖》、馬麟《靜聽松風圖》、趙孟頫《自寫小像》《紅衣羅漢圖》、黃公望《剡溪訪戴圖》、吳鎮《草亭詩意圖》、王蒙《更山高隱圖》等等，往往只有二三素心人——所謂「荒江野老」，獨處山野林下，深谷草亭，水泊舟中，「濯足清流之中，行吟絕壁之下。登高而望遠，臨水以送歸。臥看滄江，醉題紅葉。松根共酒，洞口觀棋。見丹井而知逢羽客，望浮屠而知隱高僧。看瀑觀雲，偶成獨立，尋幽訪友，時見兩人。」（笪重光《畫筌》）

此，正如馬致遠《天淨沙・秋思》所詠：

枯藤老樹昏鴉，
小橋流水人家，
古道西風瘦馬，
斷腸人在天涯。

再再後來，馬遠《寒江獨釣圖》，殘山剩水之中，只有柳宗元《江雪》狀寫之境：

千山鳥飛絕，
萬徑人蹤滅。
孤舟蓑笠翁，
獨釣寒江雪。

倪雲林者，更進一步。他的畫，「水不流，花不開，樹上沒有綠葉，山中沒有飛鳥，路上沒有人跡，水中沒有帆影。幾株疏樹，一痕遠山，或者在疏林下加一個無人小亭子」（朱良志《水不流花不開的寂寞——倪雲林與漸江》）。

清初畫家漸江《畫偈》開篇有四句詩評說倪雲林之畫：

空山無人，
水流花開。
再誦斯言，
作漢洞猜。

這四句，只有「空山無人」得倪瓚正鵠。

木心記憶深處的宋元山水，主要是倪雲林。

木心轉印畫，極倪瓚「今世那復有人」之意而昇華。

木心得道而反。他的轉印畫，連「無人小亭子」也完全抹煞，只剩下「純抽象」的洪荒。此「抽形」、「抽象」之洪荒，是如錢惟善題燕文貴《秋山蕭寺圖》所謂「千岩開太古，萬古聳高秋」，「人間無此境，卷舒不能休」的無人之大象，無物之大象。

無人之象，無物之象，真空不空，玄虛不虛。

胡蘭成有「生」（growing）、「命」（life）之分說。胡蘭成把「生」判分為「有生而無命」（growing without life）與「有生且有命」（growing with life）兩類。萬物皆有「生」，但或無「命」。病毒、蘚菌、植物、動物和人，則有「生」而又有「命」。（參《胡蘭成致唐君毅書》）

木心轉印畫「抽形」、「抽象」之「洪荒」，不是無生，而尚未有命。

木心轉印畫，無人、無物、無事、無情、無禽、無獸、無鳥、無蟲、無花、無草、無樹、無木，生而無命，無命有生，混沌之命，蓬勃欲出。

那是天地之初，宇宙洪荒，叢莽鬱結，混沌蒙昧，去無入有，入有去無，生生不息，命將中出的臨界之境。

郭熙《林泉高致》云：

高遠之色清明，深遠之色重晦，平遠之色有明有晦；高遠之勢突兀，深遠之象重疊，平遠之意沖融而飄渺。

無深遠則淺，無平遠則近，無高遠則下。

此所謂宋元山水之「三遠」。

木心「肇自然之性，成造化之功，或咫尺之圖，寫千里之景」（王維《山水訣》），把宋元山水之「三遠」，昇華為「出離尺度，無尺度」（陳丹青語，《繪畫的異端》）之迷離朦朧的洪荒。

木心轉印畫，有「新三遠」——

念天地悠悠之古遠，

悵宇宙遼闊之曠遠，

究造化奧秘之邃遠。

難怪木心說：

看下去、看下去——漸漸快樂了呀。

面對木心混沌之命蓬勃欲生之轉印畫，法眼，法視，法觀，法見，人會「漸漸快樂」。此「漸漸」而起的「快樂」，是隨自然之喜，悅天道之法。

二〇一六年二月廿一日中山翠亨初稿
二〇一六年三月一日中山翠亨二稿
二〇一六年四月廿二日京東燕郊三稿
二〇一六年五月七日京東燕郊四稿
二〇一六年五月廿九日京東燕郊定稿
二〇一六年五月廿五日北京《中華讀書報》第十三「文化週刊」

木心自度曲——談木心遺樂及其整理改編

木心說：

我是一個人身上存在了三個人，一個是音樂家，一個是作家，還有一個是畫家，後來畫家和作家合謀把這個音樂家殺了。

其實，木心並未死心，私底下一直嘗試作曲，身後留下了多達五十六頁的遺譜樂稿。

木心遺樂，用簡譜記錄。簡譜、五線譜、工尺譜、減字譜等等，是記錄音樂的不同符號工具。「簡譜」，全稱「數字簡譜」，一六六五年，法國天主教「芳濟各」修士蘇埃蒂最先發明，七十年後，盧梭再度提倡，經法國樂家、文士整理完善，一八八二年，自美國傳入日本，一六〇四年由音樂學家沈心工自日本引入中國，一時廣泛使用。簡譜和五線譜，都是成熟的記譜方式，都可定量記錄樂曲音高、節奏。當年李煥之為學習管弦樂隊配器手法，曾經用他熟悉的簡譜，翻譯了一時尚未熟練掌握的五線譜貝多芬《第六（田園）交響曲》，如此借鑒西洋交響樂，創作了管弦樂名作《春節序曲》。

木心樂稿，可大致分為三類：

一、零星樂思記錄；

二、器樂片段及完整樂章；

三、有詞歌曲。

前兩類樂稿，大多寫在單頁的稿紙或信紙上。第三類歌曲，大多寫在筆記本上，筆跡與前兩類不同。

這裡只說他的器樂創作。

木心器樂創作，特別是他標注表情術語movement（運動）的一些自度曲，大多有西方古典音樂巴洛克、阿拉伯風。

木心五十年代初在浦東教授繪畫、音樂，喜歡非洲舞蹈、印度舞蹈、波斯詩歌。六十年代結識音樂家李夢熊，兩人都非常關注非洲器樂繁雜的複調節奏對位（複合節奏，polyrhythm），以及細密的主調節奏變化，如印度的拉格（Raga）、塔拉（Tala）、中亞木卡姆（muqam法則、規範、曲調），關注繁音促節、律動細密、動而愈出、疾速去往的西方古典音樂巴洛克、阿拉伯風格。

這不是一般獵奇，而是對樂史的深刻認識，對音樂的慧心體悟。

中國音樂和世界音樂，可劃分為「巫樂」、「禮樂」、「宴樂」，和具有藝術和商業二重性的「藝樂」，以及當代的「俗樂」五個時期。

巫樂期的音樂，大多比較簡單，有大音希聲之風。巫樂向禮樂轉變過程中，那種瘋癲癡狂的風格，逐漸被典雅莊重的風格取代，大音希聲之風，依然一以貫之。直到兩漢魏晉南北朝之後，以往在政治前臺的禮樂，才逐漸降格為佐酒進食背景的宴樂，風格也為之一變。

正所謂：

> 牢羞既陳，鐘石俟。
> 饔人進羞，樂侑作。

金敦玉豆，盛交錯。
禦鼓既聲，安以樂。

如此宴樂，樂師不必要額外張揚音樂之外其他意義。作為長夜宴飲佐酒輔食的背景音樂，為了不絕如縷地綿延鳴響，樂師不得不重複迴旋加花變奏原先簡單的單曲體（分節歌）音腔。中國、西洋的中古音樂，由大音希聲之禮樂，一變而為繁音促節、律動細密、動而愈出、疾速去往之宴樂。

正所謂：

六引緩清唱，三調佇繁音。
豈所謂詩之遺耶，抑亦浮豔要眇，繁音促節，悲而助欲者耶！
樂府之妙，全在繁音促節，其來於於，其去徐徐。
繁音激楚，熱耳酸心。

宴樂向藝樂演化過程中，中國以及西洋音樂，體裁形式發生了重大變化。在此演化過程中，由歌舞樂一體的巫樂、禮樂，分化出相對獨立之以器樂（sonata）、聲樂（cantata）為主的宴樂、藝樂。

世界音樂史上，中世紀大量出現一些沒有文辭的器樂作品，「純音樂」（absolute music）大行於世。中國古琴音樂中由琴歌脫胎而來的標題性琴曲調引、操弄，歐洲鋼琴作品中由歌曲伴奏脫胎而來的無詞歌，由歌劇樂隊伴奏獨立而成的前奏曲，都是巫樂、禮樂演變為宴樂、藝樂歷程的化石。

這個時期，中國和西洋，不約而同簡化了多種樣態的古代調式，而側重速度、節奏的變化。

中國的宮、商、角、徵、羽以及名目繁多的諸宮調，逐漸簡化為楚調—側調，歡音—苦音，西皮—二黃等基本歌腔，由吟詠各種調式、旋律為基本手法的單曲體分節歌，衍變為以速度、節奏為基本因子之解—豔—趨—亂、散—慢—中—快—散的相和歌、大曲，形成了加花變奏歡音—苦音、西皮—二黃等基本音腔的板腔體。中國板腔體的戲曲音樂，以歡音—苦音、西皮—二黃為基本音腔，做導板、慢板、原板、垛板、散板、搖板、回龍等速度、節奏變化。

西洋的伊奧尼亞（Ionian）、多利亞（Dorian）、弗裡幾亞（Phrygian）、利第亞（Lydian）、混合利第亞（Mixolydian）、愛奧利亞（Aeolian）、洛克里亞（Locrian）等調式，被統一為「明亮的大調」-「陰鬱的小調」之大小調體系，由吟詠各種調式、旋律為基本手法的分節歌，衍變為以功能性動態和聲為基礎，做速度、節奏變化之各種器樂、聲樂。

中外樂師如同波斯細密畫畫師，不斷變換各種手法，重複、模仿、追逐、加花、變奏、迴旋、呈示、展開、再現巫樂禮樂歌調。由「朱生善琵琶」的相和歌衍生出「嘈嘈切切錯雜彈，大珠小珠落玉盤」的琵琶器樂，由中國框格（老六板、倒八板）、印度拉格、塔拉、中亞木卡姆等等，衍生出單曲體、聯曲體、二部曲、三部曲、組曲、套曲、迴旋曲、變奏曲、奏鳴曲、協奏曲、清唱劇，以及序曲、卡農、賦格，還有以四至八小節的固定低音為基礎進行連續變奏的「帕薩卡利亞」（Passacaglia）、在固定的主題或一連串固定的和聲進行之上作多次變奏的「恰空」（又譯「夏空」，法文chaconne，義大利文ciaccona）、自由即興變奏之炫技性的「托卡塔」（Toccata）、像被毒蛇咬了之後不停跳舞以發散蛇毒的「塔蘭泰拉」（tarantella）、不停快速運動中間沒有休止的「無窮動」（perpetuum mobile）等等曲式、曲體。木心所謂：「老巴赫，音樂建築的大工程師」正是此意。

木心曾說：

文字不要去模仿音樂，文字至多是快跑、慢跑、縱跳、緩步、凝止，音樂是飛翔的。但音樂沒有兩隻腳，停不下來，一停就死。

蘇丹的音樂，是有件東西在不停地響著的意思。

如同中國古典樂賦鋪陳之「其來於於，其去徐徐」的中古宴樂，西方巴洛克古典音樂，以及後來的阿拉伯風格曲，正是由奧斯曼帝國之土耳其宮殿中，長夜宴飲佐酒輔食之逝者如斯不絕如縷一類的宴饗音樂中脫穎而出。今日的饒舌（rap）歌手，之所以可以用莫扎特《土耳其進行曲》伴奏，完全是同步於其阿拉伯風格之繁音促節的細密律動。

「巴洛克」（baroque），這個詞最早來源於葡萄牙語barroco，意為「不圓的珍珠」，最初特指形狀怪異的珍珠。而在義大利語barroco中，則有「奇特，古怪，變形」之義。法語baroque是形容詞，有「俗麗凌亂」之意。此一類藝術作品，追求不規則形式，極力強調運動。巴洛克音樂，節奏強烈，律動細密，旋律精緻，而且持續不斷。變化與運動，是巴洛克藝術靈魂。就音樂而言，所謂巴洛克，起初是指在通奏低音（basso cotinuo）之上加花變奏之器樂曲風格。

「阿拉伯風格」（Arabesque），特指「渦卷線狀圖案」，或「阿拉伯風格的圖案」，從這種彎彎繞繞的圖案，引申出的樂曲形式，同樣也被稱為Arabesque。德語Arabeske，則被譯為「花紋」。阿拉伯風格，原來是指古代西班牙宮廷、古堡、寺院和義大利城市建築中帶有阿拉伯風格的裝飾性花紋。阿拉伯風格的音樂，花樣繁多，節奏明快。

如木心所說「不能停，一停就死」，得「不停地響著」的巴洛克、阿拉伯風的宴樂、藝樂，特別在意樂師的玩意兒，特別在意樂曲的加花變奏。

木心樂譜遺稿中，夾了一頁文字，是有關於此的隨感：

> 餘論其節奏，在二十世紀三四十年代之前，從古代在各類裝飾藝（術）上，「花」的形象是放之各民族皆準的經典圖案，倒是太古時代的初民藝術，是樸素抽象派。究竟是有意有志地不屑模仿自然現成對象，還是當時人中的非正式的藝術家尚未發現花卉之適宜於裝飾？兩者必居其一，幾千年後人類的審美觀念，既在精煉撥擢，又在疲乏墮落。

這則夾在木心樂譜遺稿中唯一的一頁文字，似乎是為後來可能研究這些樂譜的人專門準備。正如木心所說，「花卉之適宜於裝飾」乃是「藝術」的「經典圖案」。以此為准，繁音促節、律動細密、動而愈出、疾速去往之加花變奏的玩意兒，是宴樂乃至藝樂長足發展的驅動引擎。

巴洛克風之古典音樂代表人物亨德爾、維瓦爾第、巴赫、莫扎特，「精煉撥擢」這個驅動引擎，以其天才作品，把宴樂昇華為藝樂。受此影響，在德奧等地還產生了器樂化的聲樂流派。亨德爾《哈利路亞》，是其典型。當代「國王合唱團」（The King's Singers）演唱的巴洛克古典名曲、「斯溫格歌手」（Swingle Singers）演唱的人聲《野蜂飛舞》等等，器樂化聲樂技術業已登峰造極。老鑼的《忐忑》，之所以轟動，也和他借鑒德奧器樂化聲樂手法有關。

文革中，革命樣板戲《智取威虎山》選曲，緊拉慢唱的《打虎上山》之所以風靡，改革開放初期，節奏歡快的銅管樂曲《北京喜訊到邊寨》之所以頻繁演奏，一個重要原因，也是其音樂風格之繁音促節、律動細密、動而愈出、疾速去往。與此同時，某些知名作曲家的作品，依舊沉迷於玩音響而輕律動，雖不能如木心斷言這就是「疲乏墮落」，但遭受冷遇卻是不爭事實。

木心有關於此的言說，準確把握了由宴樂向藝樂演化的關鍵樞紐，明證了他在美術天賦文學天賦之外的音樂天賦。木心以「文體」論說言語之文學，以「形上」論說繪畫之美術，以「飛翔」論說律動之音樂，皆中其鵠的。

以往的中西音樂史研究，一直側重調式、調性、旋律、和聲。特別是近現代音樂史研究，又陷於「調性、無調性、泛調性、半音化、十二音體系、無節奏、泛節奏」等等概念泥潭，嚴重誤導了作曲技術發展。

與隴菲心有戚戚焉，木心有關「節奏」的論說，言一般音樂學家所未言，一反以往中西音樂史研究常規，著重律動之音樂的速度、節奏，畫龍點睛，道破天機，提要鉤玄，發人深思，開音樂史學新法門。

儘管木心未能掌握和聲、對位、複調、配器等現代專業作曲技術，難以駕馭大型音樂結構，但他鋼琴奏鳴曲一類器樂自度曲創作嘗試，遠非一般業餘愛樂者能夠涉足。

李夢熊早有把東方旋律、非洲節奏和西方交響融為一爐的宏大計畫，曾嘗試創作歌劇《鳩摩羅什》。這部歌劇，有龜茲（姑師，今新疆庫車）、姑臧（涼州，今甘肅武威）、長安（今陝西西安）等西北邊地的人文背景。李夢熊的學生武克說，他曾親眼見過這部歌劇手稿。據曹立偉回憶，木心曾說，李夢熊早就不寫了。他封筆時把自己的手稿都交給了木心，說「現在不是藝術的時代」。木心則說：「任何時代都不是藝術的時代，但我還是要寫。」不知當年留給木心的那批手稿中是否有此歌劇樂譜，如果有，相信木心一定會玩味揣摩，珍重再三。即便沒有，李夢熊對西北的魂牽夢繞，想來也會給木心留下深刻印象。

李夢熊強悍豪放，木心柔弱空靈。李夢熊崇尚規模，鐘意於史詩風的大型歌劇，木心路數不同，從來施展於咫尺寸箋袖裡乾坤。李夢熊是武舉人豪爽如河北吹歌，木心是文秀才運思如江南絲竹。依李夢熊性格，忍不住向癡情音樂的老友炫耀自己新作，應在情理之中。對音樂有如此敏感體悟的木心，對此不可能毫不動心，不受激發。但以木心的孤傲和美學偏好，具體到作曲，很可能對李並不認同。他曾說過蕭邦並不認同貝多芬，也曾質疑：「《第五（命運）交響樂》首句，是音樂嗎？」又說德拉克羅瓦很愛蕭邦，但蕭邦從來不肯發表他對德拉克羅瓦繪畫的意見，因德拉克羅瓦也是豪放狂飆型，與蕭邦的靈虛細膩，並非同類。木心與李夢熊，有如此式傳琴瑟、相酬典墳的因緣際會，又有如此才性品味、美學風格的巨大差異，二人之於音樂創作，各執其一端，有極強張力。

聆聽青年鋼琴家、作曲家高平根據木心自度曲遺譜，整理改編而成的一批木心樂曲，出乎意料的是，高平名為《敘事曲》的音調，有東方旋律之西北「苦音」風格。它的顯著特徵，是「宮離而少，徵商亂而加暴」，「宮（1、do）不在（離開了）調式主音位置而且較少使用，徵（5、sol）商（2、re）則亂雜暴用」。

《敘事曲》原譜如下：

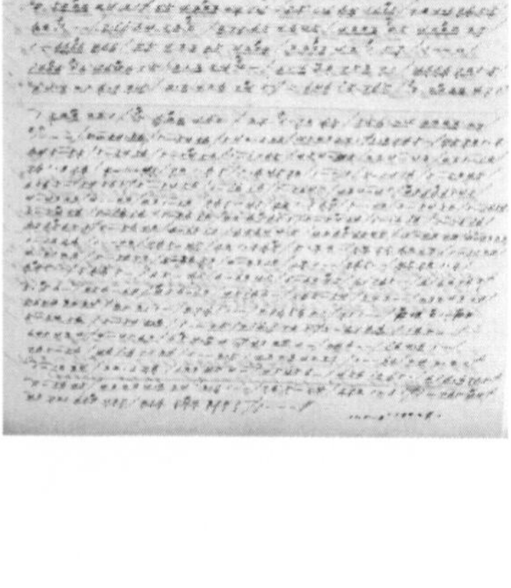

此曲大致可分為相當於西洋鋼琴奏鳴曲的主部、副部、展開部、再現部四段。

開始相當於奏鳴曲主部。

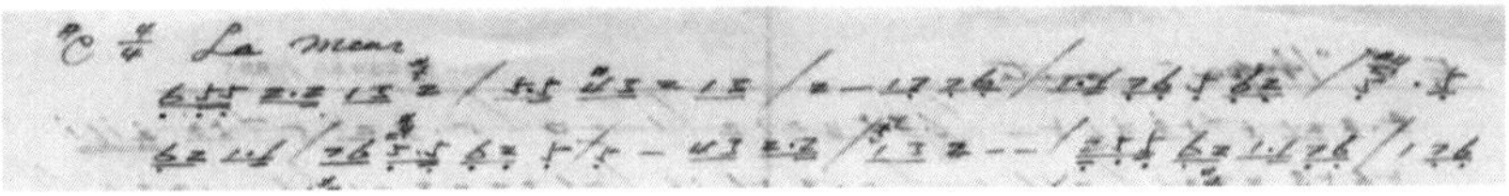

為了彰顯主部主題之西北「苦音」意緒，木心有意選用了七個升號的沉鬱調性。這個調性適合鋼琴，不方便管弦樂器演奏。

樂譜開始的表情術語La mear似是法文，但遍查各種法文詞典均無，倒是英文的Lament與其相近。Lament是蘇格蘭高地氏族葬禮上風笛吹奏的音樂，指稱悲痛的哀歌、挽歌，正切合西北風格之酸心「苦音」。

陳丹青回憶：「我從未聽木心談過西北，他似乎不瞭解，也不注意西北，除了唐詩中的那個西北。」

唐人柳中庸《聽箏》詩有言：

> 抽弦促柱聽秦箏，無限秦人悲怨聲。

木心《敘事曲》中的「苦音」，確有唐詩吟詠之地道的西北風韻。

「苦音」不是泛稱，而是特指。「苦音」歷史悠遠，文脈尚存。

《列子・湯問》載：

> 昔韓娥東之齊，匱糧。過雍門，鬻歌假食。既去而餘音繞梁欐，三日不絕。左右以其人弗去。過逆旅，逆旅人辱之。韓娥因曼聲哀哭，一里老幼悲愁，垂涕相對，三日不食。遽而追之。娥還。復為曼聲長歌，一里老幼喜躍抃舞，弗能自禁，忘向之悲也。乃厚賂發之。故雍門之人至今善歌哭，仿娥之遺聲。

劉昞《敦煌實錄》說：

> 索成，一作索丞，字伯夷。北魏人，箏技高超，尤能傳神。「悲歌能使喜者墮

淚，改調易謳能使戚者起舞。時人號曰雍門調」。

索丞「悲歌能使喜者墮淚」者，正如韓娥「曼聲哀哭，一裡老幼悲愁，垂涕相對，三日不食」；索丞「能使戚者起舞」者，恰似韓娥「曼聲長歌，一裡老幼喜躍抃舞，弗能自禁，忘向之悲也」；此雍門調之長歌與哀哭的轉換，有唐人柳中庸《聽箏》詩所說「抽弦促柱」一類楚調、側調的音律變化，正是《敦煌實錄》所謂的「改調易謳」。

此所謂楚調、側調者，于魏晉南北朝時期，因有河西隴右人士如北魏敦煌索丞之輩的傳承，遂由楚漢之樂演變成為西秦之聲。

「西秦」，指秦地之西，甘肅、隴東之地。今秦地之西的隴東道情、蘭州鼓子、涼州賢孝都有「歡音」（花音）、「苦音」（傷音）之說，原稱西秦腔、甘肅調、隴東調之秦腔亦然，陝西眉戶也有類似的「軟月」、「硬月」之說，川劇則有「甜平」、「苦平」之說，粵劇則有「平喉」、「苦喉」之說。這些，包括南音、潮樂之「秦箏」的「清重三六」，以及古琴音樂「緊二、五弦」等等，都是改調易謳的喜悲音調轉換。

西秦腔之「歡音」，正是「能使戚者起舞」之「楚調」的遺聲；西秦腔之「苦音」，正是「能使喜者墮淚」之「側調」的遺聲。唐人王建《宮詞》有言：「小管丁寧側調愁。」河西隴右樂人稱「側調」為「苦音」，將其悲愁內涵揭示無遺。

索丞所善之保守「楚調-側調」長歌與哀哭轉換特色之抽弦促柱、改調易謳的「歡音、苦音」，對全國許多地方戲種、樂種產生了深遠影響，也是日後與雅部昆腔爭強鬥勝之花部皮黃腔京劇始祖。

西秦之地的樂師，把西秦腔的音曲稱之為「皮兒」，把戲詞稱之為「瓤兒」，所謂「西皮」，即

苦音、歡音轉換之秦腔曲牌《跳門檻》

「西秦皮兒」。

毗鄰西秦之地的陝南漢中，古有「一清二黃三月調，梆子跟上胡吵鬧」之說。板腔體的二黃，原是「秦聲吹腔古調新聲」，和軟月—硬月之陝西眉戶同屬隴東調、甘肅調的西秦腔。二黃，原先流行於漢中之地，稱為漢調。後來傳播到安徽，又稱徽調。

清乾隆年間，西秦腔大師魏長生、二黃調大師高朗亭進京獻藝，西皮、二黃風靡京師，奠定了花部皮黃腔之京劇基礎。

和西洋音樂把「明亮的大調」和「陰暗的小調」統一為中性的「大小調體系」類似，中國京劇中的「西皮」和「二黃」，也把改調易謳喜悲轉換的「歡音」、「苦音」中性化了。于明亮陰暗兩極之間，於歡喜悲傷兩級之間，如此中性化的「大小調體系」和「西皮-二黃」，沒有特化（specialization）之弊，而有兼功之善，沒有非此即彼的刻板，更適合表

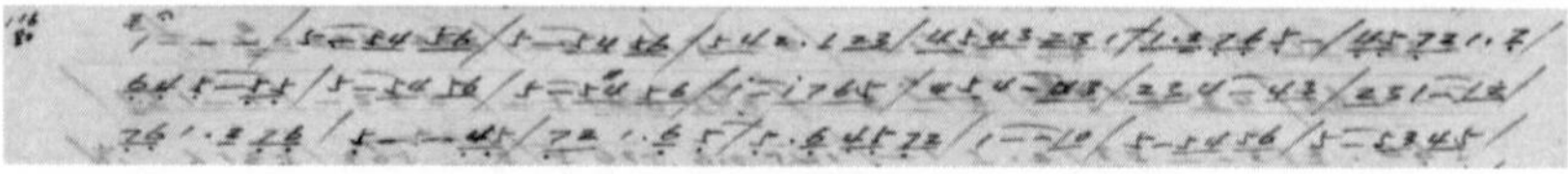

圖一

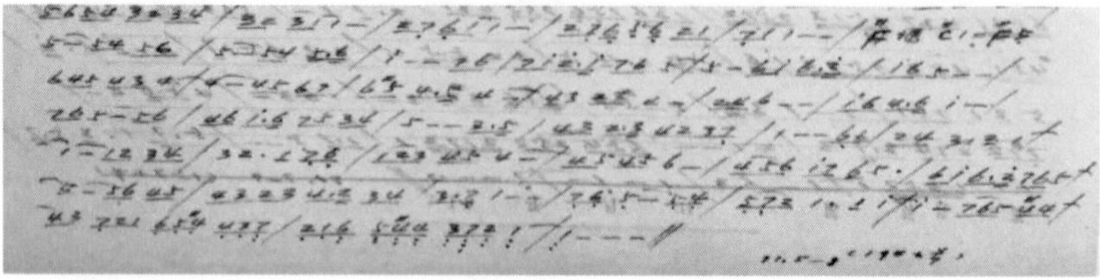

圖二

現各種層次豐富、光譜連續、無極變焦的情調意緒。

《敘事曲》採用「苦音」音調，雖然未必就是實寫西北地方，但已然彰顯濃重的西北風情。江淹《別賦》有言：「別雖一緒，事乃萬族。」例此可說：「事雖萬族，苦同一緒。」木心《敘事曲》的「苦音」，業已抽形抽象，是形上化的「苦音」，其哀感頑豔，不分地域種性。與北人徐振民《變奏曲》樸拙率直的「苦音」不同，南人木心《敘事曲》的「苦音」則委婉幽深，即便是憤懣，也十分內斂。設想李夢熊來寫，一定是雷霆萬鈞做獅子吼。

相當於奏鳴曲副部呈示的，是一個新的「苦音」主題。（如圖一）

展開部之後，末尾，是副部主題的再現發展。（如圖二）

木心原譜副部主題再現，由#C調，轉到#F調，前調1（do）＝後調5（sol）。如此，前後音調驟然提高了一個八度，如果適當放慢速度，音樂會更加悲愴憤懣，西北風格的酸心「苦音」，會更加撼動人心。

依木心原譜，撫節而歌，行雲幾斷之悲愴憤懣的副部主題再現未久，便欲語還休，若斷若續，幾乎泣不成聲。結尾，音區逐漸下沉，衰微沒滅，餘響漸行漸遠。正所謂「歌響未終，余景就畢，滿堂變容，迴遑如失」。

比較改編譜和原譜，高平之理解似乎與木心之構想不盡相同。作曲家常常感慨，比起美術家完成的繪畫雕塑，樂譜不過是未完成的毛坯，非經歌唱、演奏，不能被人聆聽欣賞。然而正因如此，給表演藝術家以及整理改編者，預留了音樂二度創作的廣闊空間。木心遺譜，樂思有韻有品，素顏示人，尚未著色敷彩。無論是人聲演唱，或是樂器演奏，都會因聲部、樂器、音區高度、速度分寸的不同，賦染各種不同的音色韻味。另外，單聲部旋律，又因和聲配置、複調處理、織體編排、樂隊配器的不同，產生更為多樣的風格特色。

音樂二度創作，有時會使同一歌腔，有根本性質差異。原先歡快跳躍的晉西北民歌《芝麻油》：「芝麻油，白菜心，要吃豆角抽筋筋，三天不見想死個人，呼兒咳吆，哎呀我的三哥哥」，後來被作曲家安波等人填上了新詞：「騎白馬，挎洋槍，三哥哥吃了八路軍的糧，有心回家看姑娘，呼兒咳吆，打日本我顧不上……」此後，又被陝北民歌手李有源再度新填歌詞成為《東方紅》，經劉熾等作曲家整理改編，音區有所提高，速度大幅放寬，最終成為管弦樂隊伴奏的四部合唱頌歌。

音樂二度創作，既可以體會原創者初衷，盡可能切合作曲家本意，也可以把原作當成可資利用的素材，另起爐灶，花樣翻新。理解、詮釋木心形上化的西北「苦音」，是一個難題。不要說比木心晚生近半個世紀的高平，即便是木心同一時代其他作曲家，也只能明知不可為而為之，或做冒險的嘗試，或樹自己的新幟。

高平如此處理開始的主部主題：

調性：由#C，改為C，方便了大提琴演奏，但過於明亮，少了沉鬱色調。

將原譜上的表情術語「La mear」，理解為「Largo（寬廣、沉穩）」的筆誤。如此音樂處理，偏離了西北戲曲「苦音」酸心之韻，違失了Lament哀歌、挽歌基調。

尤為遺憾的是，空中起步之第一小節至第七小節的一整段主部主題，被分劃為鋼琴的起始，和大提琴的應答，割裂了此主部主題的完整樂思。

中國「空中起步」、「切終成曲」的古典音樂，無端而來，無端而去，來無影，去無蹤，有胡蘭成所謂「幾於沒有起訖，而能聲意俱收盡」之「空之行」、「神之行」的品格，此乃中國藝術、中國音樂賦比興之興的根性。

如此，《敘事曲》開頭的主部主題，應以空中起步一以貫之為好，不宜處理為鋼琴、大提琴的前後呼應。

高平把原先位於第163小節，展開部之後，副部主題再現的轉調大幅度提前，移至第40小節副部主題首次呈示的位置。把#C到#F的調性直接轉換，改為由C大調，通過經過句，轉到C大調上方大三度的E大調，主題由鋼琴在中高音區演奏，大提琴分解和絃撥奏陪襯。如此處理，就技術而言，更加現代。音樂的表現力，的確如其所想，明亮、輕盈，但少了憤懣、悲愴。

此後副部主題的發展，高平的改編異彩紛呈。調性由E而G，再由G轉回C，全曲調性佈局，是C大調的主三和弦——C、E、G、C，手法類似柴可夫斯基《第六（悲愴）交響曲》第一樂章展開部。此《敘事曲》之展開

部，繁音促節，水流風動，織體豐富，技炫彩華，意緒多端，一波三折，大有木心心儀之西洋古典音樂巴洛克、阿拉伯風。

最為成功感人的是結尾。此曲樂運至此，幾近「今日春來，明朝花謝」，「想秦宮漢闕，都做了衰草牛羊野」，「碑表蕪滅，邱樹荒毀，狐兔成穴，童牧哀歌」之境。

從木心眾多自度曲遺譜中，特別遴選出此曲，並名之為《敘事曲》，顯示了高平的聽耳慧心。

木心一生坎坷，遭遇諸多磨難。一九六八年至一九七五年之間，他在上海美術模型廠被管制勞改，每天掏陰溝，掃馬路，還要把廁所的四個屎尿馬桶，搬出去倒掉清洗乾淨。木心時時小心翼翼，總是低頭遮顏，貼牆根走路，就這樣還是免不了經常遭人無緣無故打罵，甚至用鞭子抽。

當年不幸之木心，晚年天幸連連。有陳向宏慧眼識人，恭請他榮歸故里；有陳丹青禮拜師尊，虔誠恭執弟子禮；他身前未曾面世的樂稿，如今又由才氣縱橫的年輕音樂家高平整理改編，真是人逢知己，樂遇知音。

如今，木心遺樂，奏鳴於世，聞者心伏，聽者動情。音樂家木心，終於在他身後復活。

二〇一六年九月十二日京東燕郊起草
二〇一六年十月三日京東燕郊初稿
二〇一六年十月十日蘭州雁灘二稿
二〇一六年十一月十二日京東燕郊三稿
二〇一六年十二月十九日京東燕郊四稿
二〇一六年十二月廿一日桐鄉烏鎮發言
二〇一六年十二月廿七日京東燕郊五稿
二〇一七年三月廿七日京東燕郊六稿
二〇一七年四月一日京東燕郊定稿
北京《人民音樂》二〇一七年第二期

熱讀木心——微型文藝復興

自木心晚年在美國、中國發表著作，直至他仙逝後陳丹青筆錄之《文學回憶錄》問世，廣西師範大學出版社《溫故：木心紀念專號》刊行，《新週刊．木心專輯》熱售，加之臺灣印刻一套十三冊木心全集以「素雅書盒」、「專屬紙箱」包裝集合出版，木心持續發熱，迄今不止，漸有炙手之勢。

毋庸諱言，讀者之於木心，大多難以望其項背，但希聖齊賢拳拳服膺之心已明，日知其所無月無忘其所能之志已現，且有延伸閱讀拓展思域切磋商榷推敲析疑之舉。

木心遭遇雙重困難。出世不易，解讀更不易。木心淵遠究極，思深文豔，曲感人心，辭動人情，然又難讀難懂，難解難分。《文學回憶錄》發表，打開了通往木心世界的方便法門。

熱讀木心，熱評木心，已有文藝復興之象，更準確地說，已是一場微型文藝復興。

正如胡蘭成所說：

> 志士知性的因緣就如春風的因緣，一吹動就能使人感受迴響不絕的時代之心，衝擊歷史的波浪，四向蔓延。（《建國新書》）

當今世界，生活節奏日益緊迫，人們早已厭煩不斷加速度的「速食」時代，而憶念那個「悠閒凝視上帝視窗」的緩慢的過去。（米蘭．昆德拉《緩慢》）木心「殆天授，非人力」之小詩《從前慢》，思舒意遠，妙得從容，曼聲緩引，敻絕雋永，切中時弊，符契人心，一經發表，立即獲無量數轉帖轉載。《從前慢》，含蓄道盡了米蘭・昆德拉《緩慢》那部長篇小說主旨。《從前慢》，已成當代漢語詩歌經典，二〇一三年三月廿一日「世界詩歌日」，被許多讀者看做「心中最美的詩歌」。須知，《從前慢》於木心並非孤篇。木心文學成就，已無須多言。然木心貢獻，不僅在文學。

木心貢獻，不僅在文學，尤其在拯救漢語、漢字。

木心曾說：

近代人筆下沒有古人光彩。

中華，古者詩之大國，誥謨、詔策、奏章、簡劄、契約、判款、酒令、謎語、醫訣、藥方，莫不孜孜詞藻韻節，婺婦善哭，獄卒能吟，旗亭粉壁，青樓紅箋，皆揮抉風雲，咳唾珠玉——猗歟偉歟，盛世難再，神州大地已不知詩為何物矣。

一個多世紀，白話文時興。半個多世紀，新華體專橫。當今大陸，只要開口說話，只要提筆屬文，幾乎無一倖免，近三十餘年，文藝腔頗為風行，又有網絡語彙時髦，這些，可統稱之為新八股、黨八股。

新華體的新八股、黨八股，是民國體新八股、黨八股的再演繹。

張愛玲對民國新八股、黨八股早有反感，《異鄉記》中，可見其心跡。人常稱頌「通俗」，木心卻「嫉俗如仇」。民國新八股、黨八股之俗，在他這裡不通。木心《塔下讀書處》中拜訪茅盾先生的對話，鮮明了他的態度。

對當下新八股、黨八股，木心也曾有例示：

首先，我認為，我們認為，相當，主觀上，客觀上，片面，在一定的條件下，現實意義，歷史意義，不良影響，必須指出，消極的，積極地，實質上，原則上，基本上，眾所周知，反映了，揭露了，提供了，可以考慮，情況嚴重，問題不大，保證，徹底，全面，科學的，此致敬禮。（《文學回憶錄》）

陳丹青發揮木心例示，其《眾所周知》集其大成極盡諷刺。

當今中國大陸，新八股、黨八股愈發等而下之，諸如：一個中心、兩個基本點、三個主要方面、四個必須兼顧、一是要、二是要、三是要、高舉、堅持、維穩、唱紅、掃黃、打黑、出臺、招呼、吹風、盤子、平臺、工程、搭台、唱戲、操作、打造、夯實、擺平、願景、藍圖、夢想、靚麗、燦爛、輝煌、實現好、落實好、維護好、更紮實、更充分、更廣泛、最關心、最直接、最現實、協調關係、彙聚力量、建言獻策、迎難而上、穩中求進、開拓創興、團結統一、服務大局、紀律嚴明、身體力行、第一時間、率先垂範、嚴肅法紀、下不為例，等等無風致、無內涵的文字，每天充斥國人耳目，污染所有人心靈。如此照搬、複製、繁衍，真是套話成套，廢話益廢，空話更空。漢語遭劫，漢字遇難至此極端，似乎已無藥可醫。

木心曾說：

脫盡八股，才能回到漢文化。回到漢文化，才能現代化。

與絕大多數大陸文人迥然不同，木心從新八股、黨八股的泥沼中，一個字一個字地救出了自己，也一個字一個字地救出了漢語，延綿了華夏文脈，洞開了世界視野。

木心貢獻，不僅在文學，尤其在與世界交淺言深的微言大義。

木心文字，中西文脈皆通。木心唯美，是修辭甄辭高手。他是文章「武功上的莫扎特」，其一招一式，皆有出處，又變幻莫測，法無定法。

木心像鷹一樣，俯瞰塵世，似不近人情，其實與這個齷齪時代交淺而言深。在這個時代，木心從未缺席，木心時時在場。木心退後幾步，沮喪絕望，似不仁無親，其實對當下殘酷現實冷眼而熱心。

拜倫《曼弗雷德》有言：

> 獅子是孤獨的，我就是獅子！
>
> 我的道路，我自己最清楚，不需要嚮導。
>
> 從年輕的時候起，我的精神就不與凡人們的靈魂一起漫遊，也不用凡人的眼光來觀察這個世界。凡人的野心勃勃的欲望，我不具備，凡人為之生存的目的，我不具備。
>
> 我知道，我知道自己的命數將盡，但是決不把靈魂交給你這種東西。滾開！我要像我活過的那樣去死。——獨來獨往。

拜倫《該隱》有言：

> 我鄙視一切向上帝屈服的東西。
>
> 假如這幸福中摻雜了奴性，那我寧肯不要這幸福。
>
> 決不尋求任何只有下跪才能獲得的獎賞。
>
> 只要在反抗的時候把持住你自己，沒有任何東西可以毀滅這顆堅定的心。

那致命的果子，卻也給了你們一份好禮物，那就是你們的知性。不要讓它屈服於暴虐的威脅，而盲目地去信仰，違背一切外部的知覺和內心的情感，要思想，要忍耐——在你自己的心中，築起一個內在的世界，不受外來力量的支配。這樣你就更加接近靈性，你自己的鬥爭就可以獲得勝利。

拜倫《曼弗雷德》曾說：

我就是不向你們下跪。

木心也說：

他們要我毀滅，我不！

木心是「儒雅版的拜倫」，他以柔克剛，以美弭惡，「以不死殉道」，「在自己身上，克服這個時代」。

木心之智，沮喪於宇宙荒謬。木心之心，唯美於漢語幽韻。唯美而沮喪，是木心標識。於其所謂的荒謬宇宙中，木心曇花一現。於其所在的齷齪時代裡，木心出淤泥而不染。

木心的特立獨行，有其一以貫之的綱領。木心的自尊，有其內在的制約。木心無雙，木心有一。無雙是不黨，是不服從外在的紀律。有一，是自尊，是近乎潔癖的自律與制約。木心之特立獨行，如佛教高僧般守戒，如聖徒般一絲不苟。

美學，是我的流亡。

雖千萬人我寫矣！

「不以物喜，不以己悲。」（范仲淹《嶽陽樓記》）木心筆鋒婉轉，側寫另類《史記》。

「人莫不逸，我獨不休。」（木心《詩經演・長睽》）「木德在斯。」（木心《詩經演・木德》）他以植物性的戰略，緩慢而執拗地長成了一株枝葉繁茂樹冠巨偉氣根叢密鬱鬱蔥蔥的南國榕樹。

木心貢獻，不僅在文學，尤其在出淤泥而不染的潔品素性。

木心作品，在中國大陸、臺灣，在華人世界，激起陣陣漣漪。木心作品，猶如一股清泉，滋潤久旱的饑渴心靈。敏感青陽的讀者，如沐三月春風。凡敬愛木心的讀者，扈擁木心自有一份虔誠。讀者之所以扈擁木心，是因為在木心身上，幾近絕望的眼神，突然發見，另一種可能真的就在自己身邊。

木心夫子自道：

難得一位渺小的偉人，在骯髒的世界上，乾淨地活了幾十年。

木心夫子自道：

我是垮不掉的一代。

乾淨的木心之所以「垮不掉」，是因為他曾見另一種可能。

木心論及林風眠時曾說：

在紅旗成陣，鑼鼓喧天，處處高呼萬歲，滿目軍裝藍布人民裝的中國大陸，我見到林先生，就等於證明除了紅旗鑼鼓軍裝人民裝，還有別的可能的「現實」存在。（《雙重悲悼》）

我輩見到木心先生，也見證了別的可能。木心之於當代中國大陸，「是一面鏡子，照出自己的淺薄和無知」。木心之於當代中國大陸，乃是「精神高度的證明」（楊燕迪語）。

木心貢獻，不僅在文學，尤其在遠水徐來德風微熏的深遠影響。

木心曾說：

中華不見風度才調久矣！

出乎意料：當此中華無華、文明無明之際，民間竟有如此之多虔誠閱讀木心的草根讀者，儘管所占人口比例甚微。

時人常說：「人心不古。」然有如此之說，其實明證德風美韻還在。

時人常說：「人心壞了。」然有如此之說，其實明證良知良能尚存。

時人常說：「世事骯髒。」然有如此之說，其實明證天國淨土未染。

時人常說：「世道黑暗。」然有如此之說，其實明證航塔明燈不滅。

人生之初，本無善惡。人在江湖，「出見紛華盛麗而說，入聞夫子之道而樂，二者心戰，未能自決」（《史記・禮書》子夏語）。人性的邪惡，是有物競天擇自私利己的基底。憤世的批評，是有保種護群同類利他民胞物與惻隱之心的基底。因是，「堯舜之時，比屋可封。桀紂之時，比屋可誅」。占人口比例甚微之草根讀者，是因虔誠閱讀木心，欣聞夫子之道，先人一步喚醒自覺其惻隱之心。

儘管秦始皇焚書坑儒，清王朝文字獄酷烈，儘管五四運動飆狂雨急，「文化大革命」殘暴肆虐，超越時空超越自然超越歷史超越社會超越民族超越個人超越年齡超越性別的文象，畢竟已自成世界。

古往今來，聖人所制之文象、文物，今世行之，後世以為楷模；一地創之，天下以為準則。模仿之，複製之，傳播之，交流之，變化之，轉型之，改進之，發展之，以至於粗制之，濫造之，誇張之，極端之，遂成五彩繽紛、光怪陸離之人文世界。

文象、文物，其中有精，其中有神，其精甚真，其神甚明，是謂之文脈。延綿之，持守之，傳存之，繼承之，以化天下，以被四海，以利今人，以蔭子孫，名曰精神，名曰靈魂，名曰信息，名曰資訊，超生死，越時空，和民族，類人群。文明此脈，人類此脈，「指窮於為薪，火傳也，不知其盡也」（《莊子．養生主》）。文明此脈，人類此脈，不絕如縷，道出無已，百川歸海，奔流不息。

只要有軒敞而又聰慧的靈魂，外化之文象其精、文象其神，旋即內化于清明靈秀，旋即注入其心田，成為汩汩流轉、潛湧不息的文脈，文而化之，化而文之，不斷潤澤歷代青年才俊。歷史關頭，一個天才，一本經典，一段戲文唱詞，一番漁樵閒話，幾個素心之人，幾株民間草根，也許就接續了藕斷絲連之文脈，也許就延綿了風雨飄搖之文明。

木心曾說：

> 最後是要看看中國黑暗之後，會不會有東西出來。
>
> 將來一片廢墟以後，播種下去，還是需要水，思想、藝術的水。這水是中國所缺的，需要的。我們是遠水。
>
> 期待時代轉變，不如期待天才。
>
> 從整體上來觀照，中國不再是文化大國，是宿命的，不必怨天尤人。所謂希望，只在於反常、異數。用北京土話講：抽不冷子出了個天才。
>
> 愛默生覺察到美國的文化從社會表面看是荒漠的，街道上沒文化，店鋪中沒文化，娛樂場所更沒文化，然而文化還是在流，在生活的底層流，所以只好稱作「潛流」。

如果有一時期，降生了幾個文學天才，很大很大的，「潛流」冒上來扈擁著「天才」，那成了什麼呢，那便是「文藝復興」，或稱文學的「盛世」，「黃金時代」。

「在自己身上克服這個時代」的木心，於當今中國大陸，是反常，是異數，是偶然，是擾動，也是生機，是起因，是清泉，是遠水。木心「抽不冷子」橫空出世，如果機而會之，因而緣之，此差之毫釐的微末擾動，此初始條件十分微小的變化，經時間空間放大，其未來狀態也許會有宏巨的演變，也許真會失之千里命中起先未曾期望也未曾預料的標的。熱讀木心，熱評木心之「微型文藝復興」，如果機會因緣和合圓滿，也許真會發展成為「中國文藝復興」。

胡蘭成說：

只有英雄能懂得英雄，也只有英雄能懂得凡人。
英雄與一代人皆為知己。
英雄美人都是萬民的親人。

英雄「上與星辰近，下與庶民親」。天才「上結英雄願，下與百姓契」。真的藝術，都更容易被平人賞識。

杜甫有詩：

會當臨絕頂，一覽眾山小。

木心則說：

會當身由己，婉轉入江湖。

木心「婉轉入江湖」，隨波逐流，是有截斷眾流之志。隨波逐流的木心，始終不失蓋天蓋地、截斷眾流一以貫之的綱領。木心人入江湖，身不失已。木心明言：「香港人喜歡說『人在江湖，身不由已』。我說，人在江湖，身可由已。因為到了江湖嘛，這才可以自由。」

木心沮喪於宇宙荒謬，「修辭立其誠」（《周易》）。木心唯美於漢語幽韻，「翫辭得其實」（《周易》）。木心與「唯一的智者」老子通聲氣，木心誓與「只能生在中國，死在中國」的漢字「同存亡」。木心究極溯源，其誠感人。木心言而有文，其行必遠。木心以其品性，以其文章，贏得了眾多虔誠閱讀的草根讀者。

西人有云：

英雄為一，群眾為零。零若無一，值不過零。

反之可說：

英雄為一，草根為零。一後零多，其值大增。

英雄、天才，是所謂一。這一，如若其後無零，不過是一。其後如若有零，且有許許多多的零，這一，便能成百、成千、成萬、成億、成兆。此所謂零，正是華夏神州之文脈潛流，正是中國遍佈山野田疇的草根。扈擁木心的讀者，正是這樣的草根。

草根與草莽不同。草根有根，其根甚固，其根甚深。華夏草根其根，在華學，在黃老，在儒釋道。草莽則莽，粗鄙愚魯，急功近利。草莽其莽，無華學之知，無黃老之志，無儒釋道之文。草根與草莽不同。草根溫文爾雅，溫習文脈，趨近風雅。草根齊賢希聖，見賢思齊，一心禮聖。草莽「習非而逐迷」，「盲人騎瞎馬，夜半臨深池」，「有槍便是草頭王」，「取彼而代之」，「打土豪分田地」，「打江山坐天下」。草根與草莽，同出田野，兩者差異，猶如天壤。

孟子有言：

君子之德風，小人之德草。草尚其風，必偃。

木心之風，如宋玉《風賦》所言：「生於地，起於青蘋之末。侵淫溪谷，盛怒於土囊之口。緣太山之阿，舞于松柏之下，飄忽淜滂，激颺熛怒。耾耾雷聲，回穴錯迕。」已有「王風」之象。

＊＊＊＊＊＊＊＊＊＊＊＊

此文發表，又經一年。木心之熱，溫度並未減退。

木心曾說：

藝術家是通過朋友的手才把禮物贈給世界的。

如木心所說，他是通過陳丹青、陳向宏等人之手，「才把禮物贈給世界的」。有陳丹青、陳向宏等人誠心、忠心、癡心，得天時、地利、人和。二〇一四年五月廿五日，烏鎮財神灣路一百八十六號，「木心故居紀念館」，木心遺物、影像、詩文、書畫，配以木心雪句（俳句）、金言，呈于世人面前。二〇一五年八月，廣西師範大學出版社，出版《木心談木心》、童明《木心詩選》、李劼《木心論》。烏鎮西柵「木心美術館」，也將於十一月十五日開館。

最近，欣聞木心同鄉人夏春錦者，集纂《愛木心》一冊。披覽一過，有春陽暖暖，春雷振振，春風習習，春雨淅淅，春苗離離，春日熙熙之感。承蒙春錦君囑書其序，且慨允以此文代之。故此，再續前言，引申其旨。

木心《詩經演》，末篇《其蘇》開頭說：

始作俑者，樂其無後。

這話，比《詩經演‧無侶》還狠。《無侶》不過是說「大哲無侶」，天才沒有朋友。「樂其無後」，則是希望甚至樂得沒有繼承人，以免狗尾續貂。木心由「求其友聲」，經「猶求友聲」，終於覺悟，而「不求友聲」。（《詩經演‧子湑》）

這是木心超絕、自度的一面。木心還有悲憫、度人的一面。《其蘇》結尾說：

徯我後兮，後來其蘇。

「徯」是「等待」的意思。「蘇」有「蘇生」之義。木心期望中國乃至世界文明在其身後鳳凰涅槃，死而復生。

先生《詩經演‧子好》有言：

獨善匪獨。

「獨」，不是「獨善」的鵠的。

木心「樂我無家」，「樂我無室」，但卻「無家無室，樂我有子」。（《詩經演‧萇楚》）

《鶡冠子》有言：

欲喻至德之美者，其慮不與俗同。

李贄《史綱評要》說：

論至德者不和于俗，成大功者不謀於眾。

孤獨者，確是在信源之中從事前無古人後無來者的創造，然在信道、信宿之中，必有江河共鳴天地和聲的回應。

孔子有言：

德不孤，必有鄰。

真孤獨者，其於信道、信宿之中，必得俗和，必有眾謀。真孤獨者，始發其端，假以時日，必成古典。

太極生動，動者陽也；動極生靜，靜者陰也。陽陰往復，乾坤周旋；太極無極，首尾團圓。

「獨善匪獨」，乃孤獨之無極太極，其往復循環將永無止息而不可勝言。

二〇一五年六月十日京東燕郊初稿

二〇一五年九月九日京東燕郊校訂

《溫故：木心逝世兩周年紀念專號》，廣西師範大學出版社；二〇一四年二月第一版

《愛木心——〈梧桐影〉特輯》第1-10頁，《山東畫報》出版社二〇一五年十一月第一版

木心《文學回憶錄》之《反響拾零》——結束語

為見證歷史，自二〇一二年十二月，木心《文學回憶錄》發行，隴菲開始輯錄網上相關反響，有風必采，有聞必錄，不分褒貶，不問是非，略去單純引錄木心言說及單純轉載他人帖子的海量文字，題為「拾零」。截止今日，已得《反響拾零》一百零八輯，約一百二十八萬餘字（未刊）。如此熱讀，如此反響，是當今「久違的閱讀神話」（劉強語），業已超出隴菲「微型文藝復興」預判。

木心說：

> 《世說新語》，妙在能將嫗語童言也記入。現在資訊發達了，卻做不到。一件事，有人嘲笑，有人讚賞，那就像一回事了，否則太冷清。

木心《文學回憶錄》之《反響拾零》，各色人等褒貶、品評、感喟、慨歎、驚豔、激賞、狐疑、困頓、冷嘲、熱諷，可謂當代《世說新語》，可見眼下世態人心。後世君子讀之，或有會心快意之處，自能平議是非曲直。

木心《文學回憶錄》，是文學盛宴。《反響拾零》所載，是盛宴領受。日有東升西落，月有陰晴圓缺，熱讀木心，也會逐漸降溫。唯有此一段因緣「真實不虛」（《心經》）。

佛說《金剛》，如是我聞：

菩薩於法，應無所住。

法本無住，疾速來去，一百零八輯的《反響拾零》，無所從來，亦無所去。如去如來，如來如去。

當時空中起步，今日切終成曲。

是記。

二〇一三年七月廿八日京東燕郊

附錄一

木心的朋友李夢熊先生

一

蘇軾《與米元章書》之〈二十四〉曾說：「嶺海八年，親友曠絕，亦未嘗關念。獨念吾元章邁往凌雲之氣，清雄絕俗之文，超妙入神之字，何時見之，以洗我積年瘴毒耶！今真見之矣，餘無足言者。」木心出國多年，也是「親友曠絕，亦未嘗關念」。唯獨念念不忘早已冷賢絕交的上海男低音歌唱家李夢熊。

陳丹青筆錄的《文學回憶錄》，木心多處提及李夢熊：

從前我和李夢熊談卡夫卡，其實都沒有讀過他，都是騙騙自己。來美國後只聽港臺文人卡夫卡、卡夫卡，家裡還掛著他的像——我心中覺得情況不妙。一個人被掛在嘴上，總是不妙。（P.852）

（垮掉的一代）以我看，其實是大戰的後遺症，是人性崩潰的普遍現象。是外向的社會性的流氓行為，內向的自我性的流氓行為的併發症，既破壞社會，又殘害自己。主要是文學青年。他們對既成的文明深惡痛絕，新的文明又沒有，廣義上的沒有家教，胡亂反抗。我和李夢熊當時談過這一代，其實不是「垮」，是「頽廢」，是十九世紀的頽廢再頽廢——當時資訊有限，來美國才知道是怎麼回事，而且早過了。（P.999）

「阿克梅派」，音譯，出於希臘文「最高級」，因此也被譯成「高峰派」。說起這一派，「文革」前我和李夢熊的許多話題都是阿克梅派——其中成員很多，今天只講阿赫瑪托娃（Anna Akhmatova, 1889-1966）。「文革」前我們一夜一夜談她的作品，來美國後在電視裡看見她，她的葬禮，是一身希臘白衣——「普希金是俄國文學的太陽，阿赫瑪托娃是俄國文學的月亮。」她是評家，散文家，詩人，一生坎坷。但晚年好。我有句：「人生重晚晴。」她死於1966年，史達林已經過去了，所以她的葬禮才有這等場面。日丹諾夫（Andrei Zhdanov）曾在大會上罵她「修女加蕩婦」，太不像話！鬥得她好苦。她非常堅強，沉著，據理力爭，活到七十七歲。早期詩《黄昏》《念珠》，在青年中轟動一時。她的詩非常柔情，真誠。她也聰明，轉向古典，研究普希金，譯中國的屈原，譯李商隱的《無題》詩。四十年代衛國戰爭，她卻寫了許多愛國詩，戰後有了正面名望，她又退回來，遠離當時的重大主題，寫自己的生活。（P.1059-1060）

明朝的歷史契機，確實存在的。神宗賞識徐光啟，又讓利瑪竇傳佈西方的宗教和科學，如果延為左右手，真正以天下為己任，神聖中華帝國的歷史，整個要重寫。二十年前，我和音樂家李夢熊交遊，他就想寫《從徐光啟到曹雪芹》。我們總在徐家匯一帶散步，吃小館子，大雪紛飛，滿目公共車輪，集散芸芸眾生。這時中國大概只有這麼一個畫家，一個歌唱家在感歎曹雪芹沒當上宰相，退而寫《紅樓夢》。結果他沒寫這篇論文，我也至今沒動筆論曹雪芹，不久二人絕交了。友誼有時候像婚姻，由誤解而親近，以瞭解而分手。（P.435）

木心在紐約，有一段時間住在曹立偉先生家。曹立偉現任中國美術學院教授，當年在美國遊學，是木心文學講座的忠實聽眾之一。據他回憶：

木心與李夢熊的那段來往是「文革」前，二十多年過去，往事的細節，木心記得都很清楚。「文革」前他有個朋友叫李夢熊，丹青筆記裡也提到過的，交往初期，文字往來，李夢熊看了木心書信中的字，琢磨片刻說，你是個宮廷政變老手，每憶及此事，木心都非常得意，快樂的像不諳世事的小孩。

他時而談起幾十年前的舊交李夢熊，他是很在意李夢熊的。那次在我家，木心一時興起，流暢地背出了許多李夢熊的詩，四言五言七言都有，我沒聽懂，但感到好聽極了，記得有幾句是這樣的：「黃河泛濁流，燦若金繡球」，「狂歌過幽燕，所寄已無托」，我覺得濃鬱、強，想讓木心複述一下以便記下來，木心不高興再背，說李夢熊早就不寫了，他封筆時把自己的手稿都交給了木心，說現在不是藝術的時代。木心說：「任何時代都不是藝術的時代，但我還是要寫。」

李夢熊當年逐字解析木心的詩句，幾下子就說破其中典故、血脈和居心，這是木心津津樂道的，說「我也曾一語道破他的文章啊」，然後歎道：「如果他一直寫下來，我第一，他，第二。」

木心詩：「理易昭灼，道且恍惚」，李夢熊解道：「前面是黑格爾，後面是老子。」木心讀了李夢熊《敦煌行》，立刻說：「你這是梵樂希（今譯瓦萊里）《荷蘭之行》的翻版。」

我鄰居中有個上海畫家叫甚孝安，回上海，偶然在朋友家見過李夢熊，我對木心提了，木心說：「哦，他還活著……」

後來文學課中，又提到李夢熊，但和在家裡所談及的又有所不同了。木心也提到丹青可以去見見李夢熊，停了會兒說：「李夢熊的脾氣是很那個的，有時讓人下不了臺的啊。」

木心多次以懷念的語氣談及他和李夢熊之間的那段友誼的蜜月期，說有天晚上大雨瓢潑，李夢熊來，進門，脫下雨珠紛紛閃亮灑落的雨衣說，「很波德萊爾啊！」後來再提此事，木心說，「當時李夢熊遲來了，進屋根本不提遲到這回事，無所謂，爽快不拘泥，還以波德萊爾撇開話題，偷換概念，很壞啊。」

兩人一起出去散步，李穿風衣，扣子不系，隨風敞開，一手拎著裝著咖啡的暖水瓶，一手拿著兩隻杯子，在街上邊走邊談，累了坐下，喝咖啡。

初次見面，兩人談了一夜，沒盡興，留下來接著談，一連談了三四天，累極，也好像把人談空了，分開幾天再見面，再談，李夢熊說：「你這兩天是不是偷偷讀新的書了？」木心承認，李夢熊又說：「是不是讀了法蘭克福的《文化形態學》啊？」木心只好又承認，然後立刻回擊道：「你不是也偷偷讀了嗎？你不是讀了列維・施特勞斯的『冷社會』、『熱社會』嗎？」李夢熊也笑，「中槍倒地」。

有一次我和木心在紐約唐人街買東西，走在街上，望著熙熙攘攘的茫茫人群，我問木心有什麼感想，他嗯了一會，微笑道，有點賈寶玉吧，沉思片刻說，其實《紅樓夢》故事最精彩的地方應該是後面，就是書本之外的「賈府命運」，賈寶玉落魄了，流浪街頭了，要飯，被人打，被人捉弄，被人欺辱，自己在瘋狂和麻木之間擺動遊離，那個時候，才有意思，才深刻。他說我想曹雪芹自己一定會那麼寫的。

他和李夢熊談到這點，當時李夢熊慫恿他寫《紅樓夢》的後續，木心猶豫不決，到算命先生那裡求籤，簽文的原話木心忘了，意思是：終了一願，人快累死，木心說那不合算，何必呢，寫到死，也是人家的東西啊，我有好多自己的東西要寫呢。為了寫自己的東西，寫出來，木心委曲求生，委曲求全，所以命運就不能不坎坷，不能不遭遇生命的各個階段的、各種各樣的柳暗花明和花明柳暗了。

除了上面那些，陳丹青尚未發表的筆記中，木心還說起一些和李夢熊交往的故事：

李夢熊是男中音，唱得很雄武，人也直，厲害，不拍馬屁的，有一次，原定的獨唱突然被取消了，他料定是某部門某人從中作祟，於是找上門，開門就罵。

蘇東坡讀米元章詩後，說「知足下不盡」，我與李夢熊談到伯克萊畫，他說：「知足下不盡。」（蘇軾《與米元章書・二十一》曾說：「兒子於何處得《寶月觀賦》，琅然誦之，老夫臥聽之未半，躍然而起。恨二十年相從，知元章不盡，若此賦，當過古人，不論今世也。天下豈常如我輩憒憒耶！公不久當自有大名，不勞我輩說也。」這是文人相重的典範，李夢熊與木心亦如是。）

六十年代我外甥女婿寄來英語版葉慈全集，我設計包書的封面，近黑的深綠色，李夢熊大喜，說我如此瞭解葉慈，持書去，中夜來電話，說丟了。我說不相信，掛了電話，從此決裂。

少年言志，會言中的。李夢熊言志，說他會潦倒街頭，結果說中了。往往壞的容易言中，好的不易說中。

說開去，為什麼我厭惡名利？因為不好玩。莫扎特貪玩，寫詩，我可以跟他玩玩。不能徒貧賤，也不能苟富貴。富貴，累得很呀。但也不能徒然弄得很窮（李夢熊晚年就是徒貧賤）。

二

李夢熊，姓名不見經傳，行事也無著錄。不知為何，隴菲既感陌生，又覺耳熟。

二〇一二年十一月初，應邀赴甬參加「東方音樂學國際研討會」。無緣無故，有根有由，與會同人孫克仁先生突然說起：「是李夢熊老師啟發，奠定了我日後學術研究的基礎。」孫克仁先生還說：「李夢熊先生曾在蘭州藝術學院任聲樂教授，後去甘肅歌劇團工作。」難怪於陌生中又會覺得耳熟，原來他是我當年就讀學校的聲樂教授。

一九五八年「大躍進」時，蘭州大學中文系，甘肅師範大學音樂系、美術系，以及幾所舞蹈、戲劇中專，合併組建蘭州藝術學院，著名美術家常書鴻任院長。常院長廣為延攬，李夢熊於此時來到蘭州。我於一九六〇年考入蘭州藝術學院音樂系預科，主修理論、作曲，未曾親蒙其教，雖聞其名，而未詳其人，甚至回憶不起他的音容笑貌。

寧波會後，留心訪問原先蘭州藝術學院老師同學，李夢熊親友學生，他的身影行狀逐漸清晰顯現。——真是萬法皆空，因果不空。

李夢熊是雲南白族人，老家在茶馬古道重鎮，雲南省大理白族自治州鶴慶縣松桂鎮。

「夢熊」是生男頌語，語本《詩・小雅・斯干》：「吉夢維何？維熊維羆。」「大人占之，維熊維

雲南鶴慶雲鶴樓

羆，男子之祥。」鄭玄箋曰：「熊羆在山，陽之祥也，故為生男。」

李夢熊父親，名學廉，字采章，蔡鍔、唐繼堯聯名通電全國，宣佈雲南獨立，發起推翻袁世凱的「護國運動」後，曾任唐繼堯信使。李學廉是國民黨左翼，一九二七年「清黨」，有人奏本，要將他就地正法。他從雲南跑到上海，以字易名，逃過此劫，被上海憲兵司令部委任為上校軍醫處長。後調往南京工兵學校，在校長蔣介石手下具體負責，軍銜為少將。一九三七年腦溢血辭世，去世後謚升為陸軍中將。他的葬禮，由當時負責中共地下工作的潘漢年親自操持，可見他與中共關係非同一般。

李夢熊鶴慶老家親友中，不乏當時風雲人物。三十年代，以《大眾哲學》《生活與哲學》風靡一時的馬克思主義哲學家艾思奇，是李夢熊表兄，兄弟倆自幼相處，一直保持聯繫。

抗戰時期，李夢熊母親樓瑛在民國衛生部任職，機關撤退後方，夢熊、曉元兄妹隨母親去往重慶。

一九三八年四月，國民黨臨時全國代表大會決議訓練黨員以應抗戰，設立中央訓練委員會，將原武漢珞珈山軍官訓練團改組為「中央訓練團」，並開辦音樂幹部訓練班等特別業務訓練班。一九四二年，李夢熊曾在重慶復興關音訓班受訓，與早已是中共地下黨員的伍雍誼同學。

一九四三年音訓班畢業後，李夢熊與伍雍誼同入國立音專學習。國立音專，原在上海，後遷重慶，抗戰勝利後再遷南京，最後回歸上海。一九四八年他們在上海同期畢業。

受父親左翼傾向影響，與表兄馬克思主義哲學家艾思奇，以及中共地下黨員伍雍誼、李志曙等有密切接觸的李夢熊，二十來歲時就成為重慶鄧穎超手下的小情報員之一。其中，蔣介石文膽陳布雷女兒陳璉是李夢熊同學。陳璉和丈夫袁永熙竊取國民黨機要情報事暴露後被捕，陳布雷愛女心切，向蔣求情，蔣念他多年跟隨左右，下令釋放陳璉夫婦，陳布雷對此卻不能釋然，遂負疚自殺。父親大殮之日，陳璉隨夫去了共區。「反右」時袁永熙被打成右派，與陳璉離婚。「文革」中陳璉被打成叛徒，跳樓自殺。

李夢熊父母李采章、樓瑛及夢熊、曉元兄妹

李夢熊青年時期

發奮讀書之青年李夢熊

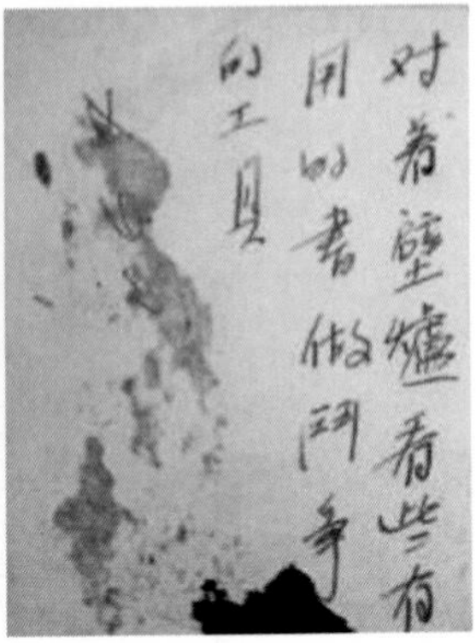

三

李夢熊在上海國立音專，與著名男低音歌唱家斯義桂、李志曙、溫可錚，以及後來擔任蘭州藝術學院音樂系主任楊樹聲一起，師從俄羅斯男低音歌唱家蘇石林、中國男中音歌唱家應尚能學習聲樂。

符拉基米爾・格里高里維奇・蘇石林（Владимир Григорьевич Шушлин, 1896-1978），是俄羅斯男低音歌劇歌唱家、聲樂教育家、作曲家、導演，斯坦尼斯拉夫・伊萬諾維奇・加貝爾（Станислав Иванович Габель, 1849-1924）的學生，蘇石林傳承的是正宗的義大利「蘭佩爾第學派」。賀綠汀說：「蘇石林是中國聲樂的奠基人。」他來中國，培養了一大批優秀聲樂人才。著名歌唱家，諸如郎毓秀、黃友葵、斯義桂、周小燕，還有杜矢甲、唐榮權、高芝蘭、沈湘、李志曙、溫可錚、董愛琳、魏啟賢、孫家馨，以及李夢熊等都是他的學生。

應尚能，一九二九年畢業於美國密西根大學音樂學院，一九三〇年回國，任上海國立音專教授。抗日戰爭爆發後，一度主持教育部音樂教育委員會實驗巡迴合唱團，歷任國立音樂院、國立戲專、國立社會教育學院教授。一九四九年後，先後任華東師範大學、北京藝術師範學院、中國音樂學院教授。著名歌唱家斯義桂、李夢熊、蔡少旭都是他的學生。

應尚能先生以中國漢字特點為基礎，結合西洋發聲方法，創立「腔圓不倒字」、「字正不倒腔」、「咽腔正字」、「字正腔圓」、「以字行腔」等一整套中國民族聲樂學派理論和訓練方法。李夢熊深受其教，深得其旨。

上海國立音專聲樂教授俄羅斯男低音歌唱家蘇石林

上海國立音專聲樂教授中國男中音歌唱家應尚能

當時國立音專畢業的中國男低音，李志曙和李夢熊同出西南，同享盛名。李志曙可以從low C唱到high C，本錢好到開口就對。也因如此，日後教學中，他很難體會學生具體問題。李夢熊本身條件並不特別優異，但聰慧過人，悟性極高。他得蘇石林、應尚能真傳，又兼采各家之長，聲樂藝術，聲樂教育，造詣非凡。

夢熊師常說：「唱歌不等於發聲。發聲是物理現象，呼吸控制、共鳴位置的調整是生理現象，唱歌好聽不好聽，是心理問題。有些人發聲不錯，但人家不要聽。」「不同民族，有不同的發聲方法。義大利重母音，要的是美聲。德國人重輔音，要的是清晰有力。」「夏利亞賓，是像說話一樣唱歌。」「中國人講求吐字，以字行腔。唱楊白勞只注意母音，那是『洋白勞』，三點

香港電懋影業公司「四大王牌」之一葛蘭

水的『洋』。中國人講求四聲，作曲、唱歌都不能倒字。」

他的學生李家振說：夢熊師在蘭州，曾去甘南夏河拉卜楞寺聆聽藏傳佛教經師聲明，從此洞開「唵、啊、吽」之「天部」、「人部」、「地部」的發聲法門。（佛教六字大明咒「唵嘛呢叭咪吽」是「唵啊吽」三字的擴展，內涵宇宙大法力、大智慧、大慈悲。）

四

李夢熊承繼蘇石林、應尚能事業，也培養了一批聲樂英才。

香港電懋影業公司「四大王牌」之一葛蘭（Grace），在上海徐家匯啟明中學念書時，跟隨李夢熊學習聲樂，奠定一生聲樂基礎。

她主演的第一部電影《驚魂記》，被推薦角逐第三屆亞洲影展最佳女主角獎。電懋為葛蘭度身訂造的電影《曼波女郎》，將其歌舞天才發揮淋漓盡致，打破香港及東南亞的賣座紀錄，掀起一股曼波熱潮。

一九五九年十月，葛蘭前往好萊塢加入由著名女歌星丹娜蕭（Dinah Shore）主持之美國國家電視臺（ＮＢＣ）綜合電視節目《丹娜蕭劇場》（The Dinah Shore Show），成為第一個在美國電視臺表演的中國女演員。

一九六〇年，著名日本作曲家服部良一替葛蘭撰寫電影《野玫瑰之戀》全部歌曲。在電臺歌曲流行榜只播英語流行曲年代，該片插曲《說不出的快活》，是唯一打進香港電臺每週最受歡迎歌曲榜的中文歌；《蝴蝶夫人》，更在商業電臺聽眾點唱中外流行歌曲節目中蟬聯多星期榜首。

一九六一年，美國Capitol唱片公司，出版「葛蘭之歌」（Hong Kong's Grace Chang: The Nightingale of the Orient），這張唱片收錄她十一支名曲（《我要飛上青天》《廟院鐘聲》《浣紗溪》《海上良宵》等），葛蘭成功邁進國際歌壇，聲譽盛達高峰。

大陸著名男中音歌唱家楊洪基也是師從李夢熊。

中國人民解放軍總政歌劇團男中音歌唱家楊洪基

楊洪基一九五九年考入大連歌舞團，一九六二年調入中國人民解放軍總政歌劇團，師從李夢熊、楊化堂、沈湘學習聲樂。楊洪基回憶：「當時我的啟蒙老師是李夢熊，老人家是白族人，早年家底頗豐，才華過人。他精通德語、英語、法語、義大利語，鋼琴彈得也特別好，對我的教誨讓我受用終身。老師讓我第一次認識到學習聲樂不僅要會唱還要擁有深厚的文化內涵。」「現在我唱歌很多人還很不相信，說怎麼你就學了一年半，就唱的這麼準確，而且聲音這麼渾厚？音樂學院五年才能教出一個學生來，還不一定能唱的好。」

楊洪基好友張奇回憶：「在總政歌劇團，男中音楊洪基的老師李夢熊教授給我留下極為難忘的印象，尤其是他對聲樂精闢的分析和切合實際的示範教學方式，使我這個『旁聽生』受益匪淺。楊洪基在他輔導下演唱的一首獨唱曲《黃鶴樓》達到了出神入化的境界。李教授十分滿意地說：『楊洪基，你現在這首曲子可以去唱給毛主席聽了』」。

一九七九年日本指揮家小澤征爾（Seiji Ozawa）來華與中央樂團合作演出貝多芬《第九交響樂》。楊洪基在兩千多名競爭對手中脫穎而出，被選拔擔任《歡樂頌》男中音獨唱及四重唱，獲小澤征爾高度評價。

一九八四年經沈湘教授推薦，他與香港聖樂團和美籍指揮家莫永熙合作，用古典英文演唱了海頓的大型古典音樂作品《四季》（Seasons），擔任男中音獨唱。後來又同中央樂團合作，在威爾第《安魂曲》（Requiem）、海頓《創世紀》（Creation）、莫扎特《彌撒》（Mass）、貝多芬《莊嚴彌撒》（Missa Solemnis）等多部大型古典音樂作品中擔任男中音獨唱重唱。

五

李夢熊雲南老家，有一個規矩：凡去外邊上學，學成之後，不管你是在國內畢業還是留洋回國，都必須回家教一年書，報效鄉梓。一九四八年，他從上海國立音專畢業，回雲南鶴慶老家，先後曾在鶴慶一中、麗江師範、昆明南菁中學任教。

第二年返回上海，參加歌劇《海之戀》演出。根據法國作家洛蒂的長篇小說《冰島漁夫》改編的《海之戀》是二幕十場歌劇，一九四九年三月由山城合唱團首演於上海蘭心大戲院。編劇別利劃，作曲馮淳山，導演朱崇懋、金戈，指揮王雲階、李偉才，聲樂指導周小燕、蘇石林，清華交響樂團伴奏，演員葉如珍、臧玉琰、李夢熊、楊化堂。葉如珍女高音，臧玉琰男高音，飾一對戀人，楊化堂男中音，飾女孩父親，李夢熊男低音，飾劇中反派。

李夢熊家人收藏中，有他當時寄給母親的照片。

照片背書：

母親大人：

男夢熊寄於上海

一九四九年三月歌劇《海之戀》演出

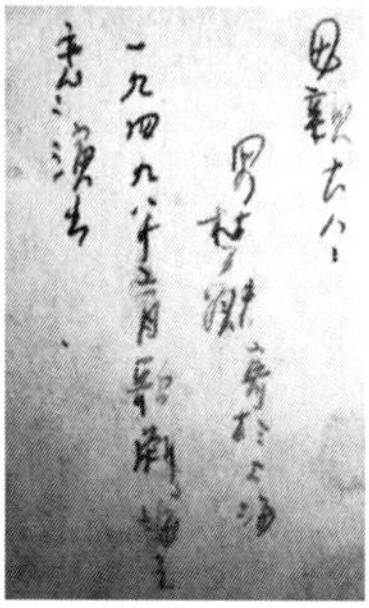

那年，李夢熊才二十四歲，已然躋身眾多名角之中。此時，雖已名揚天下，青澀之象猶存。待到一九五八年三十三歲來到蘭州藝術學院時，據學長武克、孟秦華回憶，夢熊師已是高大魁梧滿臉絡腮鬍子的壯漢。他喜歡穿皮夾克，夏天襯衣紮在褲子裡邊，腳蹬一雙皮靴，非常各色。

一九四九年，李夢熊經司徒漢推薦，進入上海交響樂團，協助司徒漢料理樂團初建種種事務，任樂團合唱隊聲樂教練。樂團演出蘇聯作曲家肖斯塔科維奇清唱劇《森林之歌》，由他擔任領唱。

李夢熊自幼與其表兄哲學家艾思奇相處，在重慶音訓班受訓，親聆諸如于右任、邵力子、羅家倫、蔣夢麟、王雲五、朱家驊、顧頡剛等名人高士教誨，去上海後，師從蘇石林、應尚能學習聲樂，又與林風眠、黃佐臨、司徒漢等藝術大師交往密切，學術視野開闊，文藝修養深厚。

李夢熊精通多國語言。除西洋美聲唱法必須掌握的義大利語、德語之外，重慶音訓班時，已開始學習英語。到了上海，在濃鬱的法國風情之中，又開始學習法語。李夢熊小時在上海住過的地方，原來是法租界。當時那裡馬路，許多都以法國藝術大家命名，諸如莫里哀路（Rue Moliere），馬斯奈路（Rue Massenet），高乃依路（Rue Corneille），還有是以霞飛、拉菲德等法國將軍命名。李夢熊是在這裡，跟家住瑞金路，曾在法國巡捕房任職的一個周老師學習法文。

一九六二年至一九六七年，孫克仁在上海跟他學習音樂。李夢熊不僅教他音樂，還指導他學習法語和西方文化。那段時間，孫克仁閱讀了紀德、弗朗索瓦、梵樂希等法語文學巨匠作品。迄今，還能背誦法國詩人阿波利奈爾的名作《米拉波橋下》：「米拉波橋下塞納－馬恩省河滾滾的流，我們的愛情一去不回頭。」在夢熊師指導下，孫克仁還閱讀了斯賓格勒《西方的沒落》等史學、哲學名著。

當年上海灘上，收藏古董的人不少，但以眼光聞名，尤以收藏畫冊被江湖稱道的兩個大家，是同住武康路的巴金和李夢熊。

李夢熊收藏古董，役物而不為物役。古董買回來，把玩一番，便隨手一扔。李白《將進酒》詩云：「人生得意須盡歡，莫使金樽空對月。天生我材必有用，千金散盡還複來。」「主人何為言少錢，徑須沽取對君酌。五花馬，千金裘，呼兒將出換美酒，與爾同銷萬古愁。」李夢熊如是。一九六二年回上海後沒有固定收入，豪飲興發，就拿一件古董去賣。那時在上海徐匯區，常常可以見到李夢熊一手提著剛用古董換來的美酒，一手執酒杯，放浪形骸，一醉方休。李夢熊的收藏裡，有一對頗有來歷的虎符，北京文物部門曾專門來函表示願意收購，他始終不願出手。除了「將出換美酒」之外，李夢熊珍藏的虎符等等，歷經劫難，「文革」中，又幾次被紅衛兵抄家，最後都不知所終。

李夢熊與林風眠的交情也不一般。五十年代初，在上海，除了木心等人之外，「林風眠的生活圈子裡還有一位歌唱演員李夢熊。此人不只是歌唱得不錯，也喜歡收藏古董雜件，而林風眠又喜歡收藏秦磚漢瓦及民間藝術，也喜歡音樂，兩人又都是單身漢，有著較多的共同語言，經常談到深夜，非常知心」（鄭重《畫未了——林風眠傳》）。

李夢熊卓爾不群，常有驚世駭俗之見。

他如此評說魯迅：「他是極端的人道主義。」

他如此評說《紅樓夢》：「很多人，情、欲不分。賈寶玉不同于薛蟠，不同於賈璉，就是一個是情，一個是欲。賈寶玉是天下第一情種，釋迦牟尼是最有情的。」

他曾對孫克仁說：「你少了一點悟性，只有笨重的邏輯。不過，笨重的邏輯只要堅持走下去，也走得通的。錢穆就是笨重的邏輯走通了，成了大家。」

李夢熊還說：「傅雷，蘇州才子，翻不出好東西。」「羅曼•羅蘭，小資產階級，不是大家。」難怪孫克仁操著上海話說：「李夢熊做人的標準老高。」

李夢熊對小提琴協奏曲《梁祝》，有不同官方輿論的品評：「『協奏曲』？完全是圖解式的。我不講《梁祝》不好，《梁祝》還是好的。但是你不能把它弄成『道路』，這怎麼可以？」以我寡聞，除李夢熊之外，只有原甘肅人民廣播電臺音樂編輯居思惠先生，對《梁祝》發表過類似批評。居思惠說：《梁祝》「用一種旁觀的敘事的手法交待情節和過程，缺乏內在的感情活動的發展過程的揭示。」「缺乏交響音樂這種所謂『重音樂』的特色。」居先生因此被打成右派，「文革」時從蘭州下放到嘉峪關。

李夢熊天馬行空，睥睨凡俗。當時上海音樂界、藝術界「談熊色變」。楊洪基後來到上海，說起「李夢熊是我的老師」，馬上有人覷面斂聲，從此不再與他接觸。

六十年代初期，在上海，唯有木心與李夢熊心心相印。陳丹青感慨：「木心幾次歎息，說，你們的學問談吐哪裡及得上當年李夢熊。」「我現在推想起來，他們只有兩三年的交情，可是此後，我跟木心整整二十九年，不到三十年，他幾乎不停地在說他。我沒有聽到還有任何一個人他經常掛在嘴上。」

六

一九五六年「反右」期間，李夢熊在上海差一點被打成右派，被迫離開他參與創建的上海交響樂團。當時上海人民藝術劇院由著名戲劇藝術家黃佐臨主持，他很欣賞李夢熊才華，立即聘李夢熊擔任劇院聲樂教練。夢熊師到底與體制不合，不久又被發配蘭州，「支援西北」。

和木心先生一樣，李夢熊終身未娶。據妹妹李曉元講，他在上海時，曾經熱戀陳沖的母親張安中，被拒絕後發誓終身不娶。也有人說，李夢熊心中的愛人，是著名戲劇藝術家黃佐臨的女兒黃蜀芹。當年黃蜀芹演電影時，李夢熊為她起了一個藝名：「黃檸」。表皮紋理細緻的黃檸，與青檸不同，其味清香，在若有若無之間，最是悠遠。可惜，李夢熊終究未能贏得黃檸芳心。

李夢熊把他對心中愛人的情思，化作對愛情象徵之月季的獨鍾。在蘭州藝術學院，每當夢熊師養的月季開花，他都會像孩子一樣，叫喜歡的學生來看。學長孟秦華回憶：「那月季，是黃色的，開在一個精緻的花盆裡，那麼美，那麼雅，好看極了。」一九六二年，李夢熊回到上海之後，在他棲身的亭子間窗外，也設置了一個小小花壇，又養了一排月季。一九八三年，外甥賀凡第一次去上海看他。一進院子，就看見舅舅在給月季澆水。

李夢熊從不看好俗人苟合的婚姻。他對孫克仁說：「結婚是很骯髒的事情。你要保持獨身。如果不能保持獨身，將來去西北，娶一個西北女子，做一番大事業。」他還說：「你現在還有機會娶一個秀才的女兒。一身藍布衣裙，長長的大辮子。」

李夢熊鍾情西北，鍾情西北的歷史風情。他在蘭州五年，每年暑假都要去敦煌考察。一九五八年「大煉鋼鐵」時，李夢熊拉著蘭州藝術學院美術系教授、著名美學家洪毅然，音樂系教授、光未然內弟黃騰鵬，去蘭州附近榆中找礦。到了榆中，他突然心血來潮，想和他們一起組織「敦煌藝術研究小組」。

李夢熊很早就有把東方旋律、非洲節奏、西方交響融為一爐的宏大計畫。

李夢熊對作曲家李劫夫的評價很高。他說：「劫夫在農民炕頭上，把政策唱給他們聽。這就是佛教的『俗講』。包括他的『語錄歌』，都是『俗講』。」「劫夫為林彪《毛主席語錄再版前言》譜曲，一點也不倒字。」他還說：「劫夫是可以寫歌劇的。」「劫夫的《歌唱二小放牛郎》《雷鋒日記·八月十五》《哈瓦那的孩子》《我是一個黑孩子》，就是『俗講』，就是宣敘調。《沁園春·雪》，是詠歎調風格。」他還說：「賀綠汀的《嘉陵江上》，也是詠歎調。一些外國音樂家聽了《嘉陵江上》說：『賀綠汀是中國的舒伯特』。」

李夢熊對歌劇，有自己的獨到見解：「歌劇要有強烈的衝突，簡單的劇情，能不唱的就不要唱，能用音樂表現的就淋漓盡致的唱。」「中國老早就有歌劇。田漢作詞，冼星海作曲的《夜半歌聲》就是歌劇。『空庭飛著流螢，高臺走著狸牲，人兒伴著孤燈，梆兒敲著三更，在這漫漫的黑夜裡，誰同我等待著天明？只有你的眼能看破我的生命，只有你的心能理解我的衷情』，這就是詠歎調。『追兵來了，可奈何？』是宣敘調。『誰願做奴隸？誰願做馬牛？』是朗誦調。」

他曾打算把曹禺話劇《日出》改編成歌劇，設想女主人公陳白露對著梳妝鏡中情人幻影，唱一曲詠歎調：「太陽已經下山，我們還沒起床，等到梳洗完畢，已經華燈初上。」與情人告別時，唱一曲宣敘調：「朋友，就在這兒回去吧！朋友，就在這兒回去吧！不要再走了！」

李夢熊還曾計畫寫一部歌劇《鳩摩羅什》。武克曾親見其手稿。可惜後來沒有寫完，手稿也沒有留存下來。

《鳩摩羅什》，單是這個題目，就很令人神往。

高僧鳩摩羅什（Kumarajiva），龜茲人，早期佛經翻譯大師。他一生翻譯經典七十餘部，三百八十四卷，貢獻在玄奘之上。西元四一三年，鳩摩羅什在長安逍遙園圓寂。臨終前預言：「今於眾前，發誠實誓：『若所傳無謬者，當使焚身之後，舌不焦爛。』」果然，火化之後「薪滅形碎，唯舌不灰」。俗語「三寸不爛之舌」，便出於這個典故。據說，甘肅武威羅什寺塔迄今還供奉著他的舌舍利。

前秦時，呂光奉苻堅之命，征西域，破龜茲，俘虜了鳩摩羅什。呂光有眼無珠，不識大師智慧功德，見他年少，欺而戲之。「強妻以龜茲王女，什拒而不受，辭甚苦到。……乃飲以醇酒，同閉密室。什被逼既至，遂虧其節。」西元四〇一年，後秦姚興為延請鳩摩羅什弘法傳教，發兵後涼，大敗涼軍，迎鳩摩羅什入長安，奉為國師。從此，鳩摩羅什在長安逍遙園和西明閣譯經說法，招收弟子，組織主持三千多人的佛經譯場。鳩摩羅什「神情朗澈，傲岸出群，應機領會，鮮有論匹者。且篤性仁厚，泛愛為心，虛己善誘，終日無倦」。姚興常對他說：「大師聰明超悟，天下莫二，若一旦後世，何可使法種無嗣？」「遂以伎女十人逼令受之。自爾以來，不住僧坊，別立廨舍，供給豐盈。」鳩摩羅什兩度被迫破戒，毀譽參半。為能繼續弘法傳經，不得不忍辱負重，每到講經時，總要語重心長：「臭泥中生蓮花，但採蓮花，勿取臭泥。」夢熊師常跟孫克仁講：「鳩摩羅什說，我是一堆爛泥，但我講的佛經卻是蓮花。這是『出污泥而不染』。」

李夢熊設想的這部歌劇，有西北邊地歷史人文背景，有不同民族衝突交融情節，歌劇主角又有如此戲劇人生，如此神奇傳說，如此坎坷遭遇，如此偉業勳功。這部歌劇如果寫成，或許可能成為中國歌劇經典。

李夢熊初到蘭州，頗受重視。武克回憶，起初他有優惠待遇，比如好煙好酒之類，一旦到手，總要和同事學生分享。

蘭州藝術學院音樂系還特別分給他一架三角鋼琴。夢熊師彈得一手好琴，尤其擅彈巴赫。夢熊師是一個天才指揮。音樂系排練歌唱「引洮工程」的《洮河大合唱》。開始是夢熊師指揮，後來與樂隊合練，指揮換人。一處高潮，高音老是上不去。又換一個指揮，還是不行。無奈，只好請回夢熊師。他往指揮臺上一站，也不知施了什麼魔法，手勢一起，合唱隊激情澎湃，高音立刻上去，一時傳為佳話。

武克回憶：藝術學院師生去蘭州榆中縣下鄉勞動「深入生活」，住在農舍裡。夢熊師彈著帶來的鋼琴，唱起一支韃靼民歌。他是男聲低音貝司（Bass Baritone），那宏厚有力的嗓音聲震屋宇，天棚上的茅草紛紛震落。

夢熊師擔任蘭州藝術學院聲樂教授，不少學生有幸受其教誨。甘肅省歌劇團女高音歌唱家、武克夫人景蘭桂，是夢熊師為她開蒙。武克原先學小提琴，入蘭州藝術學院後，改學長號。排練《洮河大合唱》時，為挑選領唱，夢熊師挨個審聽，意外發現他有聲樂天賦，讓他擔任合唱隊男低音聲部長，極力建議他改學聲樂，甘肅因此多了一個優秀的男中音歌唱家。

凡跟夢熊師學習聲樂的學生，都有突飛猛進的提升。夢熊師教學雖好，脾氣也大。你學得好，好煙好酒好茶餅乾點心糖果給你獎勵。你若不好好學，他會連喊帶罵把你趕出課堂。當時有些學生不理解，甚至去系裡告狀，要求更換老師，事過都後悔不迭。

天縱英才，鄉願惡之。李夢熊恃才自重，狂傲不羈。一九五八年「插紅旗，拔白旗」，給他編造了許多罪名，李夢熊被當作「白旗」來「拔」，大字報把宿舍門都糊嚴了，夢熊師只能撩開大字報鑽出鑽進。

一九六二年蘭州藝術學院「下馬」，李夢熊曾去甘肅省歌劇團暫時棲身。

七

夢熊師在蘭州度過了「困難時期」，理想破滅，身心疲憊，一九六二年慘然返回上海。當年「支援蘭州」，註銷了上海戶口。藝術學院拂袖離職，回滬時沒有正式調動手續。那段時間，他成了黑人黑戶。去申報戶口，公安局說：「要有房子才能落戶。」房管局說：「要有戶口才給房子。」氣不過，就每天去徐匯區公安分局門口大罵：「分局是國民黨，還不如國民黨。國民黨那個時候，我要去那裡就去那裡，想幹什麼就幹什麼，現在回上海落個戶口都不行。」當時主管上海文化的孟某，視曾批評《梁祝》的李夢熊為眼中釘，以此為由把他打成「壞分子」，強迫其勞動改造，打掃里弄。

「文化大革命」，李夢熊被揪回上海樂團，和司徒漢等「牛鬼蛇神」一起挨鬥，「坐飛機」時手臂都脫了臼。「文革」後「落實政策」，他不屑一顧。一九八三年外甥賀凡要他去爭取，他卻叫板：「當時批鬥，是他們抓我去的。現在落實政策，應該他們主動來跟我落實才對。又不是我讓他們批鬥。我申請什麼？他們抓我去，他們就應該主動。」賀凡只好幫舅舅弄了一份申報材料，交給徐匯區有關部門。夢熊師自己卻不過問，此事也就沒有了下文。

沒有戶口，沒有房子，李夢熊在上海親戚朋友家借住了好長一段時間。後來一位原先老房東見他可憐，租給他武康路三百九十四號三樓一個幾平方米的亭子間，這才報上了戶口。他靠每月掃地掙得的十二元生活費，勉強度日。在里弄裡，被視作孤老，可以去街道食堂買飯，居委會有時還會低價處理給他一些清倉衣物。那時，他的亭子間老掛著一個裝滿汽油的瓶子，說是「隨時準備自焚」！

武康路那個亭子間狹小局促，沒有地方支床，地鋪上只有一領竹席，一床褥子，一條被子。屋裡也沒有桌子，用磚頭壘一個小台，放他吃飯喝水的茶缸。除此之外，最引人注目的，是一摞外文書譜。斯是陋室，是他讀書樂園。一九九七年外甥賀凡去上海看他時，見他正在讀法文原版的馬塞爾・普魯斯特的la recherche du temps perdu（《追憶似水年華》）。他說：《追憶似水年華》是「法國《紅樓夢》」。

李夢熊出身名門望族，視金錢如糞土，身外之物於他如敝履，毫不足惜。出生盛行南傳佛教之地的夢熊師，有菩薩相，具慈悲心，又受五四時風影響，回老家任教時，曾廣散家財。

外甥賀凡聽母親說，他們家是當地很大的地主。李夢熊從鶴慶回來之後，妹妹李曉元問：「老家的房子到底有多大？」他說：「我也不好形容有多大，但我可以告訴你，後花園裡面有三個亭子，你說那個有多大？」一九四九年之後，曾有區政府、企業、中學等三個單位住在他們老宅裡面。

鶴慶老家，至今傳說許多夢熊師一九四八年回鄉任教時「敗家」的故事。據說，夢熊師一有閒空，就會去馬圈牽一匹馬或者一頭騾子騎出去，掛個萊卡相機，在村裡村外到處拍照。到了晚上，騾馬送給村民，自己走路回來。春節前，傭人去村邊龍潭，洗他家的衣服被子，洗好了曬在樹上。李夢熊路過看到，就讓傭人回去吃飯，把傭人支走之後，叫村子裡的農民來，教他們「要什麼就拿什麼」。雲南鶴慶出火腿，雖然比不上金華火腿，在當地也很出名。李夢熊妹妹說：有一天他看見樓上掛著幾百隻火腿，第二天想去拿些送人，上樓一看，一隻也不見了，是家裡人藏了起來。他對妹妹李曉元說：「老家人太小氣。」

李夢熊在蘭州藝術學院任職期間，妹妹、妹夫因所謂「歷史問題」，沒有恢復公職，生活困難，他經常寄錢回去接濟。後來，妹妹、妹夫恢復公職，經濟狀況好轉，知道他回上海沒有收入，就寄錢給他。李夢熊收到匯款，立即原數退回，還附信說：「在北京和其他地方，都有學生給我錢。他們賺錢的本事是我教的，我用他們的錢不臉紅。我不能用你們的錢。」

據楊洪基回憶：「每年只要到上海我都會去看他。記得二〇〇一年國慶前夕，上海開國慶音樂會。音樂會一完我就去看我的老師，看到老師躺在床上。李老師一輩子沒結婚，住在一個小鴿子樓裡。我問，李先生你怎麼了？他說，前陣子我住院了，街道把我送到醫院住，我不願意住在醫院，就回來了。我當時感覺老師的病挺嚴重的，那會兒因為馬上要去臺灣演出，得回北京，就給他留了兩千塊錢，知道他電視機壞了，又給他買了個電視機。我說從臺灣回來了我還來看你。等我從臺灣回來之後，接到一封信說我的老師已經去世了。街道問我錢和電視機怎麼處理，我請他們以老師的名義捐給需要的人。」

李夢熊在上海，曾教過一個工人王達賓。經過夢熊師調教，王達賓成為一個非常優秀的男高音，一點也不亞於他曾經教過的學生，後來成為著名歌唱家的樓乾貴。可惜，達賓因海門口音過重，不能如願從事摯愛的歌唱事業。王達賓是七級鉗工，每月工資九十元。這在當時，雖然很高，但要養活一家老

雲南鶴慶松桂鎮李夢熊祖屋

李夢熊祖屋閣樓上現住戶唯一的一隻鶴慶火腿

小，也並不寬裕。王達賓自己，平時在廠裡食堂，捨不得吃一角五分的甲菜，也捨不得吃一角錢的乙菜，經常吃五分錢的丙菜。自從跟李夢熊學習聲樂，每月都拿出十元工資供養其師，堅持了很多年。後來王達賓要李夢熊教他兒子聲樂，夢熊師覺得他兒子不是這塊料，便一口回絕，完全不顧私人情面。兩人因此不歡而散，每月十元的供養也從此終止。

武克曾隨楊樹聲主任去上海聽斯義桂聲樂講座，專程去拜訪夢熊師。斯義桂後任國立音專聲樂教師，李夢熊與他亦師亦友。斯義桂來上海講學，本有計劃看他，因故未能踐約。夢熊師一見武克面，便大聲嚷嚷：「斯義桂他也不來看我！」武克請他去餐館吃飯，他一邊吃飯，一邊大罵當局和孟某，引來不少人圍觀，武克趕快把他帶回亭子間。黃騰鵬師也曾去上海看他，請他去餐館吃飯。問他想吃什麼，他說：「陽春麵。」黃先生依他，又加了兩個菜。看他狼吞虎嚥把兩盤菜吃光，黃先生很是心酸。再次去上海看他，被告知已經搬家，不知去向。

武克回憶，李夢熊當年租住亭子間，沒錢交電費，經常斷電。因為缺錢，有時連飯都沒得吃。還自我解嘲：「我練氣功，不用吃飯。」木心說：「李夢熊言志，說他會潦倒街頭。」一語成讖，夢熊師晚年真在街頭教人氣功，在飯鋪教人唱歌。但他卻說：「餓肚子的歡樂他們懂嗎？貧窮的歡樂他們懂嗎？要是有人給我一萬塊錢，我還是要很快把它花光。」

夢熊師晚年無所作意，不再積集。他要以自己的修行，親身體驗苦、集、滅、道之四諦。

夢熊師如是說：

> 愛欲障爾智，不去（或超越）愛欲，焉得純智？徹底到這種地步的唯物論，除極端苦行外，別無他途可跡。

魔居人中，人外無魔，苦行迫魔現身，否則無以降魔，亦無以成佛，又何足異？

涅槃是痛苦的解脫，勉強可以用世間語言闡述。涅槃是快樂就無法以世間語言描述。因為所去除的痛苦是世間之苦，而所得之樂是世間無有的，並不是快樂的，而是快樂的超越，未超越的人根本一無所知。他低著頭避苦求樂，涅槃卻幾乎是不要（或無需）快樂。

（《印度教與佛教史綱》批註）

外甥賀凡回憶：那個時候，舅舅「頭髮全白了，披著，鬍子長長的。戴一副茶色的近視鏡，圓的，很老式的眼鏡，用水晶磨的，那副眼鏡，他戴了五十多年。手上戴一個戒指，白金戒指。」最後，銀髮散飄、白髯濃密、天才縱橫、學貫中西、仙風道骨的夢熊師，患肺癌辭世，夢斷上海。街道送到龍華火葬場火化，骨灰保留一年，沒有親屬認領，只好處理丟掉。

夢熊師一九二五年五月廿五日出生，二〇〇一年十一月八日病故，享年七十六歲。

據武康路鄰居說：李夢熊晚年信佛，走得很坦然。他的學生李家振居士，迄今保留夢熊師遺贈的英國學者查理斯・伊里亞德《印度教與佛教史綱》，其中有他的批註。李家振先生說：「他對佛教的認識不一般。批註不多，但都在要害。」夢熊師不是一般釋徒。他於佛法，已經預流，信仰且慧解。夢熊師於佛法，如是我聞，於說法之中，有他自己的法說。一切妙善勝法，于夢熊師，不失不忘，獲增上力，具方廣威，已達圓滿成就之域。夢熊師晚年，常以「空拳誑小兒，以此度眾生」之句示人，不知他是已經徹悟明覺釋迦教的方便法門，還是徹悟明覺烏托邦的虛妄不經？

陳丹青說：「在當時，木心是悄悄地做文學家，但正業是學美術的，李夢熊的正業是學音樂的。可是你拿到今天來比，拖出任何一個學音樂、學美術的，怎麼可能有這樣的文學修養、這樣的哲學修養，這樣博覽群書。」

曹立偉說：「李夢熊和木心都是漢子，李性急躁，疏於自保，終於毀滅，木心膽小，在永遠失敗的日子裡忍耐，終於晚成；李夢熊沒寫成書，死了就死了，無錄音的即興演奏，樂止音絕，木心死了，卻活在書裡，像古希臘石雕，不用後人評價，照樣永恆……」

孔子曾經感慨：「惡有修仁義而不免世俗之惡者乎？」（《孔子家語・困誓》）蔣光慈《懷拜倫》詩云：「飄零啊，譭謗啊，這是你的命運吧，抑是社會對於天才的敬禮？」木心和李夢熊，一個是儒雅版的拜倫，一個是狂飆版的拜倫，皆不容于世人。——「不容，然後見君子」（《史記・孔子世家》）。

佛說：「寂寞難堪，孤身可畏。」元遺山《論詩絕句》云：「朱弦一拂遺音在，卻是當年寂寞心。」然此寂寞之境，才是創造園地。如此之寂寞，是在相對與世隔絕的小生態中。只有如此相對與世隔絕的小生態環境，才能產生新的珍稀物種。

后稷之廟，有《今人銘》曰：「人皆趨彼，我獨守此。」於五六十年代熙熙攘攘運動頻仍的上海，李夢熊與木心，在自己營造的小生態中堅守寂寞孤身介立潔心自好特操獨行。如陳丹青所說：「他和木心，真是魏晉人。」木心如孫登，避世保身，「在骯髒的世界上，乾淨的活了幾十年」（木心語）。「用光得薪，所以保其耀。用才識真，所以全其年。」（《晉書・孫登傳》）木心心田裡那時播下的種子，去國之後，萌發出土長成參天大樹。李夢熊如嵇康，輕時傲世，「越名教而任自然」（嵇康《釋私論》），「精光照人，氣格凌雲」（竇泉、竇蒙《述書賦》），曠達不羈，縱逸傲散，「不累於俗，不飾於物，不苟於人，不忮於眾」（《莊子・天下》），獨彈一曲於今不絕的《廣陵散》。木心與李夢熊，如乾坤陰陽，兩極對立，相反相成。木心與李夢熊，論大道而超越一般人情。木心即使與李夢熊冷賢絕交之後，也如同蘇軾獨念「吾元章」一般，獨念他心中的夢熊，於意有所不盡。真如何華先生《私房話的「文學史」》所說：「他倆的交往讓我想到《世說新語》，單憑這草草印象，足以推測他倆為對方造就了一生的黃金時代。」

胡蘭成如是說：「時代的這種寂寞裡，反倒高山流水有知音。」（《建國新書》）任何時代，天才總會在其身邊，營造生氣勃勃的小生態，自奏獨彈天籟佳曲。任何時代，天才總會在其周圍，發現超凡脫俗的天才，找到自己會心知己。

木心曾說：「期待時代轉變，不如期待天才。」「從整體上來觀照，中國不再是文化大國，是宿命的，不必怨天尤人。所謂希望，只在於反常、異數。用北京土話講：抽不冷子出了個天才。」

於今放眼：李夢熊和木心那樣的不羈之才，那樣的傾心會意，竟在何方？

二〇一二年十一月八日京東燕郊起草
二〇一三年一月九日京東燕郊修訂
二〇一三年一月廿七日蘭州雁灘再訂
二〇一三年二月十一日蘭州雁灘增補
二〇一四年一月十一日京東燕郊校訂
二〇一四年三月二十日京東燕郊增補
二〇一七年五月四日京東燕郊補定

作者附言：

此文資料，除木心《文學回憶錄》、曹立偉《回憶木心》、《木心片斷追憶》、陳丹青筆記之外，其餘都是根據夢熊師外甥賀凡，學生李家振、楊洪基、孫克仁，蘭州藝術學院同事黃騰鵬，學生武克、孟秦華、崔若蘭口授，部分資料已經核對歷史文獻，還參閱了孫兆潤《「中國聲樂的奠基人」——蘇石林史料新解》一文。

如有錯謬，文責由作者自負，與口授人和其他學者無關。

本文所附李夢熊照片，均由其外甥賀凡先生提供。

特此致意夢熊師親友、同事、學生！感謝你們的心底珍藏，使世人得以追想夢熊師行狀，仰望夢熊師風采！

《新週刊》第三八九期第五十八至六十三頁，二〇一三年二月十五日發行；
《溫故：木心逝世兩周年紀念專號》第七十一至九十三頁，廣西師範大學出版社，
二〇一四年二月第一版

木心的世界——木心故居紀念館開館側記

二〇一四年五月廿五日，烏鎮財神灣路一百八十六號，「木心故居紀念館」，木心遺物、影像、詩文、書畫，配以木心雪句（俳句）、金言，呈于世人面前。

紀念館位於木心故居南側，由南而北，三進之屋，分別是生平館、美術館、文學館。如木心親書匾額，真是「臥東懷西之堂」，「作而不述之室」，「良苗懷新」，「垂石彝荒」。梭巡三館，官感所接，是為邁往凌雲之氣，清雄絕俗之文，超妙入神之字，精微幽深之畫。這是木心的世界。即使展現于世人眼目，也依然守身如玉，依然睥睨凡俗。

開館那天，清晨煙雨朦朧，上午十點，開館、揭牌儀式後，大雨磅礴，轉瞬晴空如洗。

開館前一天，布展工作接近尾聲，陳丹青做最後檢視。提前抵達的攝影記者、木心讀者，紛紛舉起相機、手機，拍下這歷史瞬間，頗有儀式的嚴正莊重。

布展結束，遊客逐漸散去的財神灣路紀念館入口處，陳丹青指點工作人員，如何在夜深人靜時懸掛紀念館標牌，揭牌前如何用絲幕遮

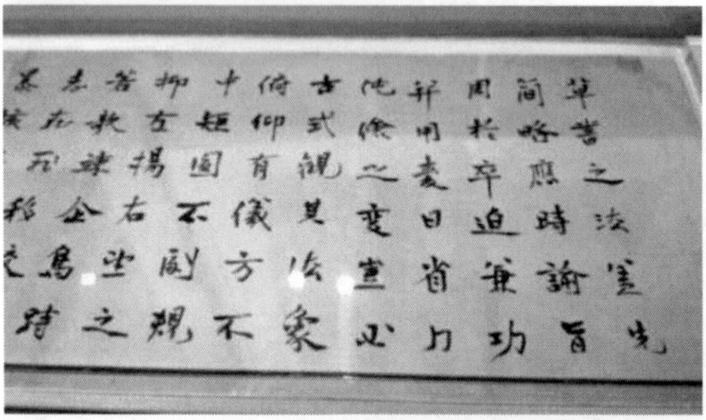

蓋標牌。

自二〇一一年底木心辭世至今，紀念館歷經兩年有半，終於即將開館。如是佛說：「剎那之間，分為三際，謂過去、現在、未來。」陳丹青和團隊工作人員，與木心朝夕相處至今。今夜一切停當，鳥獸將散，悵然若失，心中淒涼，彌漫烏鎮。

木心曾說：

> 作者與讀者之間，應存在著「禮」，而且作者的禮，與讀者的禮是不一樣的。
>
> 去吧，去吧，我的書。你們從今入世，凶多吉少，沒有人會像我這樣愛你們。

面對木心這個文學界、美術界的「不明飛行物」，人們正在學會怎樣去辨識，怎樣去研讀，怎樣去欣賞，怎樣去評價，怎樣去尊敬，怎樣去珍惜。

遺憾的是，即使是仰慕木心的人，久被無明體制薰染，舉手投足之間，也不無褻瀆輕狂。當年木心追悼會上，有以木心靈柩為背景的「攝影留念」者。現在木心紀念館中，不知會有什麼樣「到此一遊」的遊客。

木心曾經發誓，永遠不回烏鎮。最後，卻被陳向宏、陳丹青精誠感動，「視歸如死」，「一直流亡到祖國」，回到了他的故鄉。

烏鎮人修復重建了他的祖屋，木心在「晚晴小築」度過了一生最後時光。

與漢字共存亡、與老子通聲氣的木心，在這裡，目睹他的著作在大陸接連出版。

木心感此，自製「挽聯」：

此心有一泛泛浮名所喜私願已了

彼岸無雙草草逸筆猶歎壯志未酬

斯人已去，勝跡猶存。

烏鎮西柵東柵，文象赫然——昭明太子讀書處，茅盾故居展覽館，木心故居紀念館。烏鎮西柵東柵，文脈綿長——《文選》《子夜》《上海賦》。

東柵木心紀念館已然開館，西柵木心美術館開館在即。文而化之，化而文之，人傑地靈的烏鎮，還會給我們什麼新的驚喜？遍佈華夏神州的民間草根，青萍之末還會卷起什麼樣的天罡雄風？

且讓我們和木心一起，悠遊遐征。

二〇一四年五月卅一日烏鎮歸來于京東燕郊

《北京青年報》二〇一四年六月三日C01版「天天副刊」

重逢拜倫

二〇一七年，十月十四日，浙江，烏鎮，木心美術館，「木心的講述：大英圖書館珍寶展」，當年瘋魔英倫貴族美女、少婦的美男子拜倫，在一束靈光中信步向我走來。

「你好啊！拜倫！」

拜倫笑而不語。

拜倫勳爵不老，歲月在他俊秀的臉上，沒有絲毫痕跡。如同他的詩句：「奔騰吧，你深不可測的靛青色的海洋！千萬艘船艦在你身上馳驅，痕跡不留。」

附身於拜倫手稿展櫃，半個世紀之前的場景，清晰顯現。

六十年代初，甘肅，蘭州，段家灘，蘭州藝術

學院，音樂系預科，讀《曼弗雷德》，聽柴可夫斯基的同名《交響曲》；讀《恰爾德・哈羅爾德在意大利山中遊記》，聽柏遼茲的同名《交響曲》（中提琴與樂隊）；瘋狂閱讀《普羅米修斯》《該隱》《海盜》《唐璜》……。

做「拜倫式英雄」夢，一做就是半個世紀，至今仍未完全甦醒。卡萊爾曾經棒喝：「合起你的拜倫！打開你的歌德！」我倒是打開了歌德，但迄今不曾闔起過拜倫。拜倫始終與我心有戚戚。

豈止是卑微如我？勃蘭兌斯的巨著《十九世紀文學主流》專門評述拜倫（有民國三十七年侍桁譯《拜倫評傳》單行本），就連羅素《西方哲學史》也闢出一章，論及並非哲學家的拜倫，高度評價他對西方哲學、思想、文學、藝術的深遠影響。海涅、雪萊、普希金、萊蒙托夫——想想他的《當代英雄》、屠格涅夫——想想他的《父與子》，是他的嫡傳。而對他惡評的卡萊爾、繆塞，則始終不能擺脫拜倫如蛇糾纏的陰魂；甚至如托爾斯泰，也無法驅除拜倫如雲籠罩的夢魘。

拜倫的「抒情史詩」，集十九世紀西歐「時代精神」大成。勃蘭兌斯說：拜倫「給他那個時代的詩歌文學打上了最後的決定性印記」。

有論者說：「拜倫揮動著他那熱烈如火的詩筆，震撼了十九世紀初期的歐洲。他的聲音，像上天的聲音一樣，穿透了地上萬民的心胸。他的真實，以宇宙大真實的威力，降落在一般大眾的頭上。」

「不讀書」？「不讀報」？非也！拜倫曾就讀於哈羅公學——拜倫崇拜者丘吉爾此後也曾畢業於這所著名的貴族學校——，畢業於劍橋大學。他的確不是個「好學生」——天才都如此——，但卻博覽群書，不僅是文學，而且閱讀了幾乎所有歐洲哲學、歷史名著。

「搗蛋鬼」？「皮大王」？小了！拜倫是撒旦，是該隱，是普羅米修斯式的惡魔叛逆。

「我鄙視一切向上帝屈服的東西。」
「假如這幸福中摻雜了奴性，那我寧肯不要這幸福。」
「決不尋求任何只有下跪才能獲得的獎賞。」
「只要在反抗的時候把持住你自己，沒有任何東西可以毀滅這顆堅定的心。」
「那致命的果子，卻也給了你們一份好禮物，那就是你們的知性。不要讓它屈服於暴虐的威脅，而盲目地去信仰，違背一切外部的知覺和內心的情感，要思想，要忍耐——在你自己的心中，築起一個內在的世界，不受外來力量的支配。這樣你就更加接近靈性，你自己的鬥爭就可以獲得勝利。」

心儀拜倫的羅素，與此同道，侃侃而談《為什麼我不是基督教徒》。

魯迅《摩羅詩力說》云：拜倫乃是「立意在反抗，指歸在動作，而為世所不甚愉悅者」的「惡魔」。

叛逆如普羅米修斯，是連宙斯也不放在眼裡。叛逆如拜倫，是連上帝也要反他一反。
一別半個世紀，今日烏鎮重逢。
歡迎你！詩人、哲人、情聖、惡魔拜倫！
雖是遠方異邦，你也不會孤獨。
你曾發問：「若我再見到你，事隔經年，我該如何問候？以眼淚？以沉默？」
今我作答：「若我再見到你，事隔經年，我將攜摯友同來歡迎，以歡笑，以美酒。」
補天的女媧，填海的精衛，逐日的夸父，奔月的嫦娥，鑽火的燧人，射日的后羿，舞干戚的刑天，觸不周的共工，大鬧天宮的孫悟空，攪翻龍宮的哪吒女，都來與你共飲。

烏鎮幸會，一醉方休！

二〇一七年十月十六、十七日京東燕郊

已載二〇一七年十月十八日《嘉興日報》「桐鄉樹」之「聲音」專欄

附錄二

答《新週刊》

一、您覺得我們這個木心專題，應該突出什麼，怎樣做，才有意思？

木心先生是哲性的詩人，不是一般的文學家。他的寫作、講授，有究極徹底的深思，有別具風骨的追求。《新週刊》是有影響的媒體，應能彰顯木心先生個性。

二、您對木心作品的理解？

木心作品臻於絕對，貫穿所有層次，有無窮解讀可能。

我讀木心，著重在其一以貫之的綱領，著重在其盡善盡美的修辭。有了一以貫之的綱領，才能「修辭立其誠」。盡善盡美的修辭，不單是藝術、形式，《周易》說「翫辭得其實」，標的是「得其實」。語言文字其中，是人，不可偽。于此，當代作家中，胡蘭成和木心是為雙璧。

讀胡蘭成與木心，使我重新寄希望於華學精微智慧的昇華，重新寄希望於古典絕美漢語的復興。讀胡蘭成與木心的作品，須去除我執，放下成見，素讀感興，方能驚豔。

三、您對木心其人的看法？

木心以柔克剛，以美弭惡，「以不死殉道」，「在自己身上，克服這個時代」。木心個性，既是自身秉性使然，也是命運遭遇使然。

木心之智，沮喪於宇宙荒謬。木心之心，唯美於漢語幽韻。唯美而沮喪，是木心標識。荒謬宇宙中，木心曇花一現。齷齪時代裡，木心出淤泥而不染。

四、一年前，您送別木心時的印象略談？

烏鎮別過，已經一年。烏鎮追悼會、追思會，北京追思會，曆然於心。有那麼多讀者來為木心送行，場面動人非常。

「人生重晚晴」。烏鎮有陳向宏盛情相邀，複建故居，木心人歸故里，魂歸故里，在梁昭明太子讀書寶地，完成了自己一生。

一年之後，陳丹青筆錄之木心《文學回憶錄》已然出版面世。再過一年，陳向宏督建的木心美術館也會落成揭幕。雖說死後原知萬事空，畢竟此情此意天地可鑒。

五、今天，我們該如何繼承木心？

「繼承木心」？

誰能繼承老子？誰能繼承李白？誰能繼承倪雲林？誰能繼承巴赫？誰能繼承莫扎特？誰能繼承蕭邦？

釋迦曾說：「天上地下，惟我獨尊。我今此身，永絕後有。」此，所謂絕對。胡蘭成說：「絕對的東西，是對之沒有意見。它只是這樣的。」

絕對者，不作不壞，無古無今，無始無終，無從比較，亦無可繼承。胡蘭成形容此絕對之知，曾引日本大數學家岡潔拜受文化勳章時答皇太子問之言：「比起一年生的草花，我們是要萬年松。」如此絕對之知，如《心經》所說，乃是「不生不滅，不垢不淨，不增不減」的「大神咒、大明咒、無上咒、無等等咒」。大千俱壞，如此絕對之知也不會壞。

二〇一三年一月十九日蘭州雁灘

《新週刊》第三八九期第七十頁，二〇一三年二月十五日

答鳳凰衛視文化頻道

因緣和合，曾經的文學「局外人」，木心今已「回歸」。

其中最重要的因緣，是天賜學生陳丹青。

徐梵澄說：

> 印度於倫常皆若遠而疏，獨于師尊親而近。謂得自父母者，身體耳。得自師者為知識，知識重於身。故就傳而受一「聖線」，謂之重生。其學皆親近侍坐而授受者也。（《五十奧義書・譯者序》）

「一日為師，終身為父。」中國歷來有尊師重道傳統。尊師不僅僅是對老師個人的禮敬，而是對師之所存大道的敬心，對師之所存學問的誠意。

葉嘉瑩筆記之顧隨《中國古典詩詞感發》，與陳丹青筆記之木心《文學回憶錄》，不僅執弟子禮，尤其尊師之道。

葉嘉瑩如是，陳丹青如是，古往今來之虔誠弟子皆如是。

木心《世界文學史》曾說及杜甫《詠懷古跡》：

> 搖落深知宋玉悲，

風清儒雅亦吾師。
悵望千秋一灑淚，
蕭條異代不同時。
江山故宅空文藻，
雲雨荒台豈夢思。
最是楚宮俱泯滅，
舟人指點到今疑。

木心如是說：

宋玉是屈原的學生，為老師寫過賦。最初為徒時，是天才的朋友，後來自升為天才。杜甫年幼時，不敢自比屈原、宋玉，只是個景仰者，廣義的朋友。到了寫這首詩的時候，無疑是大詩人了，決不在宋玉之下。但還是稱宋玉為師。

杜甫于宋玉，是一日為師，終身為師，無論自己已經有了多高成就。葉嘉瑩、朱天文、陳丹青亦如是。

胡蘭成師劉景晨之子劉節，曾任中山大學歷史系主任，當時他不僅與陳寅恪同事，還是陳寅恪上司，但劉節一直對陳寅恪執弟子禮。逢年過節，劉節去拜望陳寅恪時，總是對老師行下跪叩頭大禮，一絲不苟，旁若無人。

劉節對學生如是說：

你們想學到知識，就應當建立師生的信仰。

此所謂師生的信仰，即是於學問的大信，于天道的大信。

幾十年來，葉嘉瑩先生一直保存著聽顧隨先生講課的筆記，不管如何顛沛流離。

她說：

> 什麼東西都可以丟，房子可以丟，傢俱衣服都可以丟，但這本筆記不能丟，丟了就永遠找不回來。

一直到前幾年回國，葉嘉瑩先生才把這份筆記交給了顧隨後人出版。陳丹青先生也一樣，把幾本聽木心講課的筆記一直保存在身邊，最後發表出版。

有葉嘉瑩先生對顧隨先生幾十年的師生情誼，和對老師筆記的珍重，顧隨的文學造詣、詩學造詣，才被我們認識。木心先生能被世人知曉，陳丹青先生功德無量。當然，也不能忘記陳向宏先生的遠見卓識、魄力才幹。

木心曾說：

> （給福樓拜）送葬者寥寥。但有左拉、莫泊桑、屠格涅夫——夠了，夠了。（《文學回憶錄》）

給木心送葬者，除了真心但未必真懂的年青人，也寥寥。但有丹青一人，足矣，足矣。

司馬遷于經典名著曾說：

> 藏之名山，副在京師，俟後世聖人君子。

名山，並非深山老林。名山，是仙山靈廟有不絕文脈的藏經之閣。副在京師，是要在文明中心保留文脈。

若非如此，木心著作一旦散失，那就很難「回歸」，能不能被接受、尷尬不尷尬的種種問題都將不復存在。所幸，有陳向宏和陳丹青，木心遺著、遺畫、遺樂都在烏鎮妥善保存。

有大力者才能舉大木，只有天才才能認識天才，一個天才需要另一個天才推舉。

我們現在不大說天才，老是說群眾，說是要有群眾觀點。

木心則說：

> 群眾沒有觀點。

木心這個天才不是靠群眾，而是要陳丹青這個天才推舉；顧隨這個天才不是靠群眾，而是要葉嘉瑩這個天才推舉；胡蘭成這個天才要朱天文這個天才推舉。

劉勰《文心雕龍．知音》說：

> 知音其難哉！音實難知，知實難逢。逢其知音，千載其一乎！

謝靈運《相逢行》詩云：

> 邂逅賞心人，
> 與我傾懷抱。

天才要有知音，有了知音，任憑世事如何變換，任憑時局如何險惡，都還有一線生機。沒有知音，天才的光芒可能會被遮掩，天才的成就也可能會被後世逐漸遺忘。歷史上這樣被遺忘的天才一定還有許多。我們現在知道老子、柏拉圖等等，恐怕還會有一些被歷史帷幕淹沒為人不知的天才。

許多人欣賞木心的文采章華。木心遣詞造句，的確妙絕。

但木心自己則說：

> 別人煽情，我煽智。

木心哲思神慧，難為常人理解。

木心《詩經演》說：

大哲無侶。

偉大的哲人，沒有友朋，沒有行侶。

木心不但斷言「大哲無侶」，而且放言：

始作俑者，樂其無後。

「樂其無後」，比「大哲無侶」更狠。

不過，木心還有另一句話：

徯我後兮，後來其蘇。

「蘇」，就是「復蘇」。他期待著後世有一個文藝復興。

木心對漢語之美的發掘，境界品級極高。胡蘭成的，也是美文，但跟木心的美文不一樣。胡蘭成更有人間氣、仙氣，木心更有貴族氣、靈氣。

木心不訴苦，不聲張，默默地生長。他是植物性的。他不是像獅子一樣咆哮，他像植物一樣，不聲不響，最終長成一株參天大樹。

二〇一五年十一月十五日烏鎮木心美術館

跋

採四海之花釀酒，不知成不成？

——胡蘭成弟子仙楓語

因與陳丹青先生之世緣，而結與木心之仙緣，自二〇〇六年起，迄今已經十一年。

也因與陳丹青先生之世緣，而結與胡蘭成、王鼎鈞之仙緣。

此次應桐鄉夏春錦先生之約，編輯已刊相關舊文，整理十年讀書箚記。此書原先計劃作為「蠹魚文叢」之一，由浙江古籍出版社出版，因故改為另由臺灣秀威資訊科技股份有限公司出版。

始讀木心、胡蘭成，時年六十有一。耳順之後忽聞木鐸，心旌搖曳竟不能止。〈超逸與潛行——讀木心、胡蘭成〉（未刊，本書未選），以及〈木鐸聲聲，我心搖曳〉（已刊，部分文字編入〈木心讀記〉）、〈這賦不是那賦〉（未刊，編入《木心讀記》）、〈陳人無人道〉（已刊，部分文字編入〈木心讀記〉），皆當時急就。

不料，尚未有緣與先生晤面，卻驚悉噩耗。因是而有〈木心的姿態〉（未刊，本書未選）、〈木心的姿態與木心的沮喪〉（已刊，部分文字編入《木心讀記》）兩篇弔唁文字。

此後，因《文學回憶錄》發表，而有〈反響拾零〉之輯錄（未刊，本書未選），與〈熱讀木心——微型文藝復興〉（已刊，選入本書）。

木心是作家，也是畫師，還是樂人。〈木心談作文〉、〈木心轉印畫〉、〈木心自度曲〉（以上三篇皆已刊，且選入本書），從文學、美術、音樂不同側面，體察木心器局境界。

因曾就讀蘭州藝術學院，特別關注時任學院音樂系聲樂教授之李夢熊先生，遂有〈木心的朋友李夢熊先生〉（已刊，選入本書）。又因參加「木心故居紀念館」開館儀式，目睹木心學生陳丹青拳拳之心，而有〈木心的世界——木心故居紀念館開館側記〉（已刊，選入本書）。還因參加木心美術館「木心的講述：大英圖書館珍寶展」開幕式，而有〈重逢拜倫〉（已刊，選入本書）。

還因媒體設問，而有筆談答卷兩則（已刊，選入本書）。

除上一仍其舊的已刊未刊文章之外，尚有未曾面世之〈木心讀記〉，印刻十年思路。

木心說：

你煽情，我煽智。

受其煽動，不由不生孺慕之思，究極之智。

末世趨文而尚藝，士子窮理以明義，於此重文辭藝術而輕道術義理的當下，著重探究長宙廣宇造化天道。

禪宗有言：

見與師齊，減師半德，知過於師，方堪傳授。

從門入者不是家珍，須是自己胸中流出，蓋天蓋地，方有少份相應。

讀木心，須存「知過於師」之志，或許會有「少份相應」。

能否相應？相應幾何？知我罪我，其惟〈讀記〉。

〈讀記〉非文學藝術之文章，而是道術義理之文章。

劉熙載《藝概・文概》有言：

> 有道理之家，有義理之家，有事理之家，有情理之家。

木心文字，有道理，亦有義理，有事理，亦有情理。道理、義理，是不易之天理。事理、情理，是變易之人理。事理之述，情理之詠，其文章當重文辭，中個性。道理之究，義理之明，其文章當通條貫，梳脈絡。〈讀記〉側重，是道理、義理。因此，由木心言說觸發，勾連古往今來各家。

嵇康有言：

> 推類辨物，當先求之自然之理，理已自定，然後借古義以明之耳。（嵇康《聲無哀樂論》）

此所以〈讀記〉既不是作而不述，也不是述而不作，而是作而述之，夾敘夾議的緣故。

本雅明曾經設想，全以引言構成一部著作。本雅明的設想，到了如今網絡時代，生發出嶄新意義。

於此，凱文・凱利新著〈必然〉多有說明：

> 世界上所有的文檔，都應當是其它文檔的注腳。（尼爾斯語）
>
> 任何一本書都不會成為一座孤島，它們全部都是相互關聯的。
>
> 被人批註、標注、標記、收藏、總結、參考、連結、分享、傳播，才是書籍長久以來真正想要的。
>
> 每本書中的每一個字都被交叉連結、聚集、引述、提取、索引、分析、標注，並被編排進入

文明之中，程度之深前所未有。

（新的網絡技術）應該讓這些文檔間的聯繫變得清晰可見，永不間斷。

此乃隴菲搜集整理木心《文學回憶錄》發表以來，一百零八輯約一百二十八萬餘字網絡〈反響拾零〉的緣由。

網絡技術發達之前，早有人開始超鏈結實踐。

中國古典，向來有說、傳、變、疏、詁、訓、解、注「本經」的傳統。

杜預《春秋左氏傳・序》說：

經者不刊之書也。故，傳或先經以始事，或後經以終義，或依經以辯理，或錯經以合異；隨義而發。

陳寅恪《柳如是別傳》、錢鍾書《管錐編》《談藝錄》等大師著作，繼承中國古典傳統，已經部分實現本雅明的設想和尼爾斯、凱文・凱利的呼籲。此一類著作，大有古今中外皆會吾中的氣象。

此一類著作，如同以賽亞・柏林所說：「所有嚴肅的思想家都生活在一所『看不見的大學』裡，在那裡，活著的與已死去但不朽的人之間進行著一場靜默的對話。」這是「一個廣大的學術晚會」。

（《卡爾・馬克思：生平與環境》，南京，譯林出版社，二〇一八年十月第一版，第十頁。）

凱文・凱利〈必然〉曾說：

那時，只有少數學者達到了這種程度的成就並且成為權威，但它會變得司空見慣。

今天，由於網絡技術發達，網民有了一種「全新的參與方式」。「這種參與方式，已經發展成了一種建立在分享基礎上的新型文明。」網民們樂此不疲地收藏、標記、點讚、回憶、批註、解說、鑒定、編輯、連結、分享、展示、傳播，把「五花八門的碎片化信息聚集在一起」。「閱讀變得社交化。通過屏幕，我們能夠分享的，不再只是我們正在閱讀的書名，還有我們的反應，以及我們讀書時做下的筆記。」（〈必然〉）

凱文・凱利說：

> 如此一來，書籍便會從它們的約束中抽身出來，並將它們自身編織在一起，成為一本巨大的元書籍（mate-book），成為萬能的圖書館。這種以生物神經方式連接起來的集體智慧，能讓我們看到從單獨、孤立的書中看不到的東西。（〈必然〉）

凱文・凱利的結論是：

> 無論是人、物還是事，直到他們被連結，才得以「存在」。（〈必然〉）

其實，宇宙所有物事，從來都是相互關聯，「乃若眾燈，交光相網」（熊十力《體用論》）。所有物事，無一不在天羅地網中共生同在。當代計算機網絡，不過凸顯了這個事實。

不過，和西方學者迷信計算機技術不同，華學更看重人心會通。從「深藍」（Deep Blue）到「阿爾法」（AlphaGo），計算機技術在人機大戰中取得的勝利，不過是「深度學習」（Deep Learning）的勝利。所有的程式，還都是人來設計編輯。所有的運算題目，還都是人來選擇確定。

凱文・凱利說：

> 人類和機器之間將形成一種共生關係，人類的工作就是不停地給機器安排任務。（〈必然〉）

計算機擅長處理數據，可以完成人類交給它的各種運算任務，前提是人類交給它任務。網絡鏈接了海量數據，但它自己並不懂得「大數據」的意義，依然有待人類設計問卷，人類選擇、鑒別、使用這些

「大數據」。

數據不等於智慧。大數據不等於大智慧。

計算機博弈，不等於臨機應變。計算機博弈勝出，不是因為計算機可以機裡生機，變外生變，還是受已有程式設計、儲存數據限制。

截止目前為止，計算機雖然已經可以像「阿爾法〇」（AlphaGo Zero）那樣突破人類以往的經驗而主動學習，但還是在人類已經設定的（圍棋）規則之中，既沒有自己設定遊戲規則，也不能自己發問，提出面向未知的問題。

凱文・凱利說：

一個好問題是機器將要學會的最後一樣東西。（〈必然〉）

而我以為，機器也許永遠不能學會像人類一樣發問。

人類智慧的奧秘在「試錯」、「犯錯」。

人腦會試錯、犯錯。電腦得學會試錯、犯錯。否則，永遠也賽不過人腦。

整理〈讀記〉，會通華夷，東風西風，合力煽智，新體新用，體用不二，問之不盡，思之無窮。

是為之跋。

二〇一七年一月十二日　三河燕郊

二〇一七年二月二十日　中山翠亨

二〇一七年二月廿一日　潯陽江頭

二〇一七年二月廿二日　鐘山之陰
二〇一七年三月卅一日　三河燕郊
二〇一七年四月十六日　蘭州雁灘
二〇一七年十月廿五日　三河燕郊
二〇一八年十二月卅一日　固安大湖
二〇一九年十月廿一日　固安大湖
二〇二〇年十一月十八日　固安大湖
二〇二一年九月八日　固安大湖

語言文學類　PG1944　秀文學17

品讀木心

作　　者 / 隴　菲
責任編輯 / 鄭伊庭
圖文排版 / 周妤靜
封面設計 / 楊廣榕

發 行 人 / 宋政坤
法律顧問 / 毛國樑　律師
出版發行 / 秀威資訊科技股份有限公司
114台北市內湖區瑞光路76巷65號1樓
電話：+886-2-2796-3638　傳真：+886-2-2796-1377
http://www.showwe.com.tw
劃撥帳號 / 19563868　戶名：秀威資訊科技股份有限公司
讀者服務信箱：service@showwe.com.tw
展售門市 / 國家書店（松江門市）
104台北市中山區松江路209號1樓
電話：+886-2-2518-0207　傳真：+886-2-2518-0778
網路訂購 / 秀威網路書店：https://store.showwe.tw
國家網路書店：https://www.govbooks.com.tw

2018年7月　BOD一版
2018年11月　二刷
2021年12月　三刷
定價：490元

國家圖書館出版品預行編目

品讀木心 / 隴菲著. -- 一版. -- 臺北市 : 秀威
資訊科技, 2018.07
面； 公分. -- (語言文學類)
BOD版
ISBN 978-986-326-583-2(平裝)

1.木心 2.散文 3.文學評論

855 107011556

讀者回函卡

感謝您購買本書，為提升服務品質，請填妥以下資料，將讀者回函卡直接寄回或傳真本公司，收到您的寶貴意見後，我們會收藏記錄及檢討，謝謝！
如您需要了解本公司最新出版書目、購書優惠或企劃活動，歡迎您上網查詢或下載相關資料：http:// www.showwe.com.tw

您購買的書名：________________________________

出生日期：________年________月________日

學歷：□高中（含）以下　□大專　□研究所（含）以上

職業：□製造業　□金融業　□資訊業　□軍警　□傳播業　□自由業
□服務業　□公務員　□教職　□學生　□家管　□其它_____

購書地點：□網路書店　□實體書店　□書展　□郵購　□贈閱　□其他

您從何得知本書的消息？

□網路書店　□實體書店　□網路搜尋　□電子報　□書訊　□雜誌
□傳播媒體　□親友推薦　□網站推薦　□部落格　□其他__________

您對本書的評價：（請填代號　1.非常滿意　2.滿意　3.尚可　4.再改進）

封面設計____　版面編排____　內容____　文／譯筆____　價格____

讀完書後您覺得：

□很有收穫　□有收穫　□收穫不多　□沒收穫

對我們的建議：________________________________

____

____

____

請貼
郵票

11466
台北市內湖區瑞光路 76 巷 65 號 1 樓
秀威資訊科技股份有限公司 收
BOD 數位出版事業部

（請沿線對折寄回，謝謝！）

姓　　名：＿＿＿＿＿＿＿＿　年齡：＿＿＿＿　性別：□女　□男

郵遞區號：□□□□□

地　　址：＿＿＿＿＿＿＿＿＿＿＿＿＿＿＿＿＿＿

聯絡電話：(日) ＿＿＿＿＿＿＿＿ (夜) ＿＿＿＿＿＿＿＿

E-mail：＿＿＿＿＿＿＿＿＿＿＿＿＿＿＿＿＿＿